主題文學
學術研討會論文集

＊元培科學技術學院國文組主編＊

目錄

序

本論文集所收錄者是本校國文組主辦「主題文學學術研討會」與會學者發表論文。名爲「主題文學」，而不稱爲「文學主題」，是因文學主題在探討文本呈顯的主題，著重文本內在分析；主題文學則在探討文學可能的表現模式，著重文本外在觀察。

所以會有此一思考方向，是因社會輿論對技職校院學生缺乏人文素養，多所批評；但在技職校院教學體系，人文學科則因其無實用功能而備受質疑。在工具理性超越價值理性的時代，確實很難說服師生豐潤生命的重要。於是我們嘗試改變模式，重新思考此一問題。亦即結合技職校院科系特色，發展文學思考與寫作，將教學關懷，轉換爲研究方向：

第一輯：人文觀點下的遊，論述先秦、明代、現代的各種旅遊書寫，說明旅遊複雜深刻的文化內涵。

第二輯：當代文學的省思，分析網路文學、國族認同、當代散文、通俗文學等諸多當代文化現象。

第三輯：經典的詮解，回到經典，探索經典如何影響生命存在的基本問題。

並進而規畫大一中文教學內容：旅遊文學、飲食文學、醫事文學、生態文學等，將研究成果，再轉換爲教學內容，結合文學寫作與日常生活。如此模式，極易與初意背道而馳，失去價值理性。因此也邀請中文系的學者，共同參與；同時也努力建構古今交融的歷史觀，從古典出發，面對當代，有歷史的縱深，還有經典的涵養，更有現代的關懷，試圖將價值理性帶入工具理性之中。

這些是我們的目標，這本論文集，就是朝向此一目標的基礎。

最要感謝的是沈師謙、蔡師英俊，不但參與本次研討會，並給我們諸多建議與鼓勵。

民國九十一年五月四日
丁亞傑序於新竹元培科技學院

輯一

人文觀點下的「遊」

流亡、游離與經略：論春秋戰國縱橫家言的時代意義與象徵

程克雅

摘要：

春秋戰國時代，在典籍的傳述與文化史家的解析中呈現著所謂周文罷弊的評論，禮樂、宗法制度乃至於編戶齊民的封建社會均受時局變異的衝擊。諸侯國間霸主代興，王道陵夷，先秦行人之言與縱橫家言的考察，隨著當時的時異世變與現代考古文物遺存中大量的縱橫家書出土，配合多元文化觀點的古文明研究，春秋戰國時代的縱橫家言研究有重新詮釋的價值。

本文旨在藉著傳世典籍中的行人及縱橫家言說的考察，輔以近年新出文物中的縱橫家書，期能重新釐清先秦春秋戰國時代縱橫家思想的脈絡與意義，並就其言語中的遊說、諷諫、詭詐等實例，藉由現代語言學理論中關於語用學與修辭學的方法論觀點，闡述所謂「跨越疆界的言說／書寫策略」申論縱橫家言實具有從流亡、游離等現實因素到經略天下國家的內在義蘊，並從而探究先秦經典所形成的價值體系中，縱橫家言說及其思想的評價與象徵涵義。

關鍵字：春秋左傳、戰國策、戰國縱橫家書、行人之辭、縱橫家

一、前言

春秋戰國時代，在典籍的傳述與文化史家的解析中呈現所謂周文罷弊的評論，禮樂、宗法制度乃至於編戶齊民的封建社會均受時局變異的衝擊。諸侯國間霸主代興，王道陵夷，現代史學家楊寬曾以異色時代的圖像形容戰國時代，而本文則首先以春秋、戰國時代印象與傳述爲首要的課題，論述春秋、戰國時代君臣群像與春秋、戰國時代縱橫家典型，先秦行人與縱橫家言，隨著當時的時異世變與現代考古文物遺存中的兵家，縱橫家書出土，配合多元文化觀點的古文明研究，春秋戰國時代的行人與縱橫家言研究有重新詮釋的價值。

本文其次透過春秋戰國時代的典型人物，就身分的超越與心態的重詮，首先藉由流亡與流寓人士的身分說明其爲世子、人質、游俠與刺客等不同背景而形成的處境；再就游離、遊歷與遊說的言說內容剖析其心態；繼而就經略意圖的詮釋，重新理解傳世典籍中的行人及縱橫家言說，輔以近年新出文物中的縱橫家書，期能重新釐清先秦春秋戰國時代縱橫家思想的脈絡與意義，並就其言語中的遊說、諷諫、詭詐等實例，藉由現代語言學理論中關於語用學與修辭學的方法論觀點，透過換喻的語用策略，由「揚棄」、「挪用」與「重置」的語言策略申說危機的面對與轉機的創造；再就「譬喻」與「寓言」的傳述呈現東周典型人物身處風雲際會之世夢想與現實的對應，藉「跨越疆界的言說／書寫策略」的闡釋，行人與縱橫家言實有從流亡、游離等現實因素，到經略天下國家的內在義蘊。

世俗皆因蘇秦張儀之流以三寸不爛之舌游間諸侯而見鄙薄，唯司馬遷《史記·蘇秦列傳贊》曾有云:「毋令獨蒙惡聲。」故先秦春秋戰國時代行人辭令與縱橫家言，隨著人質，流亡與游俠，刺客等人物群像，在時異世變的時代，形成文人識士常託寓劇談的典故，是以探究先秦經典反映的價值體系，縱橫家言說及其思想的評價與象徵，實具有多重的意義。

二、異色時代的圖像

在論述異色時代的圖像同時，茲就時代印象與傳述、君臣人物群像與行人與縱橫家典型三方面，探究春秋、戰國世代與人事的面貌。

(一)春秋、戰國時代印象與傳述

晚近對於春秋戰國時代研究的印象與傳述,可以說隨著二十世紀中國史學界的上古史研究現代化方法理念，而有大幅的變化，繼晚清民初王國維，孫詒讓等傳統學者的考證古史，崔適顧頡剛錢玄同等古史辨派的疑古，乃至於傅斯年主倡史料學派，錢穆撰國史大綱，均對古代中原文明的形成與春秋戰國時代的鉅變有所著墨，王國維＜殷卜辭中所見先公先王考＞、

<殷卜辭中所見先公先王續考>就甲骨卜辭考辨殷先公先王，吳其昌撰成金文世族譜，也在一定的程度上印證了與《史記·殷本紀》《周本紀》的記載，也提供了訂正的資料。

楊寬則在《戰國史》撰著之後，又撰成《戰國史：一個異色時代的完整圖像》，形容當世的印象，而黃仁宇也採取大歷史的解析觀點，看待中國歷史轉折時代的社會變亂，人心紛雜，學說競作的普同性。史家致予評論時，結合文化批判的角度，在春秋戰國時代背後父權、霸權、君國意識形態的表現上，對語言、文字、思想各種論述的本身，均有反思鉅變社會與時人思想的關係，社會組織特性，地方政治與社會的特質。春秋戰國時代的印象與傳述，已不僅止是歷史問題或是史實考證，史料辨說那麼單純，它夾帶著後世重提之時所賦予的印象，轉而成爲亂世文人識士一再傳述的典型，從具體的敘事性文本遞相承襲載記，例如：左氏以敘事解經；史記承自《左傳》、《國語》、《國策》與諸子，即可見一斑，至於漢魏以降直至近世，文人屢屢以春秋戰國人物與事例做爲典故，詠古諷今，更是不勝枚舉。反映時代衝擊，階級制度的陵夷，疆界的跨越與人倫的失序，最爲人所矚目的即是行人之言與縱橫家故實。

（二）春秋、戰國時代的君臣群像

春秋與戰國時代君臣間的關係，反映於《春秋三傳》、《國語》、《戰國策》、《戰國縱橫家書》與《史記》中，關於寓褒貶，別善惡等具有特定涵義的內容，特別是建立於忠與叛，恩與報，節義與失節等相對的德行與倫理價值標準上，在君臣相與這一方面，逐臣、佞臣、叛臣、亡國之臣等，皆值得注意。

首先就逐臣之例來看，春秋時楚平王殺太子建之臣伍奢、伍尚，而伍員出亡，藉吳報怨，事見《史記·伍子胥列傳》，即吳市吹簫，喞恨行乞的故事，而屈原《離騷》、王褒〈洞簫賦〉均有演述。身為逃亡斥逐之臣的伍子胥，原與父兄同事於楚平王太子建，因楚平王自娶秦女而與太子有隙，太子又復遭讒亡奔宋，使伍氏父兄遇害，伍胥後見用為吳王闔廬行人，至攻楚大敗昭王，王出奔，庚辰，吳王入郢，昭王出亡。伍子胥求昭王，不得，乃掘楚平王墓，出其屍，鞭之三百然後已。

其後伍子胥亦遭吳太宰嚭讒害：「子胥為人，剛暴少恩，猜賊，其怨望，恐為深禍也！」而遭吳王賜死，使使賜伍子胥屬鏤之劍？曰：「子以此死！」在史記的記載中，伍子胥乃對吳國與吳王的未來下預言咀咒：

> 伍子胥仰天歎曰：「嗟乎！讒臣嚭為亂矣，王乃反誅我。

> 我令若父霸；自若未立時，諸公子爭立，我以死爭之於先王幾不得立；若既得立，欲分吳國予我，我顧不敢望也。然今若聽諛臣言以殺長者！」乃告其舍人曰：「必樹吾墓上以梓，令可以為器；而抉吾眼，縣吳東門之上，以觀越寇之入滅吳也。」乃自剄死。吳王聞之大怒，乃取子胥屍，盛以鴟夷革，浮之江中。吳人憐之，為立祠於江上。因命曰胥山。

其次再就叛臣之例來看：晉楚鄢陵之戰固然因倉猝興師，行軍太急，「其行速，過險而不整」(《左傳・成公十六年》)而導致楚的敗績，然而楚軍方面，楚共王在晉國叛臣伯州犁陪同下，登上巢車，觀察晉軍在陣營內的動靜。晉厲公也在楚舊臣苗賁皇的陪伴下，登高台觀察楚軍的陣勢。苗賁皇熟悉楚軍內情，這時便向晉厲公提出建議道：楚軍的精銳是在中軍的王族部隊，晉軍據此應該先以精銳部隊分擊楚的左右軍，得手後，再合軍集中攻擊楚中軍。認爲這樣一定能大敗楚軍。所以晉楚交相以叛臣反制對方的較勁，在春秋時代爲君臣無信的事實留下現實的事例。

又就佞臣之例來看：齊桓公用管仲而霸，用豎刁而蟲流之事最爲著稱：周襄王二年(前 651)，與周王卿士及諸侯會盟於葵丘，將霸業推向鼎盛。晚年信任佞臣，死後諸子爭位，春秋齊國霸業隨之衰落。後世警誡佞臣的預言以是滋多，例如漢人陸賈《新語・資質》篇第七有謂：

> 凡人莫不知善之為善，惡之為惡；莫不知學問之有益於己，怠戲之無益於事也。然而為之者情慾放溢，而人不能勝其志也。人君莫不知求賢以自助，近賢以自輔；然賢聖或隱於田裡，而不預國家之事者，乃觀聽之臣不明於下，則閉塞之譏歸於君；閉塞之譏歸於君，則忠賢之士棄於野；忠賢之士棄於野，則佞臣之黨存於朝；佞臣之黨存於朝，則下不忠於君；下不忠於君，則上不明於下；上不明於下，是故天下所以傾覆也。

《隋書．五行志．二》即記載佞臣爲禍，天降災異之兆曰：

> 《洪範五行傳》曰:「水者，北方之藏，氣至陰也。宗廟者，祭祀之象也。故天子親耕以供粢盛，王后親蠶以供祭服。敬之至也。發號施令，十二月鹹得其氣，則水氣順。如人君簡宗廟，不禱祀，逆天時，則水不潤下。」梁天監二年六月，太末、信安、豐安三縣大水。《春秋考異郵》曰:「陰盛臣逆人
> 悲，則水出河決……京房《易傳》曰:「震擊貴臣門及屋者，不出三年，佞臣被誅。」後歲，和士開被戮。……天統三年，并州汾水溢。曰:「水者純陰之精，陰氣洋溢者，小人專制。」是時和士開、元文遙、趙彥深專任之應也。

明人楊慎《古今風謠．梁武帝天監三年寶誌公詩》亦有云：

> 佞臣作欺妄，賊臣滅君子。若不信吾語，龍時侯賊起。……
> 旦中間，銜悲不見喜。

這段充滿歷史鑒誡的詩也在藉古喻今，而春秋之作，使亂臣賊子懼的旨歸也就在君臣群像與垂戒後人的觀照中，不斷得到印證。

再就亡國之臣來看，歧路亡羊的故事，用以諷亡國之臣的愚懦，早就見於《墨子》，而五羖大夫百里奚由楚奴而爲秦穆公所賞識，也成爲《孟子》勉人苦其心志的嘉言。《呂氏春秋・疑似》篇有云：

> 使人大迷惑者，必物之相似也。玉人之所患，患石之似玉者：相劍之所患，患劍之似吳干……亡國之主似智，亡國之臣似忠。相似之物，此愚者之大患，而聖人之加慮也，故墨子見歧道而哭之。

由以上逐臣、佞臣、叛臣、亡國之臣等實例中，可以得見有以下的共同特點，第一，自春秋戰國之交一直到戰國的最後一個被秦國亡滅的齊爲止，君臣之間的尊尊倫理蕩然無存。第二，臣子或游士不是爲了忠於一人而事，而是忠於其自己標準，而做出報恩或節義的反應。第三，君臣之間的恩義存在於知遇與感恩，而不是君尊權威或先天的階級等差，因此隨時可以離開原來的邦國，在域外他國謀事。

（三）春秋、戰國縱橫家典型

在既成現實風尚的春秋君臣群像之下，春秋戰國行人之官與縱家，以其嫻於外交辭令，長於兵法謀略，見用於知遇之君，也形成典型，先就春秋時代行人之官來看：以伍子胥為例，是私懷報怨復讎之心，而為吳王闔閭的行人，因以種下日後悲慘的下場，這在子貢使列國，建立存魯亂齊破宋（破吳，彊晉，霸越）之功時留下典型，復為稱說，《史記・仲尼弟子列傳》中記載，初，孔子不允游夏之徒出使，唯以子貢為能，有云：

> 子貢曰：「今者吾說吳王以救魯伐齊，其志欲之而畏越，曰：『待我伐越，乃可。』如此破越必矣。且夫無報人之志，而令人疑之，拙也；有報人之意，使人知之，殆也；事未發而先聞，危也；三者舉事之大患。」勾踐頓首再拜曰：「孤嘗不料力，乃與吳戰，困於會稽，痛入於骨髓，日夜焦脣乾舌，徒欲與吳王擺踵而死，孤之願也。」遂問子貢，子貢曰：「吳王為人猛暴，群臣不堪，國家敝於數戰，士卒弗忍，百姓怨上，大臣內變子胥以諫死，太宰嚭用事，順君之過以安其私，是殘國之治也。今王誠發士卒佐之，以徼其志，重寶以說其心，卑辭以尊其禮，其伐齊必也。彼戰不勝，王之福矣；戰勝，必以兵臨晉，臣請北見晉加，令共攻之弱吳必矣。其銳兵盡於齊，重甲困於晉，而王制其敝此滅吳必矣。」吳晉爭彊，晉擊之，大敗吳師。越王聞之，涉江襲吳，去城七里而軍。

吳王聞之，去晉而歸，與越戰於五湖三戰不勝，城門不守，越遂圍王宮，殺夫差而戮其相。破吳三年，東向而霸。故子貢一出，存魯亂齊，破吳彊晉而霸越；子貢一使，使勢相破，十年之中，五國各有變。

這也正說明了行人之言，出使之能，可以扶危濟傾，盟會儀式中的外交辭令，兵法的結撰與諸子對遊說的重視，皆可視爲縱橫家的淵源。戰國末年《戰國策》一書所記遊說之士的策謀言論，也同時呈現了當時的各國關係和重要史實。不但揭示了戰國時期的歷史特點：「上無天子，下無方伯，力功爭強，勝者爲右。兵革不休，詐僞並起。……故孟子、孫卿儒術之士棄捐于世，而遊說權謀之徒見貴于俗」也爲縱橫家在智識的角逐場上留下精彩的一頁。1973年長沙馬王堆漢墓出土一部帛書，原書未標書名，因其性質與《戰國策》相同，定名爲《戰國縱橫家書》。此書所涉史料主要限於戰國中後期，但因此更能反映這一時期的重大史實和歷史特點。全書凡二十七章，有十六章的內容不見於《戰國策》與《史記》，對於補充和訂證戰國史料有極高的價值。《戰國策》的基本內容是戰國時代謀臣策士縱橫捭闔的鬥爭及其有關的謀議或辭說。它保存不少的縱橫家的著作和言論。春秋以來，長期分裂戰亂，人民無不渴望解甲息兵，恢復和平統一生活。諸侯爭相「並天下，淩萬乘」而求致霸之術。戰國末年，秦齊二國皆各自稱帝。春秋時代禮法信義或偶有講論，至此不得不變爲權謀譎詐；從容辭令的行人，不得不變爲劇談雄辯的說士。所以《戰國策》中所載一切攻守和戰之計，鉤心鬥角之事，正是這一時代政治鬥爭的反映。而其時許多謀臣策士的遊說和議論，也是春秋時代行人辭令的後續發展。縱橫家典型的形成一般推向鬼谷子，相傳爲戰國時楚人，縱橫家之祖。《史記》載其爲蘇秦、張儀之師。其學源自《易》，論因變無常，從黃老「心術」論世御事，講求內外損益之理，後來又演變爲「反應」、「揣摩」之術，爲縱橫家所宗。今傳《鬼谷子》一書，係後人僞託。而傳說中的門徒蘇秦與張儀則活躍於戰國末年，蘇秦起初本是以「連橫」說秦王，「書十上而說不行」，乃轉而以「合縱」說燕趙。[1]又如：陳軫先仕秦而後仕楚，既仕楚而又貳於秦，朝秦暮楚，立場不定。

在戰國時代游士中有排難解紛而無所取的「天下之士」，如魯仲連的義不帝秦。也有意在收買人心、焚債券市義的馮諼(齊策四)，雖爲孟嘗君買得狡兔三窟，卻也有益於民人。又如抗強暴，蔑視王侯的義俠和高士如唐且的「布衣之怒」(魏策四)，蜀的直叱「王前」(齊策四)。而直叱王的舉動更反映士人階層的自覺。此外書中還從側面藉鄭袖讒害魏美人(楚策四)、

[1] 注：帛書《戰國縱橫家書》前十四章爲一組，其中有十三章是關於蘇秦的書信和談話，另一章是韓寅的書信。這是本書最有歷史價值的部分。據唐蘭，楊寬與徐中舒等學者之說，可以糾正有關蘇秦歷史的許多根本錯誤，又可以校正和補充這一段戰國時代的歷史記載。主要的點是張儀主要與陳軫同時，而蘇代蘇秦蘇厲三兄弟以遊說爲燕反間於齊。

秦宣太后欲以魏醜夫殉葬(秦策二)表現了人性陰險一面。戰國時代歷史人物的精神面貌，於是可以脫離過去典籍中教化垂訓於後世的片面價值，呈現客觀紛陳的描述。

三、身分的超越與心態的重詮

在論述行人，流亡，人質，游俠，刺客與縱橫家等人物同時，也分別就流亡與流寓人士的身分；游離、遊歷與遊說的心態與經略意圖三方面來立論，申述身分的超越與心態的重詮。

（一）流亡與流寓人士的身分

流亡，流寓與出逃的身分與淪爲亡國之臣，逐臣一般，在身分上有艱難的際遇，但在身分的超越上則可成一般人無以完成的宏業，清初富有才華的學者傅山《霜紅龕集·仕訓》即有謂：

> 仕不惟非其時不得輕出，即其時亦不得輕出，君臣僚友，那得皆其人也！仕本憑一志字，志不得行，身隨以苟，苟豈可暫處哉！不得已而用氣，到用氣之時，于國事未必有濟，而身死矣。但云酬君之當然者，于仕之義，卻不過臨了一件耳。此中輕重經權，豈一輕生能了。[2]

---

[2] 見《霜紅龕集·仕訓》岳麓書社１９８６年版。

春秋時代晉文公以流亡十九年而終得返國建霸，隨從流亡之臣諸如狐偃趙盾等人功不可掩；戰國末年楚襄王也以流亡而累積治國智慧，能重用游士莊辛也是重要關鍵。

（二）游離、遊歷與遊說的心態

游離，游歷與游俠乃至於刺客行徑，在《左傳》《戰國策》與《史記》的記載中淋漓盡致的呈現出游俠與刺客，忠於一己的忠義報恩之念，而不惜捨棄生命，忍辱偷生，以達成目的的堅持心態，如春秋時代的曹沫劫齊桓公，聶政隱身爲市屠，後爲嚴仲子報仇韓相俠累事敗自皮面決眼，自屠腸，以死，而其姊不畏歿身之誅，死政之旁。僇於韓市，而博得烈士烈女之稱。高漸離以筑擊秦王；專諸爲公子光出其伏甲以攻王僚之徒，不惜捨生，成就公子光之自立爲吳王闔閭，專諸之子因得封爲上卿；晉人豫讓，轉事范氏及中行氏，而無所知名。去而事智伯，智伯甚尊寵之。及智伯伐趙襄子，趙襄子與韓、魏合謀滅智伯，滅智伯之后而三分其地。趙襄子最怨智伯，漆其頭以爲飲器。豫讓立誓報讎以報智伯，先變名姓爲刑人，入宮涂廁；又漆身爲厲，呑炭爲啞，行乞於市。終因事敗請趙襄子之衣而擊之，以致報讎之意。於是襄子大義之，乃使使持衣與豫讓。豫讓拔劍三躍而擊之後伏劍自殺。死之日，趙國志士聞之，皆爲涕泣。[3]又有荊軻

---

[3] 司馬貞索隱引戰國策曰：「衣盡出血。襄子回車，車輪未周而

至燕，愛燕之狗屠及善擊筑者高漸離。日與狗屠及高漸離飲於燕市，雖游於酒人，但史記稱荆軻爲人沉深好書；其所游諸侯，盡與其賢豪長者相結。肆後受燕太子丹之重視，持樊於期首級行刺秦王政。

司馬遷論贊有云：

> 自曹沫至荊軻五人，此其義或成或不成，然其立意較然，不欺其志，名垂后世，豈妄也哉！

唐人司馬貞於史記索隱述贊亦曰：

> 曹沫盟柯，返魯侵地。專諸進炙，定吳篡位。彰弟哭市，報主涂廁。刎頸申冤，操袖行事。暴秦奪魄，懦夫增氣。

皆強調遊歷之人的俠情義氣，而向來受到鄙薄的說客游間之士，在司馬遷來看，也有不同的義理足以爲之彰顯，例如張儀爲秦連橫說韓王；又說楚絕齊，皆在秦的立場上完成其事功，而閒與陳軫爭鋒；蘇秦爲燕事反間於齊，向蒙惡聲，然始終一致；莊辛雖惡昭奚恤之牽制，但也在楚襄王的重視之下屢言言說之功。司馬遷論贊綜評以上縱橫家有云：

> 三晉多權變之士，夫言從衡強秦者大抵皆三晉之人也。夫張儀之行事甚于蘇秦，然世惡蘇秦者，以其先死，而

亡。」此不言衣出血者，太史公恐涉怪妄，故略之耳。

> 儀振暴其短以扶其說，成其衡道。要之，此兩人真傾危之士哉！

司馬貞史記索隱述贊亦曰：

> 儀未遭時，頻被困辱。及相秦惠，先韓后蜀。連衡齊魏，傾危誑惑。陳軫挾權，犀首騁欲。如何三晉，繼有斯德。

雖然在馬王堆縱橫家書出土之後，張儀蘇秦的順序有重新論證已成主要說法，然而從司馬遷立論來看，仍是肯定世所鄙薄的游人說客。

（三）經略：身分的超越與心態的重詮

經略在春秋戰國時代的士人而言，是一項自覺的自我實現之道，以子游爲武城宰之事爲例，見史記仲尼弟子列傳的記載，涵括論語中所記的事跡：

> 言偃，吳人字子游。少孔子四十五歲。子游既已受業，為武城宰。孔子過，聞弦之聲。孔子莞爾而笑曰：「割雞焉用牛刀？」子游曰：「昔者，偃聞諸夫子曰：『君子學道則愛人，小人學道則易使。』」孔子曰：「二三子！偃之言是也。前言戲之耳！」孔子以為游習於文學。

即使是小小的邑宰，也可以弦歌以治民人，更遑論身爲人質，卒能所成就；出身貧寒，竟位致卿相的例子；相反的，再以觸龍說趙太后一事來看，則更可憂的是那身世尊寵的太子，史記趙世家記載：

……近者禍及其身，遠者及其子孫。豈人主之子，侯則不善哉？位尊而無功，奉厚而無勞，而挾重器多也。今媼尊長安君之位，而封之以膏腴之地，多與之重器，而不及今令有功於國，一旦山陵崩，長安君何以自託於趙？老臣以媼為長安君之計短也；故以為愛之不若燕后。」太后曰：「諾！恣君之所使之！」於是為長安君約車百乘，質於齊。齊兵乃出。子義聞之曰：「人主之子，骨肉之親也，猶不能持無功之尊，無勞之奉，而守金玉之重也；而況人臣乎！」

同理，在游士，諸子重談說的風氣下，爲平民開展了位列卿相，超越既定出身，變換身分的各種可能，這在春秋之世前是幾不可能的事，史記蘇秦列傳曾述蘇秦原初見斯欺於兄嫂的窘迫：

……（秦）出遊數歲，大困而歸，兄弟嫂妹妻妾竊皆笑之，蘇秦聞之而慚自傷。

唐宋二代詩論詩作中也屢見以張儀，蘇秦爲題詠的篇什，例如李白詩常提及蘇秦，張儀：

白天才超邁，絕去町畦，其論詩以興寄為主，而不屑屑

於排偶聲調 ... 出門妻子強牽衣，問我西行幾日歸？歸時儻佩黃金印，莫見蘇秦不下機。[4]

蘇洵也有提及蘇秦的詩句：

貧賤羞妻子，富貴樂鄉關，不見李夫子，得意今西還。白馬渡滻水，紅旌照蜀山。歸來未解帶，故舊已滿門。平生浪遊處，何者哀王孫。壯士勿齷齪，千金報一餐。[5]

由以上游說事蹟在文學上的影響來看，可說是善巧譬喻的遊士言，說因爲其超越身份的事功，鵲起於詭譎的政壇，而不論肆後下場是善終與否，皆已形成歷史與政治上的傳奇，而又成爲另一重寓言般的存在。

四、換喻的語用策略

細究行人之辭與縱橫家言，可就「揚棄」、「挪用」與「重置」來看其於危機的面對與轉機的創生；再就「譬喻」與「寓言」，也可一窺游說之士在夢想與現實之間，如何完成事功或留下遺憾。

[4]見《唐宋詩醇》

[5] 見（宋）蘇洵撰；曾棗莊，金成禮箋註：《嘉祐集箋註》卷十六（頁466）。

(一)危機與轉機:「揚棄」、「挪用」與「重置」

所謂換喻的語用策略，是在修辭學的立場上，觀察現代文學批評術語中常的挪用(appropriation)與棄用(abrogation)(在此又稱爲揚棄)以及重置(re-placing)三項手法，在縱橫家言說的分析中可資借重的分析模式，在後殖文化論述與文學批評的背景之下，棄用意謂著拒斥既有宰制權的帝國文化，包括其美學，規範性或正確用法的虛假標準，及其嵌入於文字傳統及固定意義的假設，在語言的解殖民化與地方共通語言的寫作上形成棄用的現象，而棄用的前一歷程則是挪用，並超越逆反，而創造新的用法。

挪用是語言被拿來使用，以承受一己文化經驗重擔的過程，……尤其是共通語的棄用與地方語的挪用，口語習慣的情結成爲本地語言的特色。

從中心化的真確性到去中心化的語言策略，充滿著運用這一意識在殖民／解殖民處境下的語言選擇中，以春秋行人外交辭令來看，出使各諸侯國，參與盟會聘享的場合，採用雅言，賦詩見意，是在一定的統治中心(即周天子)與意識的轄制之下，既定的儀式；但是曾幾何時，禮儀陵夷，人典型不復重視，到了戰國時期養士之風大盛，游食幕客一旦受重用，於國際間輕重利害往往有不同的解讀，隨著其不同的身份展開言說。後殖民文學論述啓發的閱讀方案，在此並不是殖民與解殖民處境的比擬，而是游士在各方諸雄爭霸之間藉特定方案的語言表達謀取政治文化攻略的鵠的，攻戰衝擊與威脅無時不在，鄰近小國夾在大國的情劫逼之下，前殖民的憂懼在出使說客的說帖中，充滿了後殖民觀點下的各種特徵：比喻與旁喻的作用，語言策略在棄用與挪用的邊緣化與政治框架上表現無遺。

而棄用及權力框架的邊緣性策略(abrogation and of frame of power of arginality strategies)則挪用邊緣性與挪用權力框架，是後殖民文學論述中，對小說之類的敘事作品及其寓言特徵的重要解讀模式，在語言策略上的挪用，除了實際託喻之喻體外，還必須包含一個他者性或邊緣化的內在義蘊，以先秦戰國游人所說出的話語爲例，如《韓非子・五蠹篇》所譏刺的，在效忠與家國認同上是帶有分裂性的，一種處於中心／邊緣對立間游移不定的精神位置，充滿不肯定性與疏離感，邊緣的挪用是呈現中心的空無，但是就內容實質來，無論是杯弓蛇影，亡羊補牢或是狐假虎威之類，這些習見的話語，以挪用的策略表述，在權力框架透過借喻的方式解讀同時，是要看出行爲、風俗、價値的隱伏系統，所以連極厭恨爲私己立功謀位縱橫說客的韓非，也在說難篇中歷陳具有特定多重含義的寓言故事。在史傳中極具代表性的程嬰保全趙氏孤兒故事，出自《史記・趙世家》，有以下的記載：

及趙武冠為成人，程嬰乃辭諸大夫，謂趙武曰：「昔下宮之難，皆能死；我非不能死，我思立趙氏之後。今趙武既立為成人，復故位，我下報趙宣孟與公孫杵臼。」趙武啼泣，頓首固請曰：「武願苦筋骨以報子至死；而子忍去我死乎？」程嬰曰：「不可！彼以我為能成事，故先我死；今我不報，是以我事為不成。」遂自殺。趙武服齊衰三年為之祭邑，春秋祠之，世世勿絕。

爲君死節之義，親父之喪，在親親尊尊的典禮儀型中是有定制的，但是時至春秋戰國史實的記載中可以到錯謬重置的語彙，以錯綜的方式示表義。

(二)夢想與現實：

「譬喻」與「寓言」

現代文學理論中持後殖民理論爲主的印度裔波斯學者巴峇(Homi Bhabha)認爲：

印度觀點下的人間寓言，無論從哪一個觀點看，均有樣版的意味，是後殖民觀點及知識論的 寫或逆轉，任何框內的轉喻閱讀作完整的比喻，皆必須加強該依賴性與殖民的實踐。假使把借喻讀作旁喻和複沓的技法，那麼不同的重要性便會顯現出來。

他又說：

意象必須以本質或本源來衡量，以建立其代表性的程度，即意圖的正確性，文本不被視為產生意義，反而本質的反思表達意義。[6]

以這一分析模式徑行理解的實例在縱橫家的語言策略中所在多，有例如《戰國策・楚策一》中記載：

荊宣王問群臣曰:「吾聞北方之畏昭奚恤也,果誠何如?」群臣莫對。江乙對曰:「虎求百獸而食之，得狐。狐曰：子無敢食我也！天帝使我長百獸！今子食我，是逆天帝之命也。子以我不信，我為子先行，子隨我後，觀百獸之見我敢不走乎?虎以為然，故遂與之行。獸見之，皆走。虎不知獸畏己而走也，以為畏狐也。今王之地方五千里，帶甲百萬，而專屬之於昭奚恤，故北方之畏昭奚恤也，其實畏王之甲兵也，猶百獸之畏虎也。」

這就是所謂「狐假虎威」。從《戰國策》原文看，這個故事無論是否有原型流傳，但江乙爲了說明「北方之畏昭奚恤」的原因而設計牽附寓意的作法十分明顯。身爲朝臣幕客，以突梯滑稽諧讔語或寓言說明是慣用的方式。這類話語的運用，可以成功的達成特定意義的傳遞。否則，要說明北方諸侯實際上是害怕楚王及其甲兵的道理，如直敘，不一定能如諧讔寓言的方式

[6]（Homi Bhabha 1984:〈Of Mimicry and Man: The Ambivalence of Colonial Discourse〉收入《October,28:Spring》pp.100；本文同時參考劉自荃譯《逆寫帝國》頁 121~125;頁 204。）

生動透徹。

除了江乙對楚宣王(楚策一)之例外，還有蘇代以鷸蚌相持說趙惠王(燕策)，蘇秦以桃梗和土偶諫孟嘗君(齊策三)，莊辛以蜻蛉、黃雀說楚襄王，汗明以驥服鹽車說春申君(並楚策四)等，入情入理，也是一個特點。特別如鄒忌諷諫的方法更爲巧妙。他拿親自體驗的生活瑣事來啓發齊王，小中見大，步步進逼，使齊王感到四面八方被諂臣包圍的危險，不得不教齊王下令大開言論通路。鄒忌所論應爲實事而非虛構，但作爲一種增強說服力的手段，也就有借喻之意，依然帶有寓言意味，這適與譬喻或寓言性的賦予，在後人觀照縱橫家的夢想與現實上，籠罩了多重詮釋的可能性。

五、結論

本文透過行人之言與縱橫家之辭，在雙重條件：身份與時代；言語與解讀的考察條件之下，企圖爲行人外交辭令的內蘊與後來發展爲縱橫家的行事典型提出新詮，除了重申司馬遷論贊中的同情式了解之外，在稱許其爲傾危之士，毋令獨蒙惡聲的動機之後，更就歷史典型爲後人題詠接受與反芻的觀點，希望能就縱橫家言在理解戰國時代象徵，形成隱喻的一面申說其涵義實具開展與多重化的特性，就語言表達的策略來看，他們善於巧譬令喻，但這些譬喻同時因爲典型化的因素而令成爲歷史的縱橫家自身也形成提供後人延用的喻依與寓言。史學家杜維運嘗云：

> 中國亦有專門從事於歷史解釋之史學作品，史論即其中一大項也，所謂史論，為就歷史上之人物以及歷史上所發生之事項而加以評論。自左傳、史記而發其端，此後各正史以及通鑑皆因循之。
>
> ……史家敘事之後，有所見則於論贊中發揮。泐為專篇者，則如賈誼過秦論、陸機辨亡論。自宋以後，寫史論可以供帖括之用，與功名利祿相連，於是蔚為風氣，蘇洵、蘇軾父子，皆喜寫史論，如項籍論、賈誼論，其顯例也。呂祖謙之東萊博議，張溥之歷代史論，王夫之之讀通鑑論、宋論，則為史論專書。
>
> ……史論是否屬於歷史解釋，為一極富爭論性之問題。正史上之論贊，往往能高矚遠瞻，以剖析歷史；蘇軾、呂祖謙等則又效縱橫家言，任意雌黃史蹟。西方漢學家認為中國之史論作品，係根據道德觀點，對歷史事件所下之泛論，應屬於政治性與倫理性之解釋。……〔凡蘇氏之史論，〕雖文字鏗鏘有聲，史實屢被稱引，而文字流於虛浮，史實全無地位，以此類史論，視之為正史解釋，自極不可。……惟正史論贊，則極富歷史解釋之意味，不得與蘇、呂之史論相提並論。……較正史論贊更接近西方史學中之歷史解釋者，則王夫之之讀通鑑論、宋論也。[7]

---

[7] 見杜維運(1928-)《清代史學與史家》台北：東大圖書公司出版，民 73[1984]，頁 15-21

由杜維運的剖析，可見就史論為探究的焦點，可以闡發的不僅是史觀或是史識，而是那蘊藏在論史的借喻後面，文人識士的興寄與志意的寓託，這將是縱橫家所帶出的文學漣漪，更值得成其象徵涵義的內容所在。

參考書目

(清)劉文淇撰：《左傳舊疏考證》，台北：漢京文化，1980年。

(西漢)司馬遷撰、(日)瀧川資言考證、水沢利忠校補：《史記會注考證附校補一百三十卷》，上海：上海古籍出版社，1986年。

馬王堆漢墓帛書整理小組編：《馬王堆帛書戰國縱橫家書》，北京：文物，1976年。

唐蘭著：〈司馬遷所沒有見過的珍貴史料—長沙馬王堆帛書戰國縱橫家書〉。

楊寬著：〈馬王堆帛書戰國縱橫家書的史料價值〉。

馬雍著：〈帛書戰國縱橫家書各篇的年代和歷史背景〉。

(西漢)司馬遷著，裴駰集解、司馬貞索隱、張守節正義：《史記三家注》，台北：七略出版社，1985年。

錢穆著：《先秦諸子繫年》，台北：聯經，1994年。

錢穆著：《國史大綱》，台北：聯經，1995年。

錢穆著：《從中國歷史來看中國民族性及中國文化》，

台北：聯經，1998 年。
錢穆著：《古本竹書紀年輯校補正》，台北：世界書局，1967 年。
傅斯年著：《戰國子家敘論》，台北：國立台灣大學，1952 年。
傅斯年著：《史記研究》，台北：國立台灣大學，1952 年。
楊寬著：《西周史》，上海：上海人民，1999 年。
楊寬著：《戰國史》，上海：上海人民，1998 年。
楊寬著：《戰國史：一個異色時代的完整圖像》，台北：臺灣商務，1997 年。
楊寬編著：《墨經哲學》，台北：正中，1959 年。
楊寬著：《中國古代都城制度史研究》，上海：上海古籍，1993 年。
楊寬著：《中國古代陵寢制度史研究》，上海：上海古籍，1985 年。
楊寬著：《中國皇帝陵の起源と變遷》（西島定生監譯；尾形勇，太田侑子共譯），東京都：學生社，昭和 56[1981 年]；昭和 62[1987]重印。
楊寬著：《先秦・秦漢之際都城布局的發展變化和禮制的關係》，東京都：東方學會，198?年。
楊寬著：《戰國史料編年輯証》，上海：上海人民，2000 年。
楊寬著：《楊寬古史論文選集》，上海：上海人民，2001 年。
楊寬著：《歷史激流中的動盪和曲折：楊寬自傳》，台北：時報，1993 年。
王靖宇：《中國早期敘事文論集》，台北：中國文哲所籌備處，1999 年。
王靖宇編：《清代文學批評 = Chinese literary criticism of the Ch'ing Period (1644-1911)》，香港：香港大學，1993 年。
王靖宇：《左傳与傳統小說論集》，北京：北京大學出版社，1989 年。
王靖宇：〈Liu Ta-k'uei on Literature〉，《中國文哲研究通訊》3:1，1993 年 3 月，頁 1-10。
王靖宇：〈美國的《左傳》研究〉，《中國文哲研究通訊》3:1，1993 年 3 月，頁 72-80。
王靖宇：〈從敘事文學角度看《左傳》與《國語》的關係〉，《中國文哲研究集刊》第六期，1995 年 3 月。
王靖宇：〈再論《左傳》與《國語》的關係〉，《中國文哲研究通訊》6:4，1996 年 12 月，頁 95-102。
林劍鳴著：《秦漢社會文明》，西安：西北大學出版社，1998 年。
林劍鳴著：《秦漢史》，上海：上海人民出版社，1989 年。
林劍鳴著：《法與中國社會》，長春：吉林文史出版社，1988 年。
黃仁宇著：《中國大歷史》，台北：聯經，1993 年。
何懷宏著：《世襲社會及其解体：中國歷史上的春秋時代》，北京：生活．讀書．新知三聯書店，1996 年。
何懷宏著：《良心論:傳統良知的社會轉化》，上海：三聯書店，1994 年。
何懷宏：《何懷宏自選集》，桂林：廣西師范大學，2000 年。
廖申白、孫春晨主編：《倫理新視點:轉型時期的社會倫理与道德》，北京：中國社會科學出版社，1997 年。
王恒傑編校:《春秋後語輯考》，濟南：齊魯書社，1993 年 12 月。
郭人民撰：《戰國策校注繫年》，河南：中州古籍，1988 年 11 月。
何建章注釋：《戰國策注釋》，北京：中華書局，1992 年 7 月。
方銘：《戰國策文學史》，湖北：武漢出版社，1996 年 10 月。
岳斌：《中國春秋戰國文學史》，北京：人民出版社，1994 年。
白本松：《先秦寓言史》，鄭州：河南出版社，2001 年。
張正男：《戰國策初探》，台北：商務印書館，1984 年 3 月。
張彥修：《戰國策與中國文化》，河南：河南大學出版社，1998 年 8 月。
熊獻光：《戰國策研究及選譯》，重慶：重慶出版社，1988 年。
熊獻光：《縱橫家研究》，重慶：重慶出版社，1998 年 4 月。
劉向集錄：《戰國策》，台北：里仁出版社，1990 年。

鄭均：《戰國紀事》，台北：文史哲出版社，1993 年 7 月初版。

鄭良樹：《戰國策研究》，台北：台灣學生書局，1986 年。

鄭杰文：《戰國策文新論》，濟南：山東人民出版社，1998 年。

繆文遠：《戰國史系年輯證》，成都：巴蜀書社，1997 年 1 月。

繆文遠：《戰國制度通考》，成都：巴蜀書社，1998 年 9 月。

繆文遠：《戰國策考辨》，北京：中華書局，1984 年 7 月。

繆文遠：《戰國策新校注》，四川：巴蜀出版社，1998 年 9 月。

藍開祥：《戰國策名篇賞析》，北京：北京十月文藝出版社，1991 年。

顧念先：《戰國策研究》，台北：正中，1969 年。

程金造編：《史記索隱引書考實》，北京：中華書局，1998 年 10 月。

(唐)趙蕤：《長短經》，台北：世界書局，1981 年。

葛景春譯：《縱橫學讀本—長短經白話版》，台北：遠流，1991 年 11 月。

陳蒲清：《中國古代寓言史》，台北：駱駝出版社，1987 年。

傅劍平：《縱橫家與中國文化》，台北：文津出版社。

彭永捷：《中國縱橫家》，河北：宗教文化出版社，1998

年 6 月。

崔適：《史記探源》(張烈點校）北京：中華書局，1993 年 2 月。

(清)吳見思、吳景星：《史記論文，史記評議》(陸永品點校整理)，吉林：東北師範大學出版社，1986 年 4 月。

吳恂著：《漢書注商》，上海：上海古籍，1983 年 1 月。

彭安玉：《殊途同歸—春秋戰國改革的歷史走向》，南京:南京大學出版社，2000 年 10 月。

李炳海著：《部族文化與先秦文學》，北京：高教出版社，1995 年 11 月。

李炳海著：《民族融合與中國古代文學》，長春：東北師大出版社，1997 年 11 月。

陸學明著：《典型結構的文化闡釋》，長春：吉林教育出版社，1993 年 2 月。

盧建榮著：《跨越國界、擁抱俗眾的大歷史敘述—歷史是可以這樣寫的》，鄭明萱譯，台北：麥田出版社，1996 年，頁 9-27。

平勢隆郎著：《左傳の史料批判的研究》，東京：東京大學東洋研究所，汲古書院，1998 年。

平勢隆郎著：《史記二二〇〇年の虛實》，東京：講談社，1996 年。

平勢隆郎著：《新編史記東周年表：中國古代紀年の研究序章》，東京：東京大學出版會，1995 年 11 月。

平勢隆郎著：《中國古代紀年の予言書》，東京：講談社，2000 年 6 月。

小野澤精一著:《春秋說話の思想史的考察》,東京都:汲古書院,1982年12月(昭和57年12月)。

藤田勝久:「馬王堆帛書『戦国縦横家書』の構成と性格」,『愛媛大学/教養部紀要:19(2)』,1986年12月20日。

林巳奈夫編:「戰國時代出土文物の研究」,『京大人文研』,昭和60年。

林巳奈夫:「長沙出土戦国帛書考」,『東方学報』第36冊,京都,1964年。

林巳奈夫編:『新發現中國科學史資料の研究』(譯註篇,論考篇),1985年。

工藤元男:『戦国の会盟と符—馬王堆漢墓帛書『戦国縦横家書』二□章をめぐって』,『東洋史研究』53-1,1994年6月30日。

工藤元男著:「馬王堆出土『戦国縦横家書』と『史記』」,收入『中国正史の基礎的研究』(早稲田大学文学部東洋史研究室編),東京:早稲田大学出版部,1984年3月。

多田道太郎編:「戰國時代出土文物の研究」,『東方学報』,1986年。

Michael Payne(邁可.潘恩)著:《閱讀理論——拉康、德希達與克麗蒂娃導讀》(李奭學譯),台北:書林,1996年9月。

Bill.Ashcroft(比爾·阿希克洛夫特)等著:《逆寫帝國:後殖民文學的理論與實踐》(劉自荃譯),台北:駱駝,1998年6月。

張宏生：〈《左傳》與《戰國策》中說辭的比較研究〉，《南京大學學報：哲學・人文・社會科學》第 1 期，1988 年。

壯遊與臥遊：
論明代中期蘇州文苑之遊

邵曼珣

摘要：

本文主要從明代中期蘇州地區文人的旅遊現象談起，並論及歷史上「遊」的觀念的轉變。再從晚明的壯遊活動，逆推其可能發展的因素，以及中明蘇州文人的旅遊型態，並駁斥某些研究者認為中明沒有旅遊及遊記的說法。文中資料主要以蘇州文苑的文人群作品為考察內容，並略述當時的旅遊心態，結論歸於因為有中明時期的旅遊風氣，才會出現晚明專業化的旅行者及著作。

關鍵詞：蘇州　文人　壯遊　臥遊　休閒　暢

一、明代中期蘇州之旅遊風氣

（一）遊觀念之轉變

游或遊這個字在中國文化變遷上是一個值得注意的議題，以它發展出來的詞彙如漫遊、旅遊、遊覽等，似乎都含有一種閒暇不務本業的概念。所以在以勤勞務本的社會體制下，遊一直是不被強調的概念。不過早期的商周時代國家領土觀念尚未形成，人民時常遷徙居住地點，「游」在當時是一項普遍的活動。直到漢朝沿襲秦法，實施「編戶齊民」制度，並且宣揚「安土重遷」觀念之後，才開始有了居民定居的概念[1]。

我們若從游字本義到引伸義的演變，也可以看出游的觀念的發展，。游有兩個讀音，音「流」則同「斿」，是指「旌旗之流」，是古代連綴於旗幟正幅下沿的垂飾[2]。音「由」，則有「水中浮行」；或「流動、不固定」之義；或也同「遊」，有遨遊、嬉戲玩樂之義。游在卜辭中作「[illegible]」，是指人子執旌旗而行，本字應爲旗，與水流之游乃是兩個字，據魯實先《文字析義》考證「凡遨斿之字，經傳作遊或游者，皆漢後所易也。」可見游與遊二字相通，是漢以後的學者註解經傳通用的結果。例如《方言》：「潛，遊也。」郭璞注：「潛行水中亦爲遊也。」遊作嬉戲之義也是漢以後常使用的[3]。《禮記．學記》：「息焉，遊焉。」鄭玄注：「遊，謂閒暇無事之爲遊。」遊雖有優遊閒逛之義，但是對中國傳統知識份子而言，遊不是什麼好事。尤其是在屈原「遠遊」形象被塑造成一種懷才不遇的不得已而遊，《楚辭•遠遊》中「去國懷鄉」的精神內涵，才漸漸深入中國

---

[1] 龔鵬程：〈遊人記遊：論晚明小品遊記〉，收於《1996 年龔鵬程年度學思報告》，嘉義：南華管理學院，1997。

[2] 許慎：《說文解字注》：「周禮省作「斿」，引伸爲出游嬉游，俗作遊。」，台北：黎明文化事業公司，頁 314。

[3] 例如《呂氏春秋．貴直》：「殷之鼎陳於周之廷，其社蓋於周之屏，其干戚之音，在人之遊。」高誘注：「遊，樂也」又如《廣雅．釋詁四》：「遊，戲也。」

知識份子的心靈圖式之中。旅遊是一種不得已的被動，有的因被遷謫而遠離家園；也有因亂世避難而遷徙，於是遠遊者常是苦悶的、憔悴的、懷鄉的，山川的遊覽成爲寄情的客體，從古詩十九首以下到唐代山水文學幾乎都寓含這種心靈模式。

然而，到了明代傳統的文人型態產生變化，仕宦不是文人唯一選擇，經世濟民也不是唯一存在的使命，「游於藝」的生命情調普遍的被接受。旅遊成爲現實生活中暫時的一種逸出，是身心得到一種轉換與休息的場所。無關於遊子、異鄉與不遇，旅遊與家園不再構成內在的緊張關係。旅遊純乎是旅遊了。所以像以遊記文學稱譽的柳宗元，在明代也被批評爲：「子厚永州諸記，不過借山水一丘一壑，以自寫其胸中塊壘奇掘之思，非游之大觀也。」[4]隱然可見的是，遊記的性質在明代已經有了某種變化。另外，隨著旅遊者的心態和遊的目的的轉變，旅遊幾乎是明代普遍的活動，上至仕宦大夫下至販夫走族，有遊覽湖山的雅集活動；也有宗教聖地的朝香團活動。

近年來隨著旅遊業的興盛，旅遊文學成爲較熱門的論題。在古典文學方面明代遊記數量豐富，尤其晚明的遊記更是具有旅遊專業性知識的記載。以是之故，近人研究明代的旅遊文學大都將重點放在晚明作品的研究上。晚明旅遊活動興盛，遊記作品數量和品質都具有相當研究價值，此時期的重要性是不容分說

---

[4] 奚又溥：〈徐霞客遊記序〉。

的，但是遊記何以至晚明大盛？在此之前中明的旅遊發展，在歷史時間的發展因素中應該有其脈絡可循。不過當代學者周振鶴則認爲，正德以前遊記甚少，不過十來篇，即使有以遊記爲名者，亦無遊記之實。[5]此說，筆者認爲頗欠周延，因爲遊記文學要如何定義？文中未曾有所解說，而遊記與山水文學之間的定義，一直以來也未見妥當的分別，筆者竊以爲周氏所謂的遊記作品嚴格說來應是「記遊」。

「記遊」和「遊記」的差異，筆者以爲是兩者所著重的重點不同：「記遊」重點在「遊」，以旅遊者的遊覽動線記錄爲主，較偏重於客觀環境的觀察與紀錄，如《徐霞客遊記》序云：「審視山脈如何去來，水脈如何分和，既得大勢，然後一丘一壑，支搜節討。」遊覽活動又兼具地理學知識的探索，此可說是晚明遊記文學發展的一種特色，於是晚明遊記常是動輒上萬言的長篇。

相較之下所謂「遊記」則是「遊之記」，以作者對山水景物的主觀感受爲主，所記之情境可能是當下正在進行的旅遊，也可以是事後的追溯與懷想，所以山水描寫或以山水寄情抒懷者皆是遊記，自魏晉以來山水文學與遊記幾乎被視爲同一類型。筆者認爲周氏文章所說的遊記是晚明人對遊記的新定義，這一點周氏文中並未說明，若只是以山水爲描述或借喻背景

---

[5] 周振鶴：〈從明人文集看晚明旅遊風氣的形成〉，明人文集與明代研究學術研討會，2000年4月28~30日，台北。

者，而沒有實際遊的行動，是不能稱爲遊記。但是有實際登臨的活動，當下面臨的時空確實是在山水間者，只是內容以山水抒懷寄情者，仍可以視爲「遊」記，縱觀歷代中國所謂的遊記文學大都是以此爲標準。。

（二）明中期蘇州地區之旅遊活動

晚明旅遊活動頗爲盛行，但是旅遊風氣不是晚明才開始的。事實上，明代中期旅遊活動早已展開，尤其是水路交通發達的蘇州地區。

蘇州文人常集體出遊，地點多半是蘇州城內外近郊，虎丘、太湖及附近山寺都是他們經常遊覽之處。由於江南地區是水鄉澤國，一般出遊的交通工具常以舟船爲主。據說當時有一種相當豪華的「遊船」，稱爲「東坡船」，在〈姑蘇繁華圖〉中就畫有有一艘東坡船，據沈周說此船，船高似屋，兩舷有三十六個窗戶，可謂「豪華客輪」是也。

> 東坡新船高似屋，兩舷開窗三十六。昨乘缺月汎昆湖，今汎楊湖月方足。……月到足時人欠福，莫能扶儓踏高筵，馬不進兮人累俗。……月從水上憶車公，還能入戶尋幽獨。枕前只作臥遊人，亦有清華爛雙目。高吟不寐

待回船，輸卻醉鄉詩可贖。[6]

由東坡船的規模看來，若不是有繁盛的旅遊活動，又怎會製造出這種豪華級的客船呢。又據《清嘉錄》記載蘇州的「虎邱鐙船」:「豪民富賈，競買鐙船，至虎邱山濱，各占柳陰深處，浮瓜沈李，賭酒徵歌。膩客逍遙，名姝談笑，霧縠冰紈，爭妍鬥豔。」[7]所謂鐙船是指裝飾精工的畫船，窗戶有夾層，間以玻璃，懸設綵鐙，傍晚點上燭火之後，與月光水波相激射。甚至有的窗槅用大理府石鑲嵌，鐙則用琉璃。這些裝飾精美的畫船，皆是興盛的旅遊活動風氣之下的產物。而且在明中期就逐漸發展，並非晚明特別盛行。

此外，我們也可以從蘇州吳門畫派的作品中看到更多的旅遊記錄。明代中期蘇州繪畫首推沈周爲代表，之後文徵明繼爲文壇畫壇的盟主，從其遊於門下者凡幾，這些文人多半是兼具文采與畫藝，沈周、文徵明、陸治、文嘉、文伯仁、錢穀等人，創作了爲數可觀的吳中山水圖，有純爲寫景的名勝圖；有紀錄遊賞雅集的紀遊圖；也有寫景紀遊以贈別的送別圖等。這一類題材的盛行應該是與吳人遊覽山水的風氣有關。

---

[6] 沈周,〈錢士弘以東坡船邀汎月病阻因答〉,卷 1 天文，頁 562。
[7] 顧祿:《清嘉錄》卷 6，頁 137~139。

二、明人之旅遊觀

（一）由晚明旅遊現象談起

晚明出現許多長篇鴻制的遊記，如袁中道《珂雪齋近集》的〈東遊日記〉、〈南歸日記〉皆動輒數萬言以上。徐霞客的《遊記》與王士性的《廣志繹》更是可視爲近代地理學的重要著作。晚明除了遊記篇幅的增加之外，旅遊地點更是擴展到中國各地。以遊蹤所至的地點看來，明中期多半以居住的州縣山水爲中心，再向外擴展到著名的名勝山川。晚明則因爲當時著名的風景名勝已經成爲衆遊之地，人口喧集，而且也不再新奇，於是漸漸將遊蹤擴展到人跡較爲罕至之地，一來可滿足好奇之心；二來亦可向人炫耀見聞，成爲朋友雅集文會時的焦點話題。於是旅遊從身心暫時抒解，到以旅遊滿足好奇，再發展到以旅遊作爲探險的滿足，徐霞客足跡遍至中國各地，他認爲中原地區的遊覽已經不足爲奇「其奇絕者閩粵楚蜀滇黔，百蠻荒徼之區。」而且所欲觀察者已經不再是以山水做爲自我的娛樂之用，而將其視爲知識性的探求，故言：「審視山脈如何去來，水脈如何分和，既得大勢，然後一丘一壑，支搜節討。」（《徐霞客遊記序》）

晚明之所以能發展出一種類似於專業探險家的知識性活動的旅遊目的，絕不是一夕之間而形成的，像徐霞客、王士性等人的旅遊觀念的改變，是在旅遊活動極度興盛之下，被重新思考。遊本是閒暇的、是不務正業的、是社會上流階級的活動，是一種「雅」的身份象徵，但是當販夫走卒都能參與旅遊活動的同時，遊成為一種「世俗化」的活動，於是好奇之士開始產生對旅遊現象及心態重新省思以及如何不同於流俗。鄒光迪的一番話特別能看出以上所說的心態變化：

> 夫遊有三：一天遊、二人遊、三俗遊。靡曼當前，鐘鼓列後，絲幃延袤，樓船披靡，山珍水錯，充溢圓方。男女相錯，嬲而雜坐。漣漪不入其懷，清音不以悅耳，是謂俗遊。天宇晴空，惠風時至，朗月繼照，諸品一滌，枕石漱流，聽禽坐卉，橫槊抽毫，登高能賦，野老與之爭席，　麋因而相狎，是謂人遊。無町無畦，無畛無域，審乎無假，揮斥八極，出入六合，撓挑無垠，乘夫莽眇之鳥，而息夫亡何有之鄉，是謂天遊。余不能天遊而大厭俗遊，庶幾人遊已乎。……[8]

所謂俗遊，正可道盡一般熱門的旅遊地點，遊客遊覽喧集，雜沓擁擠的景況。這也正是因為旅遊風氣普遍，故而旅遊地點成為熱門觀光地點之後，清幽的山林在節慶假日頓時成為市集，黃省曾《吳風錄》說道：「虎邱，自胡太守纘宗創造，臺閣數重，益增眺勝，四時遊客，無寥落之日，寺如喧市，妓女如雲，諺有假虎邱之稱，言非真山也。」虎邱寺近蘇州城，故原本是蘇州文人最常遊賞的地點，明代中葉以後開始遊客囷

[8] 鄒光迪：〈遊吳門諸山記〉，《郁儀樓集》卷 36。

集如喧市，原本是蘇州城繁華的象徵，一旦成爲熱門的遊覽景點之後，該地也世俗化了。晚明文人常捨近以求遠，爲的是求新奇與不從俗，於是乎文人始於遠遊與壯遊。

（二）明中期文人之遊

明代中葉旅遊正是方興未艾之際，當時文人對旅遊的態度，也有不同的反應。在當時一般人眼中，遠遊是一種壯遊，千里跋涉，登覽名山大川，這一種掘奇探險的壯遊活動，需要周知親朋好友，甚至爲其餞行送別。明代仕宦文人志遊五嶽的應該首推喬宇（1464~1531），他是臺閣體領袖李東陽的門生，曾與李夢陽、王守仁切磋古文。正德年間爲太常少卿，代表武宗分祭黃河、西海及晉代諸藩王陵園等地，因得以順道攀登山西之北嶽恆山和陝西的西嶽華山。喬宇登華山更是一時盛事，其師楊一清與王雲鳳、胡菊水等人皆作詩以壯其行，對其豪氣嘆服不已。李東陽亦賦詩讚曰：「如此好奇者，世不可以多得。」後來李東陽與王廷相討論復古理論時特別引用喬宇登華山的故事來明，爲文要取法乎上，需要溯流犯險，上追遠古，獨往不羈。其後，喬宇又受命祝禱於東嶽、東海諸神，因此又登上泰山。喬宇登山的壯舉可視爲明代仕宦文人壯遊山水的開端。後來與喬宇同爲蘇州人的都穆（1459~1525）也「以使事聘四方」之便，登覽終南山、華山、嵩山、驪山等名山，並且著有《遊名山記》

以記其遊歷。嘉靖以後，仕宦文人借爲官之行蹟，以暢遊名山則蔚爲風氣。如文徵明在京師任待昭期間，亦遊覽西山。其有〈西苑詩十首〉，詩後記云：

> 嘉靖乙酉春，同官陳侍講魯南、馬修撰仲房、王編修繩武，偕余為西苑之遊。先是魯南教內書堂，識守苑官王滿，是日實導余三人行，因得盡歷諸勝。……而吾徒際會清時，列官禁進，遂得以其暇日遊衍其中，獨非幸與？……而余行且歸老江南，追思舊遊，可復得耶？……他日邂逅林翁溪叟，展卷理詠，殆猶置身於廣寒太液之間也。[9]

文徵明與陳沂、馬仲房、王繩武等人利用官暇之日遊覽京師附近的名勝。此外，〈贈長洲尹高侯敘〉詩云：

> 侯以進士高科試邑於此。始至而吏讋其嚴，繼而民安其業。……期年之間邑以大治。……然求其所以為理者，每出於簿書期會之外。而讀書為文，無廢業焉。間引邑中賢士，相與倡酬，所歷山谿，輒形紀述。風流篇翰，照映一時。……[10]

到蘇州任職的官員與當地仕紳平日相與倡酬，並且共

---

[9] 文徵明：卷 11，頁 304。
[10] 文徵明：卷 16，頁 455。

同出遊以爲雅會。

（三）明中期壯遊之情況

在明代中葉遠赴中國各地觀覽名山大川，尤其是以登赴五嶽遊覽自期的文人，自喬宇之後漸漸增多。這種旅遊方式被視爲「壯遊」或「遠遊」是許多文人嚮往企羨的活動。不過「壯遊」並非「懷壯志而遠遊」，遊之所以壯，是因爲所遊地點之大、之遠、之壯觀。明人旅遊觀在這一點上是與前代最大不同之處。明代以前（包括初明）旅遊者重視的是主體的情境感受，山水景色多爲襯托或是作爲一種寓體，咫尺山水即可起興抒懷，遊覽地點並不重要，重點是遊者是否胸懷壯志而遊。然而明代中葉以後，文人對自然山川所表現的興趣，遠勝於心靈的寄託。尤其是對大山盛水的嚮往，形成了遠赴窮崛之地探險的壯舉，所以此時所謂的「壯遊」是指遊覽活動之壯大，需耗費時日準備，甚至周知親朋好友，彷彿向世人宣示此行之壯盛。

史鑑字明古，吳縣人，自號西村，與沈周等人交誼甚篤，其行止頗爲獨特，嘗：

> 好著古衣冠，曳履揮塵，望之者以為仙也。間與親友吳鐵峰數人扁舟往來，目為雅集以觴詠相娛樂。又常與劉僉憲、沈石田諸公游武林，經月忘返，所至為文，記之曰：「此未愜吾志也，會當絕大江，北游中原，覽岱華，

涉河濟，循王屋、廬阜而歸乃為快耳。」……[11]

史明古與沈周雖然常周遊於山林之間，然而仍覺得未能愜志，希望能遠遊華岱、河濟，攀登王屋等山，才爲快意。傅汝舟（上元人），稱丁戊山人，他的遊覽比較特別，目的是求仙訪道「年二十，謝諸生，通天官、堪輿、老莊，求仙訪道，遍遊吳會、荆、湘、齊、魯、河雒之間。」[12]還有王紱字孟端，常州無錫人，善畫山水竹石，不肯與當時富貴之門來往，頗有風人之致，「嘗北游江淮、浮黃河……往來晉代之間，周覽形勝輒感慨弔古，徘徊不能去，一時聞人慕其名爭延致之。……」[13] 由以上諸例看來，明代中期的文人已經十分熱中於旅遊登覽的活動，周振鶴說明代中期的人不喜遊歷也沒有遊記的說法，實在值得商榷。（文見註3）

除了以山水爲癖的文人之外，也有借山林觀覽的經驗，以博得名聲的作法，那就是以遠遊之舉而壯其名聲的「山人」，他們藉著遊覽與見聞，縱橫於公卿仕宦之間，頗受這些文人雅會時的歡迎，例如吳擴（字子充），崑山人，時稱吳山人，「以布衣游縉紳間，玄冠白帢，對客多自言遊覽武夷、匡廬諸勝地，朗誦其

---

[11] 張萱：《西園見聞錄》，頁525。
[12] 錢謙益：《列朝詩集小傳》，頁371。
[13] 張萱：《西園見聞錄》〈高尚〉卷22，頁468。

詩歌，聽之者如在目中，故多樂與之遊。」[14]明初山人如晚宋山人一樣多隱居山林之間，不輕出遊人間，故名聲清高。爾後山人以詩名於世，又多封譽自己，並常挾詩卷、攜竿牘，遨遊縉紳之間，大概是從嘉靖間的吳擴開始，在北方則是謝茂秦、鄭若庸等，他們皆以山人自稱。後來效法接跡的人越來越多，萬曆以後山人浮濫，雖名為山人，只是以山林為幌子，並不是真正癖愛山林與登覽遊歷，只是想以此「名高」，並遊食於仕宦門第之間而已。

此外，也有科舉落第的文人遠遊名山大川，以抒解不遇的苦悶。如唐寅在科舉弊案發生之後遠赴匡廬、天台、武夷等地，放浪山水間：

> ……掠問無狀，竟坐乞文事，論發浙藩為吏，不就。放浪遠遊祝融、匡廬、天台、武夷，觀海於東南，浮洞庭、彭蠡，歸築室桃花塢與客般飲其中。嘗緣故去其妻，自傷放廢……[15]

黃省曾舉鄉試秀才之後，在科舉上一直未有斬獲，於是欲棄舉業而遠遊，以登覽五嶽自期，故自呼為「五嶽山人」，行前吳地文人為其餞行，並贈詩以頌其遊行。祝允明寫〈神游篇〉贈之，云：

---

14 錢謙益：《列朝詩集小傳》，頁 493。

15 尤侗：〈明史擬稿〉見於《唐伯虎全集》，〈唐伯虎軼事〉卷 1，頁 1。

帝遣河上公，下來赤縣游，采真金庭房，漫衍三十秋。禹書眇一策，詎幾窮沈幽。……八荒極探搜。一餐換塵骨，萬品皆蜉蝣。與子無往來，逍遙齊所求。[16]

不過黃省曾並沒有實行登覽五嶽的計畫，他到了北地之後，結識並學詩於李夢陽，自此傾心於北學，也無暇於其壯遊之舉了。這也是引起吳地師友對他的不滿「吳中前輩，研習元末國初風尚，枕藉詩書，以噉名干謁爲恥，獻吉唱爲古學，吳人厭其剿襲，頗相訾嗸，勉之傾心北學游光揚聲，袖中每攜諸公尺書，出以誇示坐客，作臨終自傳，歷數其生平貴游，識者哂之。」[17]黃省曾之子黃姬水，曾學書法於祝允明。「姬水嘗慕遠遊不能自致，則側身四望，興言詠嘆。……曰吾以丘壑視階庭矣；几席視雲山，鳥飛魚泳，惟意徜徉耳。……攜妻子僑居金陵，每登石城，望鍾山吐雲若青蓮，笑曰此不減三峨五岳矣。諸貴戚召游家園，則笑謝曰足觀矣！」[18]他生性愛好山水，但因家貧中無法成行，只好以想像神遊的方式自娛。

[16] 祝允明，〈神游篇贈黃勉之〉，《懷星堂集》（四庫全書影本第1260冊，台北：商務，1992）卷4，頁427~428。
[17] 錢謙益：《列朝詩集小傳》，頁361。
[18] 張萱：《西園見聞錄》，頁528。

（四）文人之「臥遊」山水

黃姬水這種神遊山林的方式，在蘇州文人的詩畫文集中也常見，他們稱之爲「臥遊」。蘇州吳門畫派有許關於吳中山水記遊的繪畫，這些畫作有的是真實紀錄文人登遊的過程，但也有爲數不少，是畫家們事後憑記憶與想像或模擬前人山水圖而作的畫，他們作畫時幾乎都有一個共同的心態，即是「臥遊」。我們以文徵明爲代表試析論之，其〈余畫金焦落照圖吳水部德徵先生寄示二詩題謝長句〉詩云：

> 憶昨浮船下揚子，平翻渺渺波千里。……平生快睹無此奇，卻恨歸帆北風駛。至今偉蹟在胸中，回首登臨心不已。偶然興落尺紙間，便欲平吞大江水。固知心手不相能，塗抹聊當臥遊爾！晴窗舒卷日數回，不敢示人聊自喜。……[19]

文徵明在遊歷金山、焦山之後，偉蹟在胸中，盈懷不去，於是欲以塗抹聊當「臥遊」。由此看來臥遊，是一種以精神交接於山水，在自己的遊覽經驗中想像身臨其境之感。這是一些無法行游江山的文人常見的一種安慰，並且也是一種自娛的方式。文徵明不是沈溺癖愛於山水的人，他也未曾有遠遊的計畫。他的遊蹤多半以蘇州近郊名山古刹爲主要形跡，因爲他不是一個

[19] 文徵明：《文徵明集》卷4，頁58。

「好奇」的人。但是在他的題畫詩中，卻常常自言作畫的目的是爲了臥遊以自娛。又如文徵明無緣遊歷洞庭，但可從唐寅畫作中臥遊一番：

> ……誰檢吳淞尺紙間，唐君胸有洞庭山。古藤危磴黃茆渚，細草荒宮消夏灣。我生無緣空夢墮，三十年來蟻旋磨。睡起窗前展畫看，恍然垂手磯頭坐。湖山宜雨亦宜晴，春色蘢蔥秋月名。知君作畫不是畫，分明詩境但無聲。古稱詩畫無彼此，以口傳心還應指。從君欲下一轉語，何人會汲江西水！[20]

見黃應龍所藏巨然廬山圖，而說：「……某丘某壑皆舊遊，展卷晴窗眼猶熟。祇今老倦到無由，對此時時作臥遊。慚余裹足不出戶，聞君此語心悠悠。高懷咫尺已千里，眼中殊覺欠扁舟。」[21]又〈題畫〉詩曰：「……吳中山水清且遠，老我平生素遊衍。偶然點筆寫秋巒，恍惚遊蹤出東絹。金君有癖與我同，每每神遊翰墨中。贈君此幅應有以，咫尺相看論萬里。」[22]畫山水圖對文人來說最大的滿足是可以臥遊其中，旅遊是當時非常流行的活動，遊覽需要時間金錢與體力，若無法出遊，描寫山水觀覽素壁也可以暫時滿足，因而「臥遊」

---

[20] 文徵明：〈次韻題子畏所畫黃茆小景〉，《文徵明集》卷 4，頁 63。

[21] 文徵明：〈題黃應龍所藏巨然廬山圖〉，《文徵明集》卷 4，頁 73。

[22] 文徵明：〈題畫〉之二，《文徵明集》卷 5，頁 88。

的觀念是明代吳中畫家很重要的一個寫畫動機。

文徵明在題山水畫的詩中常強調臥遊的觀念，但他本人還是有許多旅遊活動，只是遊蹤多以江南地區爲中心。[23]例如文氏相當喜歡到瑯琊山，一年之中到此地燕集有十次之多。他說：

> 瑯琊古絕境，四月花木春。探玩有深趣，行遊及良辰。蕭蕭晉帝宅，渺渺江湖身。……自余吳山來，此山便為鄰，水石無異姓，相逢如故人。間多濟勝具，盛有山水賓。一載十回至，不受山靈嗔。[24]

文氏〈玉女潭山居記〉中讚嘆史恭甫發掘經營宜興玉女潭，是一種以山林爲癖好，純粹作爲自適之用的雅致。

> 恭甫以粹美之質，具有用之才，不究於時，而肆情丘壑。搜奇抉異，發幽而通塞，俾伏者以顯，鬱者以申，而無有所蔽。夫其志，豈直山水之間而已哉！昔謝康樂伐山

---

23 綜合統計《文徵明集》中所遊歷之地大概包括：石湖、任城、無錫、虎丘、相城、崑山、揚州、徐州、西苑、宿遷、天池、瑯琊山、惠山、靈巖山、洞庭東西山、金陵雞鳴山、橫山、滁州諸山、天池山、支硎山、天平山、治平寺、劍池東禪寺、楞伽寺、雙塔寺、承天寺、獅子菴、金山寺、過竹堂、觀音閣、真適園、陳氏西園、王氏東園、陳以可姚城別業、徐昌國西齋、閶門西虹橋、消夏灣、南湖、太湖。地點大都以江浙吳越爲主。

24 文徵明，〈冬日瑯琊山燕集〉卷1，頁1。

開徑，以極遊放，柳子厚發永柳諸山，而著為文章，皆以高才棄斥，用慮其抑鬱不平之氣耳。或謂恭甫類是，而實非也。恭甫恬靜寡欲，與物無忤，而雅事養。邂逅得此，用以自適，而經營位置，因見其才，初非若二公有意於期間也。雖然，二公在當時，或有異論，而風流文雅，千載之下，可能少其名乎？嗚呼！地以人重，人亦以地重；他時好奇之士遊於斯，庶幾有知恭甫者。[25]

吳中四才子中除了文徵明之外，唐寅、祝允明也都曾經遠遊，祝允明，自言：「歲丁卯正月閏一之日，祝子東北游越六日，跡極東海，擬縱大觀，於時春雨如戲，輒施而輟，……余此究南東，且將北走燕，堯禹諸君之所營而乂也，如斯而已矣。……」[26]他在遊越期間，曾爲文，已是其對於「遊」的看法：

……今之人游事亦多以聲，吾嘗蹤某仙崖佛石識某聖轍賢武，營營以趨，眩眩以尋，而逐逐以詡之，何游乎？夫為為勤之可朝，佚之可野，張之可武，弛之可文，動之可議，靜之可默，徐之可置，疾之可即，於是遍天下局一壑，莫非勝眺，是故宗公之謂觀，固云道焉。以公之負者厚濟者深，允明幸從今之游以有其大者。[27]

---

[25] 文徵明，〈玉女潭山居記〉卷 19，頁 501~502。
[26] 祝允明，〈感游〉，卷 9，頁 489~490 。
[27] 祝允明，〈越臺諸游序〉卷 21，頁 662。

明代中期蘇州文人幾乎時常舉行遊宴活動，蘇州附近的名山古剎是他們最常棲息徘徊之地：

> 吾蘇故多佛剎，經洪武釐取多所廢斥。……余屢遊其間，至輒忘反。非直境壤幽寂，而僧徒循循，多讀書喜文。所雅遊皆文人碩士，若沈處士石田，若楊禮部君謙，蔡翰林九逵，皆嘗栖息於此。……[28]

結伴出遊是文人之間的一種重要的交遊活動，出遊者「既遊於山川自然，亦遊於朋友情義之間。良友晤對，可浣俗腸，交遊同心，乃是抵抗庸俗，超越流俗世情的手段。」[29]蘇州文人熱中於遊賞山林的燕集活動，應該是有此種作用吧。

三、結語

龔鵬程〈遊人記遊〉一文中提到：「遊市朝，廣交遊之遊士，喜云臥遊，倡言『坐一室即是九州』的，是遊子的一種類型。遊山水，息交絕遊，自出遠陟，遍行九州，不拘一室的，又是一種類型。兩者皆遊而

---

28 文徵明，〈重修大雲庵碑〉，《文徵明集》（周道振輯校，上海古籍出版社，1987）卷 35，頁 794。

29 參見註 1。

不遊。前者爲遊士，然不常出遊山川，只偶爾遊園，或爲臥遊而已。後者慣於旅行遊歷，亦樂交友，卻不喜交遊酬酢。」（註 1 頁 165）該文分析的正是晚明遊記的特點，然其所說的遊人類型卻不是晚明才出現，我們看中明的蘇州文人，他們可以說是遊士，但不是只有臥遊，他們也時常出遊，不過出遊多是結伴同遊，旅遊對他們而言可以說是一種交遊的方式，透過山水作爲一種美感形相的觀賞，藉由山水達到心物感應的體驗。

旅遊是休閒概念發展中的一個重要產物。旅遊者首先是要在生活上做出「區隔」，區隔一般「現實性」的生活和「逸遊」時的遊賞行動，也就是說，在旅遊時人可以放下現實生活中的社會身份、角色、功能、責任等。常外涉於物的心，可以收攝在自我的感官體會上，以及恣情的品味生命，身體和精神進入另一個領域，這是一種超越的狀態，所謂「偷得浮生半日閒」，閒是精神性的，是心靈逸出塵勞之外的自由感。

美國學者托瑪斯．古德爾在其代表著作《人類思想史中的休閒》一書中提到：

> 休閒是從文化環境和物質環境的外在壓力中解脫出來的一種相對自由的生活，它使個體能以自己所喜愛的、本能地感受到有價值的方式。……[30]

---

[30] 托瑪斯．古德爾：《人類思想史中的休閒》（成素梅等譯，昆明：雲南人民出版社，2000.8），頁 11。

明代江南地區的經濟型態已經有所謂的「資本主義」經濟萌芽，是以商業爲主要型態的新興城市，由於生計型態與價值觀念的改變，基本物質生活條件滿足之後，自我意識由茲產生，生活已經不再是不斷的勤苦勞動而已，個人生存與生命的感受，以及其價值是才明代文人所關心的，在這些觀念的演變之下，休閒也不再是無所事事的混跡，「閒」可以成爲一種生活態度。[31]

如果從休閒的觀念來看明代文人的旅遊觀念及型態的改變，以下一段分析倒是可以藉以瞭解，從中明到晚明「旅遊」逐漸「專業化」的過程。

> 關於源自體驗的休閒的另一個思想是休閒的專業化。也就是說，當人們追求某種特定的休閒的時候，他們可能會越來越了解這種活動，培養起更多的興趣和美學鑒賞力，並將這種活動視為它自己的目的。布萊恩(Bryan，1979)發現了休閒活動中的四個專業化階段，在頭一個階段中，新手急於得到某種結果—不管是什麼結果：例如，剛學照相的人僅僅想讓他的照片上能有什麼東西留下來。在第二個階段中，活動已經成了一種被確定下來的行為；在這個階段中，參與者已經具備了某種能力，他想充分利用這種能力以便給自己帶來成功，並且，他

[31] 參見拙著《明代中期蘇州文人生活研究》第七章，東吳大學博士論文，2001。

> 想以此種能力去迎接更大的挑戰。在第三個階段中，專業化就產生了。此時喜歡釣魚的人在釣餌這方面已經很熟悉了，而且，他願意和那些已經與一樣在行的人一起去從事這項活動。緊接著，是專業化的最後一個階段；這時，參與者主要關注的是這項活動本身、而且對他來說，個人體驗的質的方面的因素要顯得更為重要；「有時他們的大部分生活內容及其表現是圍繞著他們的運動和其他愛好而展開的。[32]

當休閒被普遍認知與肯定之後，開始走向專業化。「遊」在明代以前，常與異鄉遊子，離別思鄉，謫遷，懷才不遇等狀況相連，於是有「可憐宦遊人」的悲哀，遊都是不得已而遊，既使如柳宗元等人在山水遊覽之間，仍然無法真正擺脫自己在現實生活中的角色，故山水對他們而言只是客體的存在，這種旅遊並未真正將自己從現實生活中超脫出來，於是遊記是借山水以寄情，寄託命運的不遇，寄託身世的哀困，遊其難哉！遊可哀哉！但是明人作品中很少出現這類的題材，遊，是一種身心都可以閒散的狀態，遊在其中，現實中自我可以因超脫而擺脫，心靈完全處在一種「暢」的狀態，也是一種投入活動中的快感滿足，

> 「暢」是美國心理學家奇克森特米哈伊提出的概念，是指在工作或休閑時產生的一種最佳體驗，類似於馬斯洛

[32] 托瑪斯·古德爾：《人類思想史中的休閒》，頁 254~255。

> 提出的「高峰體驗」(Peak experience)，人在進入自我實現狀態時所感受到的一種極度興奮的喜悅心情。這種感受不常出現，但又是多數人都曾有過的。它不僅出現在科學和文藝的創作活動中，而且能在日常活動和平凡的勞動中出現。「暢」在休閒研究中是一個很重要的概念它是與「娛樂」「游戲」並列的概念，有時又指一種情境。與中文的「陶醉」相似，但又不同，因為陶醉強調客體的影響，而「暢」強調主體自我的作用。[33]

譯者用暢字來說明「人在進入自我實現狀態時所感受到的一種極度興奮的喜悅心情。」如果從暢字的本義來看，暢有通達(《玉篇・申部》:「暢，達也，通也」)、伸展(《文選・神女賦》:「不可盡暢」李善注:「暢，申也。未可申暢己意也」)、充實(《禮記・月令》:「(仲冬之月)命之曰暢月。」鄭玄注:「暢猶充也。」)、歡快(《莊子・則陽》:「舊國舊都，望之暢然。」陸德明釋文:「暢然，喜悅貌」)、盡情(王羲之《蘭亭集序》:「雖無絲竹管弦之盛，一觴一詠，亦足以暢敘幽情。」)之意。綜合暢之各種解釋，大都是指精神上之能盡情的歡愉舒展之意。與作者所說之字入一種自我實現之極度喜悅狀態，亦頗爲相近。其實「暢」和專業化理論都假定人們越是投入於自己喜愛的活動，就越能培養起專業技能和審美情趣。而當投入於活動中，暢快的感覺，正是體驗自我主體存在的一種表現方式。同

---

[33] 同前註，頁254，見譯者註。

時也因爲超脫於塵世之外，審美的情趣更能發揮作用。

或許正因爲如此，明人的旅遊活動從開始文人的清賞清遊，到引起社會各階層的投入（鄒迪光所謂的俗遊），而產生抗俗的「幽處獨尋」，並且將旅遊以專業化方式來理解並於以合理的解釋，於是才有晚明的專業旅行如徐霞客等人的「壯遊」。

參考書目

沈周，《石田詩選》，四庫全書影本，台北：商務印書館，1983。

文徵明，《文徵明集》，周道振輯校，上海古籍出版社，1987。

祝允明，《懷星堂集》，四庫全書影本第1260冊，台北：商務，1983。

唐寅，《唐伯虎全集》，北京：中國書店，1991第4刷。

錢謙益：《列朝詩集小傳》，明代傳記叢刊，台北：明文出版社1991。

張萱，《西園見聞錄》，明代傳記叢刊，台北：明文出版社1991。

徐霞客，《徐霞客遊記》，台北：世界書局，1999。

顧祿，《清嘉錄》，江蘇地方文獻叢書，江蘇古籍出版社，1986。

龔鵬程，《1996年龔鵬程年度學思報告》，嘉義：南華管理學院，1997。

周振鶴：〈從明人文集看晚明旅遊風氣的形成〉，明人文集與明代研究學術研討會，2000 年 4 月 28~30 日，台北。

托瑪斯．古德爾，《人類思想史中的休閒》，成素梅等譯，昆明：雲南人民出版社，2000。

邵曼珣，《明代中期蘇州文人生活研究》，東吳大學博士論文，2000。

歡笑與淚水的交織

—台灣航海旅行文學探析

葉連鵬

摘要：

國際化的地球村中，人類的視野隨著科技文明的發展向外推移，國與國之間的距離不再遙遠，環遊世界不再只是歷史課本中哥倫布與鄭和等英雄的偉大事跡，如今有能力環遊世界的人已逐漸增加，當然旅行文學亦在此縫隙中產生。

在台灣，海洋文學算是一個新興的研究領域，這是因為台灣一直在中華文化的籠罩之下，擁有強烈的大陸性格，因此原本應有的海洋文化就被擠壓而萎縮了，連帶使得海洋文學的發展空間也受到影響，其實台灣東臨太平洋，西接台灣海峽，這麼一個具有海洋環境的區域，實在沒有理由缺乏海洋文學。

在去國與懷鄉的情感糾結下，總是思緒與靈感生成的最佳時機，或高歌抒懷，或下筆成文，在離與返的辯證中，台灣有一群人選擇以航海的方式完成自己的旅行文學，舉凡丘彥明《民主女神號航海日記》；梁琴霞《航海日記》；曾玲《一個台灣女孩的航海日記》、《小迷糊闖海關》、《乘瘋破浪》；阿彬《船上的365天》；劉寧生・劉永毅《海洋之子劉寧生》等皆是。雖然他們出航的目的不一，寫作的方式也不盡相同，但總體來說，他們不但同樣跨出了台灣這塊島嶼，完成海上航行的任務，更開創出台灣文學一種新的寫作模式，一種融合海洋文學與旅行文學的寫作模式，我將其稱之為航海旅行文學。這樣的一種新興的次文類，相當值得深入介紹與討論。

關鍵字：航海旅行文學、海洋文學、旅行文學、台灣文學

一、當「航海」遇上「旅行」

台灣旅行文學的歷史淵遠流長，歐洲殖民國家和明清之際宦遊文人來到台灣，對這塊與其故土地理環境和風土民情多所不同之地，有很大的衝擊和觀感，將之記載於詩文之中，這些作品可視為台灣初期的旅行文學。近代台灣由於經濟富庶，休閒旅遊成為一種時代潮流，不僅國內的旅行興盛，出國觀光的人潮更是絡繹不絕，旅行見證了各個國家、地區的不同景緻與文化，除了外在美感的感受，也觸發旅行者的內在心靈衝擊，當旅行者將所見所聞和心靈感受化為文字的書寫，就成了旅行文學，旅行文學在當代台灣成為熱門的次文類。

在各種旅行方式中，有一種方式是早期台灣人很少觸及的，那就是航海旅行。台灣是個四面環海的地方，航海旅行本應是普遍的旅行模式，但由於台灣一直在中華文化的籠罩之下，擁有強烈的大陸性格，因此原本應有的海洋文化就被擠壓而萎縮了，連帶使得人們與海洋的關係也顯得較為疏離，在漁民與海軍之外的其他人觀念裡，船似乎只成為一種渡海的交通工具。而對一般的旅行者來說，他們真正在意的是陸地的風景，大海只是旅行過程中可有可無的一段路程，

從來不是旅行的目的地。這種情形一直到一九九〇年代之後，才產生明顯的質變，不少人開始懂得選擇航海來作爲旅行的方式，部份作家也陸續出版了幾本關於他們航海旅行心得的專書，雖然他們出航的目的不一，寫作的方式也不盡相同，但總體來說，他們不但同樣跨出了台灣這塊島嶼，完成海上航行的任務，更開創出台灣文學一種新的寫作模式，一種融合海洋文學與旅行文學的寫作模式，我將其稱之爲「航海旅行文學」。是故本文所謂的「航海旅行文學」意指：航海旅行者將其航行期間的所見所聞和心靈感受化爲文字的書寫，這樣的書寫文字，就稱爲航海旅行文學。

本論文以丘彥明《民主女神號航海日記》；梁琴霞《航海日記》；曾玲《一個台灣女孩的航海日記》、《小迷糊闖海關》、《乘瘋破浪》；阿彬《船上的365天》；劉寧生・劉永毅《海洋之子劉寧生》等書爲例，來討論這樣一種新興的次文類，在台灣開始重視海洋文化發展，與推廣海洋文學創作的當代，航海旅行文學作爲海洋文學中一個重要的類型，絕對值得介紹給各位讀者。

二、讓我們航海去—航海旅行的動機與目的

航海旅行基本上還是屬於旅行的一種，而旅行必有其動機與緣由，胡錦媛教授說：

> 旅行在本質上就具有「獲得」的誘因，否則旅行無法引發人們的動機。小至逃離在地單調貧乏的生活、到異國追尋新知識、新事物，大至帝國主義與殖民主義對他國的侵食掠奪，旅行在在充滿「獲得」的可能性。[1]

丘彥明、梁琴霞、曾玲、阿彬、劉寧生等人，雖然皆曾從事航海工作，但他（她）們上船的動機卻不一樣，只是最終都達成了航海旅行的結果。

丘彥明是五人當中唯一屬於「非志願性」登船的一位，至少是帶有半強迫性質的成分。事件緣起於 1989 年，中國發生「六四天安門事件」，由於中共封鎖新聞消息，引來國際間同情中國民運的人士之不滿，因此經與流亡巴黎的「民主中國陣線」磋商，擬定一項「中國之船」的廣播船計劃，準備以一艘在海上行駛的輪船作爲廣播基地，在南中國海向中國大陸傳送自由的訊息。經過尋訪奔走，終於購得一艘已有 27 年船齡的英國海洋物理探測船，整理改裝後，正式命名爲「民主女神號」，於 1990 年 3 月 17 日，由法國拉荷榭港啓航。聯合報系參與贊助了這項廣播船計劃，因此臨時自比利時布魯塞爾徵召記者丘彥明隨船採訪，由於丘彥明身負任務，因此每日撰寫航海日誌，後由聯合報社出版《民主女神號航海日誌》。丘彥明登

---

[1] 胡錦媛：<繞著地球跑（上）－－當代台灣旅行文學>，《幼獅文藝》總號 515 期，1996 年 11 月，頁 25。

船的目的雖是工作，但隨船從法國歷經 57 天抵達台灣，實際上卻完成航海旅行的事實，丘彥明因此成為台灣航海旅行文學的先驅者之一。

梁琴霞原本是個極愛爬山的山友，在一個機會中認識俄羅斯籍船長，船長是個航海探險家，曾於 1991 年至 1992 年間，在南半球單人環航 224 天不停靠。此次他準備駕著一艘台灣製的雙軌桿帆船「福爾摩莎號」，由台灣出發，繞著地球一圈回到台灣。梁琴霞於香港加入福爾摩莎號的航行計劃，在《航海日記》一書中，她並未清楚交代為何在年近三十歲時決定冒險去參與航海？為何敢在語言溝通不良的情況下，跟沒有深交的異性共同環球航行？但書中的一段話，也許可以讓讀者得知她的企圖：

> 一艘台灣造的船，揚著中華民國國旗，由台灣出發繞地球一圈再回到台灣，這在以前是不可能，未來的十幾二十年，我也懷疑；可是眼前正有一群人，要讓這個可能成為事實。不在乎歷史長遠眼光的人，要為自己的短視近利付出代價；正在創造歷史的人，只等有心人在歷史紀錄上寫下一筆。我，則悌勵自己成為有心人之一，今天或許只是整理談話內容，有一天我要正在寫歷史。[2]

從上文看來，支持梁琴霞成功達成航海旅行，最大的

---

[2] 梁琴霞：《航海日記》（台中：晨星出版社，1996 年 5 月初版二刷。）頁 77。

動力即是一股參與創造歷史、寫歷史的使命感。

曾玲參與航海則是一群人當中，最不具任何「偉大」理由的一位，她可以說是純粹抱著渡假心情而來。曾玲大學畢業後即在「地中海渡假村」裡任職，被公司派到普吉島的渡假村擔任翻譯公關的職務，也因此而認識了英國籍的保羅船長，後來她又被派到馬爾地夫渡假村，「看見四周一片藍綠的海，怦然心動，使我成了海的俘虜。幾個月後，我辭職了。因爲我再也不要站在岸邊看著海洋，我要去真正擁抱海洋，所以我決定與保羅一起航海。」[3]於是大約有兩年的時間，曾玲與保羅船長以船爲家，駕著「行動者號」航行於東南亞海域，過著渡假式的生活。這段經歷讓曾玲在短短幾年內，完成了《一個台灣女孩的航海日記》、《小迷糊闖海關》、《乘瘋破浪》等三本航海旅行文學著作。

阿彬是五個作家當中最早進行航海的一位，他是個海專畢業生，畢業前必須上船實習，經過仔細評估各種船種的優缺點，他選擇了「散裝雜貨船」，這種船每到一個港口載貨或卸貨，總會停留個幾天，船員們就可趁此空檔登陸遊覽，在當年政府尚未開放觀光護照及役男出國的情況之下，阿彬藉由選擇散裝雜貨船實習的機會，達成其環遊世界的目的。民國 72 年（西元 1983 年）12 月 10 日，阿彬跟著「德群輪」從日本宇部港出發，展開將近一年的船上實習生涯，由於他

[3] 曾玲＜征服情海－－自序＞，收錄於《一個台灣女孩的航海日記》（台北：方智出版社，1997 年 6 月。）

在船上有寫日記的習慣，紀錄船上生活的點點滴滴，十六年後，經由陳芸英的整理，出版了《船上的 365 天》一書，雖然較缺乏時效性，但他走過的國家及地方是五個作家當中最多的，加上他忠實呈現航海旅行的生活，也頗有可觀之處。

劉寧生是國人以中型帆船雙人橫渡太平洋的第一人，1992 年他和搭檔班賀德從美國駕著「福龍號」回到台灣。1998 年年底，他又和老搭檔班賀德，及新夥伴曾世明、傅國會等人駕著「跨世紀號」，進行「2001 希望之旅」全球環航計劃，成爲國內知名的航海旅行家，而他當時開始航海，只不過爲了圓一個夢。當時四十歲出頭的劉寧生，事業失敗又處於離婚的狀態，在最「自由」的情形之下，他認爲應該去做他一直想要做的事，那就是去航海，他說：

> 如果將來老了，坐在椅子上回顧一生時，想到這樣一件當初能做、卻找了一堆藉口而沒有去做的事情，我一定無法原諒自己。我並不是「立志」要航海，我只是「想去」航海。面對不可知的未來，我並不知道達成理想的可能性有多大，但我有一個信念：即使未能達成理想，起碼我努力過了！（劉寧生•劉永毅，2001：24）

《海洋之子劉寧生》付梓時，「2001 希望之旅」尚未結束，因此本書主要是紀錄他決定航海、學習航海、從美國橫渡太平洋回到台灣，準備環海航行和環航的部份經過。劉寧生從一個完全不懂航海的人，到變成一個完成許多艱鉅任務的探險者，他那為理想而努力的精神，著實令人佩服。

三、海與陸的辯證—航海旅行文學的特色

旅行者無可避免的會將不同的兩個地方做比較，無論是故鄉與異鄉；甲國與乙國，或是A地與B地，由於歷史地理、風光景緻、人文風俗的異同，在在都可能引發旅行者內心的觸發，旅行文學可以說是揉合外在景緻與內心觀照後產生的一種文學作品，航海旅行文學也不例外，而航海旅行文學跟一般旅行文學不同的地方，在於航海旅行者時常會對海洋與陸地做比較，這種對海與陸的辯證，即是航海旅行文學的一大特色。

丘彥明由於是被徵召登船，加上這艘船在航行過程中不斷遭受中共攻擊的威脅，因此在她的心裡是渴望早日完成任務，回到陸地，回到台灣。然而當報社諸多長官為了安全問題要她提前離船時，她卻斷然拒絕，原因不是她熱愛航海，而是她身為「中國人」的使命感[4]。所以丘彥明雖然完成了航海任務，也首先出

[4] 針對主管要求她離船，丘彥明有這樣的自省：「不錯，我珍惜生命。但，這是一艘為『中國』而行駛的船，我是船上唯一的中國人，倘若在這最後關頭棄船而去，中國人算什麼中國人

版了航海旅行文學，讚嘆過大海的美麗，但她在歸屬上還是傾向陸地的：

> 中央山脈，在雲靄煙霧中，露出淡藍色延綿不斷的峰頂。看著是「忽聞海上有仙山，山在虛無縹緲間」的美麗。這時，想到台灣的富庶，這樣遠遠的望著，望不見她的嚴重汙染，確是有「蓬萊仙島」的感覺。無怪乎會稱之為「福爾摩莎」了。(丘彥明，1990：280)

這是船繞經台灣東岸時，丘彥明的感觸。從這裡我們可以感覺的到，在作者的心裡，在海上看陸地美則美矣，卻不真實。對她來說，海是虛幻的，陸地才是真切的。渴望回到陸地是每個水手都會有的「懷鄉」情結，畢竟人是屬於陸上的動物，但同樣是思鄉，也從東岸航行回台的劉寧生感覺就不同，在 8 月 14 日的日誌上他這麼寫：

> 快到家了，坐在前甲板，盡情享受這一刻的寧靜吧！很快就會回到煩囂世界。(劉寧生•劉永毅，2001：155)

在劉寧生的認知中，陸地是煩囂的，海洋則是寧

呢？而且，若如此表現貪生怕死，船上的十二位（包括在吉布地離開的喬治）法國朋友，真的沒有必要千辛萬苦，千里迢迢的把這一艘肩負傳播愛與民主自由的船駛到東方來。不！我絕不能退縮。」參見丘彥明：《民主女神號航海日誌》（台北：聯合報社，1990 年 7 月。）頁 204。

靜的，因此他要在回到陸地前好好享受身在海洋的快樂。一個人愛海洋與否？從這裡就可以比較出來了。說到愛海洋，曾玲可說已經是深深著迷，她說：

> 我還記得，當我離開海洋，回到台灣後，晚上總是會突然醒來，不知身在何處；少了海洋母親的氣息及呢喃，少了搖藍似的輕輕擁抱，竟然使我這麼地難以入眠。一種想家的情緒，總是不設防的在這時跳了出來；原來海洋也可以當作是「家」。 往後的一年，我老是過得若有所思。在陸地上的我，時時刻刻想念著海洋的聿動及波浪如歌的行板。每回跟別人聊天，動不動就眼神晶亮地扯到海洋而毫不自覺。對於海洋的思念是與日俱增的，卻不知要怎樣宣洩才好。[5]

人類的家應該是在陸地上，而曾玲卻把海當作是「家」，顯然海已成爲她心靈的故鄉，在海與陸的辯證中，海洋在曾玲的心目中已佔上風。習慣在陸地生活的現代人，到了海上總覺得適應不良，因爲船上的空間狹小，物資缺乏，物欲的享受必須降到最低，加上遼闊的大海開放人們的心靈，容易讓人反璞歸真，相較陸地上的虛僞繁瑣，海給人的啓發遠勝於陸地，曾玲說：

---

[5] 曾玲：＜Yes, I do!－－自序＞，《小迷糊闖海關》（台北：大田出版有限公司，1998 年 8 月。）

> 在船上的兩年裡，驚濤駭浪的海洋教我學會了謙卑、寬廣無垠的海洋教我學會了自由、風情萬種的海洋教我學會了美麗、藍意盎然的海洋教我學會了思考、生機無限的海洋教我學會平凡。如果有一天，造物者突然大發慈悲，問我是否願意將我的心，與海洋永遠聯繫在一起，我想我會雙手合十，誠摯的說：「Yes, I do!」[6]

和曾玲一樣，願意將心與海洋聯繫在一起的還有梁琴霞。梁琴霞在剛參與環航時，是船上六個人當中最想提前離船的，但她卻堅持下來了，反而是船上的其他四位男性先後離開，而她也在航行過程中深深的愛上海洋，靠了岸就巴不得趕緊開航，而她的日記絕大部份是記載在海上的生活，上岸時間則是簡單帶過，甚至完全略過。這五百多天的航行，讓梁琴霞有充分的思考時間，更加讓她愛上海洋，使她回到台灣的陸地上後，產生嚴重的不適應感：

> 我的身體已經站在陸地上了，我的靈魂還在海洋上的某個經度、某個緯度漂流⋯⋯陸地上什麼都擁有，卻覺得缺少什麼。相同的是，我用同樣顫抖不安的靈魂面對海洋與陸地。不同的是，海洋搖晃不定；陸地安穩實在；我卻在陸地上依然搖晃不定，無法安穩實在。陸地上危機四伏。過一次馬路，如同面對一次風暴；生活一天，如同經歷一場颱風⋯⋯前者（筆者按：陸上颱風）讓我

---

[6] 同上註。

> 害怕會慘死！後者（筆者按：海上五十四節強風）讓我虔敬相信生存力量的存在。在海上，我因此習得虔敬、珍惜、包容、簡淨樸實、輕聲細語，以及仔細凝聽、觀察。在陸地上，……我能習得什麼？（梁琴霞，1996：402-403）

船上的生活有苦有樂，除了曾玲那種渡假式的航行外，苦的成分居多，但在嘗試過海上生活後，卻還有很多人願意選擇回到海上，海的無窮魅力，在此顯露無遺。

除了海與陸的辯證外，航海旅行文學當然還有其它的特色，例如讓讀者欣羨的接觸鯨豚經驗、壯觀的日出日落海景、風雨飄搖時的驚心動魄、互相扶持卻又衝突不斷的人際關係等，這些都是航海旅行文學特有的情節，由於這些經驗書寫又屬於航海旅行過程中的美麗與哀愁，我們留待下一節再討論。

四、暖陽與風暴—航海旅行過程中的美麗與哀愁

人生是多采多姿的，有時順遂，有時困頓，就如多變的天氣，有時出暖陽，有時也會遇風暴。在地球上的任何地方都逃不過大自然的自然律動，在海上，由於船上的空間狹小，無論暖陽或風暴，效果更爲驚人。

風暴－航海旅行的苦悶

「風暴」一詞可視爲大自然的景象，也可解釋爲人與人、人與環境的不和諧。以自然的景象來說，船航行於海上，最怕的是遇到大風大浪，海上的風浪輕則人暈船傷；重則人死船毀，尤其是太平洋地區時常有颱風，對船隻來講是嚴重的考驗，這也是很多人畏懼航海的重要原因。劉寧生駕著福龍號將要抵達台灣時，就遇到了颱風，奮戰多時才脫離險境：

> 狂風中，珍妮絲的中心範圍附近閃電陣陣，如發亮的流蘇在風中狂舞，襯著烏雲的底色，特別明顯，同時也引起你的錯覺，身歷其境卻還如真似幻，像描繪中的世界末日，不太真實。不知道如此近距離目睹大自然奧秘的代價如何？…航行在珍妮絲的狂野中，福龍號如同瓶塞在浪頭掙扎，雖被浪頭拋來拋去，仍使用暴風雨專用前帆往外闖。（劉寧生•劉永毅，2001：153）

而福爾摩莎號越過太平洋時，也遭到三次颱風，雖然平安度過，但也受到不小的驚嚇，讓梁琴霞見識到大自然可怕的力量。當第三次遇到颱風時，她記載著：

> 大浪，也在我眼前翻滾追逐，強風吹起浪峰帶白煙，船行在其間，猶如行在輕煙霧冉的山谷間，卻著了魔道的走復走，走不出愈走愈深的山徑。大浪數次翻過操舵室；門窗緊閉，人在艙中好似蒸籠內的包子，全是汗水。

> 福爾摩莎號大角度搖擺傾斜，船長和我擔心同樣的問題，船會不會傾倒？…多偉大而震撼的畫面呀！因為我身在海洋當中，藉船的搖擺而感到大自然可怕的無窮力量。（梁琴霞，1996：388）

由於是真正親身經歷過如此可怕的風暴，使得劉寧生和梁琴霞在描述遭遇颱風的情形時，可以有如此生動而具形象化的描寫，在他們的引領之下，讀者猶如也跟著經歷一場驚濤駭浪的旅程。除了颱風之外，一般較大的狂風大浪，也足以使人船受到傷害，例如曾玲與保羅船長從香港航行到菲律賓時，就屋漏偏逢連夜雨，先是遇上大雨惡浪，接著船上設備接二連三故障或損壞，倒楣的事接踵而來，本來三、四天可以到達的航程，他們花了六天才狼狽的抵達，迎接他們的人看到他們的船還以爲是被海盜洗劫：

> 主帆被歪歪斜斜地綁在下桁，副帆被割扯得支離破碎，牽牽絆絆地給綁死在副桅上。橡皮艇更狼狽，被五花大綁地綁在甲板上。船的外部有明顯的刮痕。等他們看見船主人時更是驚訝，因為我們穿著破了數處的T恤及短褲，腿上、手臂上到處是碗口大的瘀血，保羅的雙手更是套著帶血的紗布，蓬首垢面地。（曾玲，1997：91）

像他們這樣的短期航程，還會遇到如此的大風浪，大海「翻臉」無情的一面，應是所有航海者共同的體認。大風大浪是航海者共同的惡夢，除了容易有傷亡外，暈船的感覺也是水手的一大考驗，風浪愈大愈容易暈船，儘管你在陸上多麼身強體壯，初上船的人，幾乎沒有不暈船的，阿彬算是比較不會暈船的人，但當他們第一次「放大洋」[7]時，遇到強烈的東北季風，他也吐的死去活來：

> 這時我最引以為傲的好體力受到嚴重的考驗，想吐又吐不出來，而早餐剛吃下去的食物早已化作酸液，不斷湧出，湧到喉嚨再鑽出嘴裡，非常難受，我從船艉一路跑到廁所，壓住舌根，把剛吃下去的東西全部掏出來，吐掉。…吐完全身虛脫、四肢無力，開始懷疑老船員們為什麼能在船上待那麼久。(阿彬，2001：59)

遇大風浪才暈船還算是好的（曾玲也是），丘彥明和梁琴霞上船的第一天就爲暈船所苦，例如丘彥明：

> 快速走上樓梯，往餐廳奔去，走至交誼廳已支撐不住，火速衝向盥洗台。再轉進廚房，又是一陣嘔吐……
> 吉以胖短的手，拍拍我的肩安慰道：「三個星期就好。」
> 「什麼？可是四星期就到台灣了。」看來我這趟旅行並不太樂觀。
> 「不，」他搖頭說：「六星期才到得了台灣。」
> 第一次，我覺得台灣是那麼的遙遠。(丘彥明，1990：

7 船橫跨太平洋或大西洋時，就叫做放大洋。由於會有比較長的時間無法靠岸，風險性相對較高，遇難時救援也較不易。

66-67）

假若整個旅程幾乎在暈船嘔吐中度過，那將是一件很煞風景的事，也難怪丘彥明有「台灣是那麼的遙遠」的感覺。

除了大風大浪及暈船外，船上生活面臨最大的「風暴」則是人與人相處的問題。海洋是如此的遼闊，而水手們卻擠在一個小小的船上，縱使有再大的船隻，跟陸地上比較起來，活動空間依然有限，迫使你必須與你的「船友」互動，在個性與生活習慣不同的情形之下，衝突往往因此而產生，劉寧生在還未從美國駕船回台灣之前，就有很深的體驗，因此提早請狀況不斷的塞門（他所招募到的第一個船員）離開，避免在海上航行時出現更大的問題，他說：

> 而在這個小小的空間中，人和人之間的關係就很容易變得緊張。一件無足為奇的小事情，放大幾十倍，可能就會釀成無法化解的仇恨、心結。歷史上的海上叛變事件層出不窮，和航行時因空間限制而產生的人際關係緊張不無關係。（劉寧生•劉永毅，2001：107）

儘管劉寧生早已相當注意船上的人際關係，但當他展開跨世紀環航之時，他的固定航員傅國會和曾世明後來還是演變成難以相容，導致曾世明先行離船。連劉寧生自己都跟本來相知相惜的老搭檔班賀德，產生激烈的爭吵，可見船上的和諧有多麼難維持。阿彬更是因為跟上司起衝突，最後被迫提前下船。另外，梁琴霞與其他五位夥伴處得也不好，四位後來提前離開的航員，她連名字都沒有提過，不知是刻意忽略？還是有其它原因，即使最後「相依為命」的船長，梁琴霞也是抱怨連連。在緊張及壓力下，民主女神號的船員也曾爆發爭吵，導致船上產生低氣壓。就連感情較好的曾玲與保羅船長，都無可避免的發生爭執，而原因竟然是因為幾塊巧克力（曾玲，1998：150-152）。

以上是航海旅行過程中，最常見的風暴。其它尚有很多不如意的地方，例如某些國家海關及港務人員的勒索、海盜的侵襲、洗澡的不便、口腹之慾的不滿足、情慾無法疏通等等，民主女神號的船員甚至時常擔心會遭受中共的攻擊。所有的這些問題，都是從事航海旅行者所必須去克服的，否則在還沒見證大海的美麗之時，就已經先被擊倒，那麼就只有「臨淵羨魚」的份，永遠只能在岸上觀海了。

暖陽－航海旅行的喜悅

如上所述，航海面臨到的難題很多，但假若航海旅行碰到的全是負面狀況，就不會有人樂此不疲了，正因為航海擁有許多其它旅行方式無法取代的樂趣，才有越來越多的人選擇以此方式來旅行。觀其緣由，不外是因為：外在名譽、內在榮耀、自由自在的觀光渡假、與大自然的互動、遠離塵囂等因素。

外在名譽

航海有時可以獲得他人的稱譽，例如創下某項紀錄，或達成某項艱鉅的任務，梁琴霞能堅持到最後，歷經五百多天的航行，完成環航地球一圈，除了後來她真的喜歡海洋之外，創紀錄及「寫歷史」可能帶來的名譽，也是支撐她航行下去的原因。而面對報社長官要她離船的要求，丘彥明說：「我不能在這種情形下貪生怕死。船員們也有同樣的危險，他們卻仍能繼續開船，我是其中唯一的中國人，不能棄他們而去。」堅持不退縮，為民族保留一點尊嚴，這也是為名譽而努力的例子。當梁琴霞和丘彥明完成航行時，相信這樣的榮譽足夠使她們回味一輩子。

內在榮耀

雖然未必對社會、國家、人類有何幫助，也並非要去創造什麼樣的紀錄，但實踐一項自己的理想，圓了自己的夢，那種內心的喜悅，非用言語可以形容，只能說是一種內在榮耀。劉寧生去航海，並無偉大的理由，純粹只為了「想」去航海，而能達成理想，相信在他心裡，比他創造紀錄還值得高興。福爾摩莎號的船長，有三個環球航海夢，對人類來說，也並非有益國計民生的舉動，但他努力向困難挑戰的勇氣，同樣來自他的內在榮耀感。

自由自在的觀光渡假

阿彬選擇德群輪實習，目的就是要環遊世界，到各地方去看看，這種旅遊方式，是現今一般套裝行程、或單一定點旅遊所無法達到的，而他卻能將工作與觀光合一，令人稱羨。而曾玲乘坐「豪華」的動力帆船，往來於東南亞海域，每日過著渡假式的生活，那種無拘無束的日子，透過曾玲輕鬆歡樂的筆調，定有不少讀者爲航海旅行所吸引。

與大自然的互動

航海旅行，可以欣賞奇景，此處的奇景指的是海上的各種景緻，非得進行航海才得以觀看，例如鯨豚在海中的英姿，或眾多飛魚騰空的壯觀場面，只有身歷其境才能享有高級的視覺享受，又如在海上觀星，由於沒有光害的關係，星空美不勝收，劉寧生就如此描述說：

> 前來參加我們行列的體驗航員，雖然航行時間短，也會為長航途中遭遇到的種種神奇經驗感動。例如參加我們地中海航段的劉玲珍，有一天一個人守夜了一整晚，讓大家睡了一個好覺，大家問她，為何不叫其他人起來接手換班？她笑稱，海上的星空實在太美，她捨不得就此睡去，乾脆一個人享受了整晚的星空。（劉寧生‧劉永毅，2001：244）

無論是觀賞海中生物，或是欣賞星空、日出、日落的景緻，在海上觀看絕對是別有一番韻味的，這也是航海旅行吸引人的地方。

遠離塵囂

生活在爾虞我詐的現代社會，及噪音、空氣污染的都市中，能航行到海上，享受沒有塵囂的寧靜空間，也是許多人從事航海的原因，例如民主女神號的副船長塞西爾說：

> 這就是為什麼我這麼癡迷海上工作。每每確定船上所有的人業已沉睡，獨自縱情而歌，縱情以舞，天地間捨我其誰？（丘彥明，1990：109）

在船上吹吹海風，或看書，或作畫，或沉思，可以享受沒有俗事羈絆「遺世而獨立」的生活，這顯然也是一件相當愜意的事。

五、花木蘭的迷思—女性航海旅行文學的時代意義

在傳統的觀念中，「航海」與「旅行」似乎都是男人的權利，而中國文學也有個「男遊女怨」的敘事傳統。在男性握槳執筆的時代之流中，女性以往總是扮演著固守在家的附屬地位，這可從古今中外許多港

灣的望夫石、望夫崖等命名及傳說中探知，女人甚至被視爲是不潔的，有著不能上船的禁忌。然而經由女性主義的啓蒙，這樣單向評斷女性，已不能構成女性不能參與航海的理由，在本論文所討論的五個作家當中，就有丘彥明、曾玲、梁琴霞等三位是女性，而他們的表現一點也不輸給男人，曾玲和梁琴霞甚至能夠操作船上的設備，而民主女神號的副船長塞西爾也是個女性。

藉由女性航海旅行文學的產生，讓讀者可以清楚的知道，航海已不再是男人專屬的工作，女性也能撐起半邊天，只可惜我們在這些文本當中，發現女性在船上依然被視爲從屬的地位，例如塞西爾雖然貴爲副船長，但卻時常有使不上力的遺憾：

> 賽西爾說，累積至今日她身心俱疲。中午她搗住臉，強止淚水流下。在吉布地，每個人吵著停航，而她只是個副船長，而且是第一次擔任這職務，地位尷尬，怎麼做，都上也不是下也不是。再加上身為女性，即使妳有足夠的能力，別人仍把妳視為女人，不願接受妳在工作上的見解。她嘗試著樹立一種權威感，但，十分艱難。（丘彥明，1990：170）

從這裡可以看出，一般男性船員還是有著男優女劣的觀念，縱使塞西爾的能力再優秀，他們還是認爲女性在船上充其量只能做一些簡單的輔助工作和擔任廚師，因此不願接受女性的領導。女性在船上，若想從事原本只屬於男人的工作，確實會遭到歧視與侮辱，梁琴霞就曾感慨的說：

> 我不得不承認，做女的人類這件事，讓我覺得挫折。我一直只注意到自己是人這回事，覺得做人比做女人更重要。因此我痛恨那些要我只做女人的人。（梁琴霞，1996：331）

梁琴霞認定自己是個「人」；而曾玲卻很強調她自己「女人」的身分。所以雖然梁琴霞和曾玲在船上的主要工作都是廚師，但不同的是梁琴霞認爲既然同在船上，所有的事她都應該去做，她不甘被編派只做女人可以做的事，有著力圖打破男、女性別二元對立的積極意圖，由此觀之，梁琴霞顯然在生活中受著男性的壓制，因此有著女性主義者一慣訴求：先做人再做女人；不同的是，曾玲似乎甘之如飴於女性的工作，對男女分工合作感到愉快，一點也不覺得這個工作有何貶低女性位階的涵義，所以顯得很自在。而保羅一貫的白人及「日不落帝國」優越感充斥其身，相形之下曾玲亦是弱勢的一方，同樣是受壓迫的他者。因此若有一日，女性航海不會再受歧視、不再受男性的壓迫，不再需要如花木蘭代父從軍化身成男性，打破只有男性才得以進入「專屬男人」領地的迷思，使航海得以不限性別，那麼「她們」也就可以自在的跨出岸上的土地，以自我爲主體而非附屬者的身份出航。

台灣女性航海旅行文學作者，由於缺少屬於女性的修辭，有時不得不以男性身分/修辭來發言，例如梁琴霞在 1994 年 6 月 30 日的日記中說：「一天忙碌五回，很想對全世界說，老子我不幹了，轉身要走，卻能走哪去？」（梁琴霞，1996：363）這樣的修辭方式，就因此而受到一些批評，在缺乏女性經典的情況之下，梁琴霞也許是迫不得已，但總是個遺憾。假若女性有以自我爲主體而非附屬者身分的出航經驗，並創造屬於女性的修辭詞彙，寫下具有主體性的航海旅行文學，那麼這樣的作品會更加具有時代意義的。

六、歡笑與淚水的交織—結語

航海旅行的過程是有苦有樂的，因此航海旅行文學可以說是一種歡笑與淚水交織的文學作品。丘彥明、梁琴霞、曾玲、阿彬、劉寧生這五位與海結緣的作家，雖然登船原因不同，過程不一，寫作模式也不盡相同，但他們終究克服萬難成功航海回來，也寫下了他（她）們航行海上的心得，在台灣，航海旅行文學可算是一種新興的次文類，因此作品數量不多，也尚未樹立經典的地位，在休閒旅遊日益興盛的當代，有志於文學創作的人，面對這種新的旅遊方式與寫作類型，實在值得進一步去體驗與嘗試。

參考書目

丘彥明：《民主女神號航海日誌》，台北：聯合報社，1990 年 7 月。

阿　彬：《船上的 365 天》，台北：大旗出版社，2001 年 1 月。

梁琴霞：《航海日記》，台中：晨星出版社，1996 年 5 月（3 月）。

曾　玲：《一個台灣女孩的航海日記》，台北：方智出版社，1997 年 6 月。

　　：《小迷糊闖海關》，台北：大田出版有限公司，1998 年 8 月。

　　：《乘瘋破浪》，台北：大田出版有限公司，2000 年 12 月。

劉寧生・劉永毅：《海洋之子劉寧生》，台北：圓神出版社，2001 年 5 月。

輯二

當代文學的省思

文學「惘」路
——對網路文學前景的憂慮

張政偉

摘要：

本文將網路文學分為「平面網路文學」與「動態網路文學」兩大類。平面網路文學與傳統書面文學差異之處在媒介載體不同，但是在文本所能提供的內容與意義兩者差距不大。動態網路文學則可算是未來網路文學發展新形式的希望所繫，但是目前仍在實驗階段，尚未有突破性的進展。近年對網路文學發展的評論多是抱持樂觀態度，本文藉由觀察近年來網路文學的創作與實驗，提出另一個向度的思考，道出對網路文學前景的憂慮：(一)新文學霸權的產生；(二)文學淪為多媒體的附庸；(三)網路文學商業化；(四)「讀者至上」的文學；(五)動態網路文學可不可能進行分工？

關鍵字：網路文學、數位文學、電子文學、超文本、非線性閱讀

一、前言

1996年6月，楊照在中國時報〈人間副刊〉的「三少四壯集」專欄中發表〈身分與故事〉一文，表達與學生們在對網路文學的評價上的歧異，他寫道：「你們這個世代趨之若鶩的電腦網路文化……帶給我的都是

些空洞的失落感……找不到一些我重視的溝通、傳播特質……第一個失落的是身分。」該文的結尾略帶些感傷:「網路上沒有細膩的推論過程，更沒有把自己放進去，細細鋪陳來龍去脈的感情故事。對這樣的網路文化，我雖然也接觸，卻免不了、忍不住用我那個世代的偏見而感到不滿、憂心和遺憾。這就是代溝罷。」[1]雖然楊照在文末也承認這種批評或許是一種偏見，也自嘲可能是「代溝問題」讓他無法對網路文學產生認同，但是這種感傷式的陳述，對 BBS 上直接進行創作，並且廣爲流傳的文學作品而言，已經有了負面的價值評判。[2]當時眾多 BBS 寫手們對楊照的意見大加撻伐，以爲網路上的文學創作是文學新生命的誕生，是一種革命，是一種創發。

稍後全球資訊網（World Wide Web）系統與商用瀏覽器普及，強大與便利的網路功能開始浸入日常生活中。異於過去的媒體的展現形式，網路具有高度的自由性與包容性，並且在與閱讀個體的互動性上，更

---

[1] 楊照，〈身分與故事〉，《中國時報》人間版，1996 年 6 月 18 日。

[2] 當時眾多年輕的網路寫手們對楊照的意見大加撻伐，並以紙媒與網路的傳播差異、壟斷與開放的權力、文學的重新定義等幾個論點進行駁斥。請查覽王蘭芬:〈網路的文學革命〉，「一場著名的論戰」一節，〔http://udnnews.com/SPECIAL_ISSUE/CULTURE/NETLIT/news/news7-3.htm〕，該節共 3 頁（7-3.htm，7-4.htm，7-5.htm）。又，本文所引徵之網站網址、網頁皆爲 2002 年 4 月 15 日之時尚存於「W.W.W.」聯網者，以下不另註明。

有多元化與即時回饋的特點，連帶的使人們對於在網路創作文學的前景產生的高度期待。如須文蔚在〈數位文學的前世今生〉所言：「當文人圈口耳相傳『文學已死』的流言，網際網路的出現澆熄了這悲嘆，大量新生代作者在網路上建構一個創作、發表、閱讀與批評的傳播環境，在世紀末接續文學的薪火。」[3]這段話寫於該文前言部分，不單是立場的「預設」，也可視爲對網路文學前景的樂觀預示。

由近年來對網路文學發展的評論來看，大多數人抱持樂觀態度者，並且認爲文學結合網路是無可抵抗的趨勢，更是文學發展的新契機。

我們相信未來網路之中必定會有文學，畢竟由過去書寫的歷史看來，文學總是輕而易舉地滲入各種載體與媒體。但是觀察現在網路文學的發展，以及在網路上各種的文學、文體的實驗、創新的情形，讓我們對未來的網路文學發展的前景產生些許憂慮。

二、網路文學的定義

「網路文學」至今幾乎已成爲約定俗成的詞彙，直接由字面直覺式地判斷其意義，所謂的「網路文學」：「就是使用網際網路做爲媒介的文學。」這應當是對「網路文學」最廣義的陳述，這種定義主要是表

[3] 須文蔚：〈數位文學的前世今生〉，刊於《文訊雜誌》，2001年1月，頁42。

明網路與文學、媒介與創作交集的特質。

不過如此廣泛的定義很容易讓人質疑：媒介作爲文學指稱是否容易混淆？如我們不會使用「書籍文學」、「電視文學」、「廣播文學」等作爲文學類別。況且在網路上發表的文學與傳統文學相較，不見得有形式上的重大改變，逕自冠以「網路文學」之名，以視爲一種新文類的誕生的作法是否得當，尚有許多討論的空間。[4]此外，這個定義最嚴重的缺陷在於：無法排除存有作品數位化後上網的現象。例如我們可以很輕易提出這樣的疑問而駁倒這種廣義定義：將屈原的《楚辭》或是蒲松齡的《聊齋誌異》的作品「數位化」後，也可稱爲「網路文學」嗎？[5]有學者注意到這種實存現

[4] 侯吉諒：「廣義的網路文學，指在網路上發表的，都是網路文學。但這樣的定義無法凸顯網路文學的特質。網路上的文學、文學上網以及網路技術文學不但不相等同，而且差異甚鉅。」〈網路猛加料喝得到文學原汁〉，〔http://www.books.com.tw/data/magazine/N-Taiwan.nsf/ItemView/2F1DEEC7F699C5BC482568A20011A0AD-OpenDocument.htm〕。

[5] 徐挺耀在 1999 年 1 月 12 日去函詢問目前建構網路文學理論最力的李順興：「『網路上的平面作品』和『超文本』，都被歸在網路文學嗎？日前我在寫網路文學的相關論述，最感困難者，莫過於前者的定位。眾所週知，若網路文學是同意前者的定義，則金庸、黃易乃至於魯、迅李白無不成爲網路作家。但若說網路文學僅限於後者，那 BBS 上眾多的作者可能要大感不平了。這似乎是一個邏輯上的矛盾。」李順興回答：「我個人寫評論時，傾向以網路文學統稱網路上的各類文學作品，而以超文本來標明含「非平面印刷成分」的作品。不過也不盡然被

象，所以只將最廣義的網路文學定義視爲「在網路上傳佈的文學」，並認爲如此定義下的「網路文學」不能算是一種新文類，只是一種現實現象的表述。[6]

廣義的網路文學定義雖然存在某些缺陷，而且與傳統的書寫在形式上，甚至內容上都沒有什麼太大的差異，似乎無法表達出「網路」的特性。但是這類的網路文學作品在現今的網路中卻是絕大多數，所以就實存上來說這部分不能排除，也不能絕緣於「網路文

接受，但我也不擔心這個定義問題，新文類的出現，讀者需要時間適應。另外，在 bbs 或 www 上刊出平面文章，是傳播研究上的一個新課題，美學方面則和傳統文學研究無多大差異（除極少數例外）。弄清這個差別和讀者群，我相信溝通應無問題。」見「歧路花園」網站「問答集」第 6 號，〔http://benz.nchu.edu.tw/~garden/a-faqs.htm〕。後來李順興在另一篇論文也提及此問題：「對於第一類的定義整理，以傳播工具當作是一文學類型的屬性，無關乎文學形式與內容，早爲人詬病。……姚大鈞〈當文字通了電〉訪問稿中則舉例反駁：在電視上展示油畫，這些作品便該歸類爲「電視油畫」？向陽〈流動的繆思〉一文第二節也有同樣的批評。」〈觀望存疑或一「網」打盡—網路文學的定義問題〉〔http://benz.nchu.edu.tw/~sslee/papers/hyp-def2.htm〕。

[6] 林淇瀁：「我們可以說，『廣義的網路文學』只能看成是「在網路上傳佈的文學」，它與在其他媒介傳佈的文學除了媒介改變之外，本質毫無不同　故不能單獨成其爲文類。因此，要確定網路文學的定義，顯然也必須從形式是否與非網路文本有明顯差異〔是否表現文本的新形式〕、以及是否呈現文學創造的新經驗等兩個指標來看。」〈流動的繆思：臺灣網路文學生態初探〉，〔http://home.kimo.com.tw/chiyang_lin/〕。該文亦收入《解嚴以來台灣文學國際學術研討會論文集》（台北：萬卷樓圖書

學」的範疇，我們也相信這類的作品未來將會持續很長一段時間。所以，廣義的網路文學定義仍有存在的必要。

另外一個比較流行的定義是將「超文本」（hypertext）的概念引入「網路文學」，甚至將超文本等同於網路文學的概念，如須文蔚在隸屬於「聯合新聞網」的「網路文學」網站裏解釋「網路文學」的詞義爲：

> 學術上慣稱為「超文本文學」(hypertext literature)或「非平面印刷的文學」，大體上指利用全球網際網路進行文學傳播，或將文字與動態網頁、動畫、超連結設計（hyperlink）或互動書寫（interactive writing）等形式整合，所創作出的文學作品。[7]

這樣的定義，主要是以閱讀者的角度進行界定並且加以類附，也道出網路成爲文學新形式的樂觀前景與未來發展的可能性。不過所引述的「超文本」觀念是否能等同於「網路文學」則需進一步討論。

所謂的「超文本」是美國學者 Ted Nelson 於 1963 年構思「hypertext」與「hypermedia」的概念，在 1965 年在「計算機協會」（Association for Computing

公司，2000 年），頁 216－234。

[7] 該釋義出於「名詞解釋」項下，全文照錄。〔http://udnnews.com/SPECIAL_ISSUE/CULTURE/NETLIT/term

Machinery）發表。Ted Nelson 在會議上提出建構一部名為「Xanadu」的機器，將所有的資料、知識儲存其中，並且擁有最精密複雜接近全能的書寫、編輯、閱讀、檢索系統，於是讓閱讀與創作跳脫傳統。「Xanadu」即是為了實踐「hypertext」與「hypermedia」而提出，如此作品成為非線性（non-linear）的跳躍式文本，整體為沒有連續性的書寫系統，以「鍊結」（links）接駁「環素」（element），在某種意義上來說讀者可以隨意讀取並隨時加入環素、改變鍊結指向而成為新的創作者（寫式閱讀），閱讀行為成異於傳統的線性閱讀。[8]

---

s.htm#7〕。

[8] 請瀏覽 Ted Nelson 的個人網頁〔http://www.sfc.keio.ac.jp/~ted/〕，在「What I do」項下有簡略說明。。現在台灣評論網路文學的文章、論文幾乎都會引述 Ted Nelson「超文本」的概念，並且認為他是先驅人物。不過也有少數學者對「超文本」的觀念頗為抗拒，如曹志漣就尖銳地評論道：「Ted Nelson 有嚴重的『注意力不能集中』（Attention Deficit Disorder）。他有千頭萬緒的想法，但卻沒有集中力完成任何一樣計劃，超文本觀念一方面反映了他分叉龐蕪的思維，而在另一方面卻能幫助他搜尋連接起他的精神世界。……其實在超文本觀念運用到電腦於網路之前，人類的閱讀方式就已經是超文本的。……如果就人的思維本身來看，現代人根本都有著不同程度的『注意力不能集中』現象，或者患有『文化精神分裂症 / cultural schizophrenia』，聯想的運作使我們的思緒飛昇，在不同的事件中徘徊，意識流的創作，錢鍾書的論文都清楚地反映出人思想路徑的複雜、閃爍、詭變、不可意料－－非常超文本！所以網路的超文本特性不該視為一種不得了的新敘述可能。」〈虛擬曼陀羅〉，收入《中外文學》，

事實上「超文本」概念的實踐早在印刷時代就已經產生，如眉批、註腳、附註、註釋以及聖經中常見的「串珠」等等，這些都可以算是「超文本」的原始平面型態。[9]況且閱讀書面印刷的作品，不一定要進行「線性閱讀」，我們常常讀完前言就直接看結論部分，或是直接跳過望而生厭的篇章段落，這都是屬於「非線性」的閱讀行為。當然，我們承認目前最具有可能性，並且已經有較高程度實踐「超文本」概念的媒體或媒介，大概是網際網路。不過，這並不代表「超文本」概念就能完全等同於「網路文學」，更不能說這就是新形式的「網路文學」唯一出路。畢竟「超文本」的概念比較遷就「閱讀者」的立場，但是文學中「作者」是很重要的環節。況且就實際操作層面而言，依目前存有的網路文學來看，若要與傳統書籍刊物同樣進行「非線性閱讀」行為，在網路上的閱讀不見得比平面印刷閱讀來的便利。此外，我們也很難相信未來在網際網路上的閱讀行為全是或多是「非線性」閱讀。

李順興主持的《歧路花園》如此定義網路文學：

> 「網路文學，或稱電子文學，根據目前的流行看法，可大略分為兩種：一是將傳統「平面印刷」文學作品數位化，而後發表於 WWW 網站或張貼於 BBS 文學創作版

1998年4月，第26卷，第11期，頁87－88。

[9] 請參閱鄭明萱：《多向文本》（台北：揚智文化公司，1997年），第1章，頁9。

上；二是指含有「非平面印刷」成分並以數位方式發表的新型文學，學術上慣稱超文本文學(hypertext literature)。非平面印刷成分的明顯例子包括動態影像或文字、超連結設計(hyperlink)、互動式(interactivity)讀寫功能等。由於這些新元素的加入，擴張了文學創作的表現形式，同時也催生了新的美學向度。基本上，第一類網路文學只是把網際網路當作純粹的發表媒介，而第二類則進一步將網路當作創作媒介，把諸多網路功能轉化為創作工具。[10]

將兩種定義並列看起來是個聰明的作法。不過，李順興架設「岐路花園」網站的目的，主要是討論並且創作第二種定義的網路文學，對於第一種定義下的文學只是存而不論，在該網站也沒有任何此類的創作。[11]李順興將網路文學的定義以兩義並陳的方式處理會有個問題：第一類定義包含了第二類定義，故不能視爲平行等同的兩類。

爲了適切地進行論述，本文擬將「網路文學」重

[10]李順興主持的「岐路花園」網站於首頁就明列出此段定義。〔 http://benz.nchu.edu.tw/~garden/a-def.htm 〕

[11] 這樣的作法在某種程度而言，隱含對廣義網路文學的否定，不認爲這類的文學作品有什麼可以實驗、改造、創新的地方與必要。或許李順興以爲所謂的「超文本」文學才是真正能代表「網路文學」的特質，未來的新文體、新形式的文學，會在此類「網路文學」（超文本）中產生。這樣的作法極具實驗性與理想性。

新作「分類」。本文將「網路文學」區分爲兩類。

一類是「平面網路文學」。凡是創作者主動或立意於網際網路發表，提供讀者閱覽，並能以傳統平面印刷形式展現的文學作品，都可稱之爲「平面網路文學」。

另一類是「動態網路文學」。凡是刊載網際網路上，將文學作品輔以視覺、聽覺等感官刺激（或許以後電腦還能導引嗅覺、觸覺感官），此種作品無法完全以傳統平面印刷技術複製，這類的文學作品可稱之爲「動態網路文學」。

以下即以這兩類「網路文學」進行討論。

三、平面形式網路文學發展

過去由於報章雜誌的發表空間有限，又有編輯、評審橫亙其間，所以許多創作者的作品只能束之高閣、聊以自娛。但是隨著網路快速發展，上網刊載文章毫無任何困難與阻礙，於是許多人紛紛投入繆思女神的懷抱。在網路上刊載作品，最吸引人的地方在於：我們終於可以把編輯開除了！於是作者與讀者距離拉近，作品不但可以直接呈現在讀者眼前，更讓人欣喜的是作品可以獲得讀者大量而即時的意見回饋，作者也可以立時回應讀者的看法，這種理想與便利的互動，過去傳統書寫絕對無法全面達成。目前這種在網路上發表作品並獲得意見回饋的寫作、閱讀的互動型態，仍屬於絕大多數。

但是單純地將作品刊載、發表於網路上，並獲得讀者張貼的閱讀意見，如此簡單的操作對網路特質的利用未免太過輕忽，這簡直是對時代利器的一種輕忽！所以先驅者們亟欲思考如何讓傳統的寫作在網路上更具創發性。

於是我們可以看到網路上許多作品融入電腦科技與網際網路的題材，如此新穎的題材見於現今網路上的詩、散文、小說等各類文體的創作。當然題材的創新與時代緊密結合當然是值得鼓勵與重視。不過，在網路上發表以「網路」爲題材的文學作品，能視爲文類「創新」嗎？比如我們以〈情書〉爲題寫道：

每e夜
讓電子@一封情書給妳
回信
總是一句MAILER-DAEMON
於是　我慣於用指尖在收件匣的Delete上
練習遺忘[12]

這跟南朝與唐代興起的邊塞詩一般，[13]只能視爲作者

[12] 政偉案：本詩爲筆者創作。當我們傳寄電子郵件失敗時，接到主旨爲「MAILER-DAEMON」的系統回函，意即「帳戶不存在」，表示輸入收件人電子郵件信箱有誤，或是該電子信箱已經關閉或移動。

[13] 王文進師以爲盛行於唐朝的邊塞詩起源於南朝，並有一定數量與質量的作品。請參閱王文進師：《南朝邊塞詩新論》（台

書寫題材與生活時事、意識型態的結合。所以，在文學作品中發現某些關於電腦、網路書寫題材或符號、圖像，並不能說這是「創新」，這只是將生活與時代的認知與互動反映於文學上而已。

對於汲汲渴望在文學形式有所革命的先行者，題材的創新並不能滿足對文學形式顛覆與新文類建立的高度企圖。「網路接龍」看起來是個不錯的構想！丟出一段文字或是一個情節敘述在網路上，讓人們開始自由地發揮創造力進行寫作接續，繼而不斷地延伸發展成爲多樣而繁複的文本。較早的平面網路文學中「接龍」形式，起於九〇年代初期美國小說家 Robert Coover 創建「Hypertext Hotel」網站，站台設在布朗大學，主要是在網路上進行小說接龍實驗，而且只允許純文字情節的輸入。[14]

這看起來可謂善用網際網路的即時性與互動性。更令人驚喜的是：傳統小說的構思與寫作總是以一人之力殫思竭慮地擬構，寫作主體的獨尊性不容置喙，而讀者竟只能被動的進行閱讀、接受行爲。但是網路接龍式的文學創作，可以讓每個讀者都可以變成寫作者，由制約的接受，變成主動的參與，傳統中作家與讀者的關係被解構，這就有「新」的意義！況且集眾人之智慧才思所產生的文本創作，想必在廣度上

北：里仁書局，2000 年)。

[14] 取自李順興：〈超文本小說：謊言，還是真話？〉，《中國時報》開卷版，1997 年 12 月 11 日。

遠勝於過去，複雜而多樣的銜接與演變，又豈是過去的單調可望其項背？這真是太「後現代」、太「解構」（「後現代」與「解構」在現今的學界、藝文界幾乎是「偉大」的同義詞）了！所以網路接龍就這麼一場接著一場地在網路上演，而文學理論家們也對此讚嘆不已！

過去在台灣較爲流行的網路接龍活動或競賽，方式爲展示一段敘述，開放讓網民們進行接續創作，然後在時限截止後選出一個或幾個讀者最欣賞（用網路票選或是看點閱率），亦或是最受評審（守門人）青睞的橋段成爲作品繼續發展的主線，然後下一場網路接龍又虎虎生風地展開。

不單是許多網路寫手勤奮於網路接龍的實驗性工作，政府文化機構與大眾傳播媒體也聯手推動這種前景看好的創作形式。1997 年 11 月行政院文化建設委員會與聯合報副刊合作推出「文學咖啡屋：多結局小說網路大競寫」，以一個月爲時間斷限單位，邀請知名作家駐站並寫出一段小說情節，再開放讓所有網友來完成結局。這個活動至 1998 年 12 月爲止共推出了十四次網路競寫活動，駐站作家依序爲蔡詩萍、林黛嫚、蔡素芬、履彊、紀大偉、潘恆旭、駱以軍、林宜澐、李黎、張啓彊、馬森、愛亞、成英姝、張曼娟。[15]

---

[15] 請瀏覽〔http://www.cca.gov.tw/coffee/runner.html〕，該網頁可鍊結閱讀所有「大競寫」活動的駐站作家起始設題，與創作者的投稿內容及入選作品。

這次的實驗性創舉褒貶不一，各有理據。[16]不過這個活動最大的意義在於「接龍」形式的網路文學獲得文化菁英的注意。稍後便有學者撰文強調網路接龍的實踐在文學理論上的意義與價值，以爲這可一種創新的文學形式，可算是「理想文本」。[17]

---

[16] 須文蔚對此活動抱持正面的看法：「聯合副刊也從97年十一月推出《文學咖啡屋：多結局小說網路大競寫》，這個網頁的構想與功能雖然相當單純，並不以資料的豐富翔實取勝，但是充分發揮了了網路互動的特質，讓文學創作趨向遊戲化，強化讀者的參與。」〈1997文學上網的觀察〉，「台灣文學研究工作室」網站項下，請瀏覽〔http://ws.twl.ncku.edu.tw/hak-chia/s/si-bun-ui/1997bang.htm〕。侯吉諒則提出尖銳的批評：「網路文學咖啡屋？那是等而下之的創作啦！……這和傳統小說有什麼不一樣？成爲另一種狗尾續貂，只以結局驚不驚奇來判定小說好壞，大家就一味的作怪，變成了偵探小說。一篇小說有不同結局，並不一定要在網路上才能成立。這並非網路創作的本質。」請瀏覽〔http://news.etat.com/etatnews/text/980814-1.htm〕。我們比較感興趣的是：這次活動仍邀請成名的作家擔任評審，那評審標準是傳統的？還是「網路」的？我們還可以提出一個疑問：這樣的活動在印刷媒體上是否可以充分進行，而不需標舉「網路」以博求新之名？

[17] 李順興：「網路小說接龍算是超文本小說裏相當獨特的一種，最明顯的特色是互動書寫形式的添增。如果想拿學院理論來爲其正名、提高學術身價，並凸顯文學形式創新之處，我們倒可繼續搬出巴特的『讀者文本』（readerly text）和『書寫者文本』（writerly text）概念來支應。扼要之，『讀者文本』指的是供讀者單向消費的文本，不具（意義）生產力，讀者僅能接受或拒絕；『書寫者文本』則允許讀者成爲一（意義）生產者，享有同於書寫者創造意義的樂趣。超文本小說正是符合這項定義

文學「接龍」算是網路時代才能產生的創新嗎？或許在中國文學史上的應酬贈答詩詞作品中「和韻」、「次韻」可勉強算是一種外部形製上接龍。另外，由敦煌變文乃至宋元話本演變成的章回小說，應該也可算是另一種接龍。當然我們也知道「說話」、「話本」的接龍以敘事，而且是以講敘歷史或爲人熟知的本事爲多，基本上的情節與結構是受到歷史的制約。是網路接龍的是丟出一段前文上網，然後便讓許多創作者依其想像、思維與創意進行銜接，於是創造出不同的劇情、結構與敘述，幾乎可以說沒有任何限制。

不過這種毫無限制的「接龍」，其文學價值很值得懷疑。試問：讓一群文學創作能力參差不齊，所長文體皆非備善的作家們，一起爲同一主題進行串接式的寫作接力，這樣的作品其主體性已經預設地被毀滅了，所展現的風貌想來不是深邃，而是混亂；作品的表面是連結，但是實際已經被切碎了。就算找到的網路接龍作家都是一時俊彥，彼此對文學的創作能力與認識都相當接近，接龍出來的作品就能保證有一定的水準嗎？這也十分值得懷疑，就好像我們不認爲將柳

的『理想』範例，因爲透過自由閱讀路徑的選擇，文本意義的產生便掌握在讀者手中。……稍加擴大巴特的原意，若讀者不只是意義的生產者，而且也可直接參與文本的生產，那麼理論上這種『書寫者文本』無疑是更理想的文本。網路接龍不正是完美的具體例子？讀者兼書寫者，意義消費與生產全部自行掌握，夠理想了。」〈什麼是「理想文本」？〉，《中國時報》開卷版，1998年10月15日。

永、張先、周邦彥、秦觀甚至加上納蘭性德聚集在一塊，就保證能接龍式地填闋絕妙好詞一般。這種多作者的接龍式作品，其情節、結構、書寫程度的難以掌握，就算構成龐大而複雜的文本，其內涵恐怕是混亂而無組織，破碎而不連貫，藝術性恐怕被徹底犧牲了。

對接龍的創作者而言，這樣的寫作方式初見時新鮮有趣，興頭過了之後便會開始懷疑自己的書寫在整個龐大文本中的價值與意義，面對笨重而漸漸失序的文本會感到無力駕馭，寫作的動力自然節節下滑。而讀者對複雜而多枝，水準不一、結構凌亂的文本是否能有足夠的耐心進行閱讀，實在值得懷疑。目前網路上尚存的網路小說或接龍網站大概剩三十個左右，有八、九成的網路接龍網站呈現停頓甚至消失只剩庫存網頁的狀態，這或許可以反映出創作者與閱讀者對大型而連續的網路接龍的漠然。

就平面網路文學而言：它的美學價值與傳統以書面爲載體的文學大概不會有鉅大的差異。

四、動態網路文學的發展

網路除了具有高度互動性，可以讓作者與閱讀者緊密結合，甚至融爲一體的特點之外，網路文學的傳遞介面兼具電子媒體與平面媒體的優點，可以讓影音與文字作緊密的結合，於是理想中進行動態網路網路文學的閱讀行爲時，我們可以聽著附掛於網頁上的音樂或動畫，讓閱讀文字成爲立體以及多層次的結合感受，可以創造並且滿足多向的感官需求。說的淺白一些：動態網路文學簡直可以把我們的大腦皮質層刺激的淋漓盡致！

國外動態網路文學的起步較早，詩、散文甚至組織較爲複雜的動態網路小說都已實驗有年。[18]台灣動態網路文學網站最早的應是 1996 年姚大鈞設立的「妙繆廟」與稍後曹志漣構建的「澀柿子的世界」；之後詩人向陽的「向陽工坊」、李順興的「岐路花園」、蘇紹連「Flash 超文學」、須文蔚的「觸電新詩網」開始陸續成立。就這些網站所收的動態網路內容來看，「詩」的數量與質量遠超過其他文類，動態網路散文與小說的成品相當稀少。

2001 年 4 月開始至 2002 年 1 月止，行政院文化建設委員會與聯合報共同舉辦「網路創作大競技」活動，每月依序邀請須文蔚、蘇紹連、李順興、張系國、向陽、吳明益、白靈、吳鳴、孫瑋芒、邱稚亙等十位作家展示其動態網路作品。共計發表動態網路詩 38 篇，動態網路散文 4 篇，動態網路小說 21 篇。這可視爲截至目前爲止蒐羅品質較佳的動態網路文學的一場發表會。

---

[18] 以美國 David Blair 主持的「Waxweb」爲例，David Blair 在 1991 年拍攝號稱全世界第一部以多點廣播系統架構，可在網路上播放的影片「Wax」，稍後改編爲網路接龍，故事開放給讀者，可讓其自行加入文字、圖像，這個計畫約在 1994 年停止，改爲封閉型網站。就動態網路小說或是接龍小說而言，本站具有先驅性地位。請瀏覽〔http://jefferson.village.virginia.edu/wax/〕

依這十位作者的背景來看，多是具有高學歷的學院人或是知名的專業作家、文化人。[19]看來動態網路文學的實驗與創作仍僅及於文化菁英，也尚未大幅跨出學院門牆之外。

另外就創作文類來看，須文蔚、蘇紹連、向陽、白靈提交的作品全是動態網路詩，而張系國、孫瑋芒發表的都是小說，吳明益發表散文四篇。李順興、吳鳴的詩、小說皆有，而邱稚亙有詩、散文各一篇，小說四篇。由以上的各文類的分佈這可以看出這群先行者們在創作動態網路文學時，仍是以自己較爲擅長的文類作爲實驗、創作對象。

不過這裡要提出說明的是：我們觀察許多動態網路文學的網站，會發現「詩」文類的創作數量遠遠超過「小說」、「散文」，而「大競寫」活動中的「小說」與「詩」的比例，竟然沒有反映出網路上實際創作現象的鉅大落差。其實「大競寫」活動所展示的「小說」仍是讓讀者「接龍」的形式，只能算是平面網路文學，

[19] 這十位作家參與「網路創作大競技」活動時的學經歷如下：須文蔚，政治大學新聞研究所博士候選人，東華大學中國語文學系助理教授；蘇紹連，小學教師，著名詩人；李順興，美國華盛頓大學比較文學博士，中興大學外文系副教授；張系國，美國柏克萊加州大學博士，美國匹茲堡大學教授；向陽，本名林淇瀁，政治大學新聞研究所博士候選人，兼任輔仁大學新聞系、真理大學台文系講師；吳明益，中央大學中國文學研究所博士候選人；白靈，國立台北科技大學副教授；吳鳴，政治大學歷史學博士，政大歷史系副教授；孫瑋芒，資深新聞人、作家；邱稚亙，中央大學藝術學研究所碩士班。

並沒有動態多媒體的呈顯。[20]活動陳列出合乎定義的動態網路小說，大概只有李順興所展示的《蚩尤的子孫》與《破墨山水》兩篇。以這兩篇小說的篇幅（所能呈顯的文字數量與圖像）來看，只能算是「極短篇」。

動態網路散文與動態網路詩的分別在於「文字」所表現出的文類不同，動態圖像的元素則是相同。

動態網路詩大概可以分成兩種型態：第一種是「動態圖像」型。

如蘇紹連〈扭曲的臉〉一詩，將其微微模糊的黑白個人肖像置於網頁之中，肖像外緣以文字包住，兩旁爲詩句，當讀者按下「1-9」的數字鍵時，肖像圖案

---

[20] 如張系國在網路大競寫展示七篇小說，將其分爲「互動小說」(《紅包的故事》、《綠貓》、《藍天使》、《紫水晶奇案》)、「反動小說」(澄髮辣妹火星人)、「感應小說」(《白山黑水話情橋》、《備用人》)等三類。張系國陳述這三類小說的型態是：「每個故事我預先不寫故事的結局，徵求讀者續完我的故事。<紅包的故事>、<綠貓>、<藍天使>、<紫水晶奇案>等篇都是這樣的互動小說。但這樣一來一往式的互動小說有欠靈活，所以也有<橙髮辣妹火星人>這樣的反動小說，由讀者續我的故事，但不必續完，我再根據讀者的續文寫出最後的結局。如果再讓讀者作者繼續下去，就成了接力小說或接龍小說。最後一類是感應小說，由讀者從我的故事出發，自由聯想，可以發展出完全獨立的另一個故事。其實不僅是小說，也可能發展出造型設計、佈景設計、漫畫、動畫各種具有創意的形式。」這七篇小說就本文的分類而言是可以納入「平面網路文學」的分類中。請瀏覽「張系國的文學咖啡屋」網站〔http://www.cs.pitt.edu/~chang/scifi/cafe/table.html〕，上有各小說之接龍、互動成果與投稿獲選作品。

與包裹肖像文字會向各角度扭曲變形。[21]

又如向陽〈一首被撕裂的詩〉以圖像拼貼的方式進行，畫面以黑色爲底，有四塊白色的方正型或城垛型分佈於底頁，在白色的框區中以藍色寫下詩句，左下角有「正」、「文」、「變」三個鍊結供閱讀者選擇。若按下「正」，則原先分裂的白色底塊變會換至不同區域（不是動畫，而是封閉影像）。按下「文」，則會出現詩的內容，按下「變」，則會有一群跳動的紅、藍、綠色小圓形不斷的更換位置遮住詩的文字敘述。本詩於 1998 年推出，論者給予相當高的評價。[22]

動態圖像網路詩是目前動態網路文學創作的大

---

[21] 本詩見蘇紹連構建「Flash 詩人」網站，〔http://netcity6.web.hinet.net/UserData/suhwan/milo-index.html〕，第 57 首詩。蘇紹連以「米羅・卡索」爲筆名進行「動態網路詩」的創作活動，作品數量極爲可觀。本文選此詩爲討論對象，除了曾收入「網路創作大競技」之外，此類作品在網路詩作中相當典型，也獲得相當高的評價。

[22] 李順興：「向陽〈一首被撕裂的詩〉於七月上網，以動畫（GIF）設計『遮遮掩掩』的效果，配合政治迫害的內容影射，文字想像與視覺意象相互融合，引導讀者進入 新表現式所創造的新感受維度，再次喚醒，甚至更強化了原本逐漸黯淡的政治 夢魘。詩人須文蔚指稱那些遮住文字的閃爍圈圈是『彈孔』。不管是官方的惡 意塗抹或彈孔，這般動態設計，顯然比原詩的平面印刷版更具閱讀吸引力。但 若徒具吸引力而無不同向度的網路美學出現其中，網路詩這個新名詞也沒多大 意義。向陽把原作一併張貼，正好提供讀者一個比較的大好機會。」〈網路詩三範例〉，請瀏覽〔http://home.kimo.com.tw/poettaiwan/new1.htm〕。

宗，主要表現構件是動態圖像與文字結合，另外便是加入讀者的閱讀鏈結控制。就質量與數量而言，這類作品算是台灣動態網路文學中較為成功的部分，也是極具發展潛力的領域。不過，這類的動態網路詩創作最大的弊病在於：「意義構建於動態圖像之中」。如此，則「文學」將置於何處？文學上對詩的要求是期待在精簡的文字中，負載最大的意義或意象。但是今天動態圖像介入了，原本貯藏於詩句中的意義，勢必被削弱抑低，因此所謂的「網路詩」，其「詩」（文學）的價值會有相當程度地受到衝擊。

另外還有一種動態網路詩強調的不是動態圖像，他們重視的是閱讀者積極的參與。這種可稱為「讀寫」型網路詩。

如須文蔚〈追夢人〉一詩可算代表。[23]該詩首先在淺藍色底的網頁上依序出現下列文字：「一首讀者參與創作的互動詩」、「追夢人」、「創作規則 I 這是一首要由您和我互動才能完成的詩，請回答選單提問，務必發揮『想像力』。可參照提示，再把答案 KEY 在空格中……」、「創作規則 II 為保障隱私權，您的作品絕不外洩，隨即銷毀。請牢記您的創作……。因為在這個星球上不會有人和您一樣如此追夢的……」、「追夢人、rule、enter、開始創作」。當讀者按下「開始創作」

---

23 〔http://www.cca.gov.tw/coffee/author/hsiu/index.html〕。該詩亦見於國立東華大學中國語文學系網站項下「數位文學實驗室」，〔http://www.ndhu.edu.tw/~dchin/web/index.html〕。

鍵，則會出現網路問卷或像是申請表之類的表單。以下我們試圖展示此詩，並同時進行創作與閱覽成果：

（行一）「你和你的情人的總和」：＊1 2 3 4 5 6 7 8 9 10（任選一數字）

政偉案：假設我們選擇「10」。

（行二）為情所困，失眠天數　：＊1 2 3 4 5 6 7 8 9 10（任選一數字）

政偉案：假設我們選擇「1」。

（行三）你的名字　：（請填你的名字或匿名）

政偉案：假設我們輸入「咕嚕咕嚕星球人」

（行四）你最喜歡的魚：「偷看提示」（ 座頭鯨 神仙魚 熱帶魚 美人魚 黃魚 鱸魚 吳郭魚 虱目魚）（請務必填入一種魚）

政偉案：假設我們輸入「怪怪的魚」

（行五）你最愛的海洋：「偷看提示」（ 大西洋 太平洋 印度洋 黑海 北極洋 冰洋 尋夢洋）（請務必填入一個海洋）

政偉案：假設我們輸入「月暈之後的寧靜海」

（行六）你喜歡的床：「偷看提示」（ 席夢思 水床 單人床 遼闊的雙人床 行軍床 海床 ）（請務必填入一張床）

政偉案：假設我們輸入「跟 BMW 一樣貴的床」

（行七）你最喜歡的花：　（要有花瓣喔）

政偉案：假設我們輸入「噴上香水的塑膠花」

（行八）你最心愛的人：（沒有情人，就

填心所愛的人！）

政偉案：假設我們輸入「讓石頭也發春的女子」

（行九）**你最害怕的天災：（人禍也可以啦！）**

政偉案：假設我們輸入「長青春痘」

（行十）**你在道別時會說的話：**

政偉案：假設我們輸入「快還我錢」

當我們按下「閱讀新作品」的按鍵後，開始出現瀏覽器的警示圖示，第一個出現的圖示寫道：「以下是咕嚕咕嚕星球人創作的詩」，下一句詩作要出現必須按下圖示之「確認」鍵。再次按下「確認」出現：「題目是」，再按一次「確認」鍵「10個海洋與1個無盡的愛」，繼續按下「確認」鍵後出現：「獻給讓石頭也發春女子」，以下的詩句依序是：

一尾怪怪的魚泅泳於我的睡夢中
尾鰭把暈船的星星播弄出水晶音樂
隨即沒入月暈之後的寧靜海的荒涼裡
寂靜席捲我1個無眠的夜
我不要在跟BMW一樣貴的床上等待消逝的夢
也不在岸邊打撈你如噴上香水的塑膠花花瓣般墜落的身影
決心把長青春痘後的心浸入海潮
非法闖入你隱身的10個海洋
在你的遺留的蹤影裡探險

快還我錢

詩作完畢尚出現「結束了！還喜歡嗎！」、「推敲推敲再寫一次」、「或是自個兒寫首詩」、「快還我錢！咕嚕咕嚕星球人！」（以上劃底線部分即當初輸入的文字）等語。

這類的讀寫型動態網路詩著意的不是圖像與文字的結合，作者的企圖在於讓閱讀者也能進行創作，此時讀者必然變成寫者（除非你一開始就放棄參與），如此作者與讀者之間的分際在某整程度上就被解消了。

〈追夢人〉或許是爲了避免「網路接龍」雜蕪浮濫、水準參差的弊病，而保留閱讀者參與的優點而推出此種表單設計。此詩於 1998 年推出之後頗受論者好評，以爲是當年度的優秀動態網路詩代表。[24]不過，我們對這類型詩作的價值持保留的看法。首先，就形式而言，國小教材中的造句填充應該可視爲此類詩作

[24] 李順興：「須文蔚的〈追夢人〉所屬網站預計九月『向全球發射』，不過私底下已在暑假試射成功。網頁表單（form）通常用來填入一般資料，拿來改編成互動式書 寫的詩作品，文學趣味十足。〈追夢人〉玩一首情詩的書寫遊戲，因預先設定 回應的內容，得以避免類似網路接龍文字浮濫的弊病。……互動書寫本就是比較高難度的文學設計，網路接龍是主要使用者，至於成效 如何，見仁見智。拿這款功能當詩創作形式，極富挑戰力，網路上出現〈追夢人〉，叫人忍不住鼓掌稱奇。」〈網路詩三範例〉，請瀏覽〔http://home.kimo.com.tw/poettaiwan/new1.htm〕。

形式的雛形，這種形式算是創新嗎？此外，對讀者而言，作者對結構、意義已經做出嚴格限制，不管讀者怎麼變動，都無法跳脫出作者設計的框架，表面上看來這類詩作經由讀者的閱讀（創作），可以有無限的內容變換，但是形式上的框架卻讓意義單一了。就作者而言，犧牲了文學主體性，把自己變成了遊戲設計師。甚至就趣味性而言，還比不過網路上的紫微斗數或命盤推演——輸入生辰八字，系統還能展示出我的一生哩！

就台灣動態網路文學作品的內容與展示而言，主要的文類是「詩」，型態是結合動態畫面與強調作品閱讀者的互動設計。這些動態網路作品帶有極強烈的實驗性，是否能成爲未來新形式的文學、文類值得長期觀察。不管日後動態網路文學是否能取得極高的成就與價值，這些先行者們的創新與勇於實驗的精神，值得我們於此再三致意。

五、網路文學前景的憂慮

網路在未來絕對會深刻而全面地影響我們的生活，這點我們毫不懷疑。但是，網路的蓬勃發展與遠大前景，並不能等同於網路文學就一定有美好的未來。

五年前須文蔚曾經提出對網路文學發展的憂慮：

> 網路文學的環境仍有侷限和危機，除了使用尚不夠方便，資訊造成知識鴻溝，內容仍嫌貧乏，最待突破的是

> 對網路的懼怕和拒絕：「數位得諾貝爾文學獎的詩人曾聯名，不願在終端機前讀詩。」[25]

今天這些顧慮仍然存在，但是有更嚴重的問題橫亙於網路文學之前。相對於視網路爲文學救星、新文學的搖籃等樂觀意見，[26]這裡我們抱持較爲消極的看法，並提出對網路文學的前景的幾點憂慮與質疑：

（一）文學新霸權的產生

就網路文學而言，最令人困擾的問題在於創作者與閱讀者的水準低落，讓網路文學的面貌簡直是一團混亂。當然，在網路上發表的作品也有質量極高的佳作，只不過與許多難以卒睹的網路文學作品共置於茫茫網海中，尋找起來頗爲棘手，增添許多麻煩，這就好像在爛泥溝中尋覓一顆指尖大小的珍珠一般，總是有些掃興。不過我們不忍也不能以此詬病，畢竟在傳統書面發表的文學也有這種問題。有些人注意到這點，成立文學性網站，於是開始進行整理、篩選的工

---

[25] 沈怡：〈副刊宜速建構網路灘頭堡〉，《聯合報》，1997年1月12日。

[26] 王蘭芬：「兩岸的文化企業、文學評論者、創作者現都目光炯炯盯著網路這塊新天地看，可預言的是，未來華文寫作勢必因網路而出現革命性的改變，網路中將再掀新一波文藝復興。」〈可以期許超海峽跨海洋的文藝復興吧〉，《民生報》A7版，2000年11月1日。

作，讓網站中文學作品的質量稍微整齊一些。甚至直接在網路上成立專業文學性網站，聘請知名作家，或是增設如編輯、評審之類的選稿人，以整齊網站文學作品的素質。但是，這樣的選稿作法與傳統的報紙雜誌或出版社有什麼不同？我們不是一再呼籲網路就是要讓文學作品自由自在地無限遨翔嗎？

對此，我們有著深深的憂慮，當年多年輕寫手抗議紙類媒體是一種文化的霸權，對作品的取捨太過主觀以及學院化、菁英化，導致呈顯出的文學風貌乃是單調而枯寂，專而投向網路幾近無限發表空間的懷抱之中。但是，陽春白雪地孤芳自賞寫來，而無閱讀群眾的掌聲與歡呼，那也不用在網路發表。若要投身於網路寫作，則必須找尋到創作理念與水準相當的網站發表，如此，那些網站會不會是另外一個托拉斯呢？網路文學的面向是不是會被這些網站經營者、主持者、編輯者的文學觀念或意識型態限囿呢？

現在，網路上某小部分的文學社群，已經讓這種憂慮成為真實的惡夢。

（二）文學淪為多媒體的附庸

動態網路文學的未來發展，也值得我們進一步思索。

動態的展示介面以前並不是前所未有。比如電影、電視的產生，也是可以結合文學與影音，呈現出多向性感官接受的媒體。但是電影、電視的產生並沒有促進文學的蛻變或革命。我們反而悲哀地發現電影、電視與大眾生活緊密結合的的後果便是經濟商業力量的介入，讓媒體所展現的內容絕大多數是可消費的商品，於是文學參與的角色不單成爲一種附庸，甚至墮落成媚俗文化的一部份。

讓文學與視覺影像、聽覺音效作緊密結合，表達出多元、多向的文學創作是值得探索的領域，這像是未經掘索的黑闃海洋，或許經過長久的遊藝與探潛，有一天可以在其中發現終極樂土亞特蘭提斯大陸。但是，這樣的文學還是文學嗎？當文學與多媒體作結合，到底誰是主？誰是從？到底是多媒體烘托文學？還是文學點綴多媒體？又或是彼此唇齒相依？到那時所謂的「網路文學」恐怕難以用「文學」涵攝，該易名爲「網路藝術」，或是「數位藝術」、「電子藝術」。以現在的動態網路文學的展示來看，我們很難理直氣壯地以「文學」稱之，畢竟這些作品滲入了許多其他藝術的成分。我們可以說其中有文學，但是能否專屬於「文學」之類，甚至文學在其中爲主導地位，都很值得商榷。比如「戲曲」，我們當然知道「戲曲文學」是中國很重要的一種文類，但是整個戲曲的搬演，進行實際操作層面時，我們能稱之爲文學嗎？當然不能，那整體叫做「戲曲藝術」，「文學」只是其中的一個構成元素。

我們憂慮：文學利用網路的理念，未來在操作層面上成爲網路利用文學。到那時文學是否又會被單獨提鍊提倡，以免淪爲附庸？

（三）網路文學商業化

網路泡沫化可算是上世紀末的驚奇之一，大家終於發現網路的發展與生存不能單靠信心與夢想，網站要繼續生存，則必須找出足夠的經濟支撐，否則很容易烙上「HTTP 404」的泡沫象徵。我們津津樂道於網路的深入與便利，日後這些深入群眾的網路連結勢必與商業經濟行爲結合，如此網路的一切似乎又要走向商品化與消費化，以現在網站發展的趨勢來看：專業的網路文學經營網站所能找出最大的商業利益，則只有將網路文學出版或是發行收費電子報一途。網路強大的滲透力讓出版社或作家無法抵抗，也紛紛架設網站大作理念上的推廣實利上的促銷。

須文蔚談起網路文學的隱憂時提到：

> 當前網路文化的最大問題，莫過於許多人把網路當作新的行銷管道，而當文學網站變成密密麻麻的分類廣告，讀者勢必迷失在膚淺的商業宣傳中，而失去對文學的興趣。[27]

失去文學的興趣雖可憂慮，但是尚屬小事；比較嚴重的是當文學網站商業化後，便會講求包裝、宣傳、行銷等策略，從而引導閱讀風格，使讀者失去鑑賞與閱

---

[27] 須文蔚：〈新瓶中舊釀與新醅的纏綿—淺談本土網路文學的現況與隱憂〉，收於《文訊雜誌》，1999年4月，頁38。

讀上獨立判斷的能力。這才是最可憂慮之事。此外當文學過度商業化後，寫作成爲商業導向、現實利益導向之事，這樣創出來的文學除了確保其媚俗性之外，藝術性絕對是第一個犧牲者。

這項憂慮已經成真，而且保證日後會更行擴大。今日呼喊文學已死的憂心之士，難保日後不會宣布文學在網路又死了一次。

（四）「讀者至上」的文學

網路文學是否能發展出新的文類？很多人是樂觀的。當然若希望網路能在詩、散文、小說等主流文類外另闢蹊徑，恐怕是有些困難度。不過，現在許多懷抱在網路創新文類理念的先行者們對此努力不懈，其革新的方式大概有兩種：一是顛覆文本形式；一是引進讀者參與。

在網路上顛覆文本形式的意義與效力，其優劣成敗見仁見智，本文不擬深入討論。

對於現在的網路文學極端強調讀者的參與部分我們則是提出質疑：作者的意圖何在？是想要與讀者溝通嗎？問題是這樣的溝通是否有效？想要與讀者互動嗎？這樣的互動是否有價值？

由文學接龍到閱讀鏈結乃至文學填空，我們發現網路文學不斷地向讀者遷就。在某種程度上，這與專爲銷售量而撰寫的作品意義相同，一樣的媚俗，一樣的大眾化。

或許有人會以爲互動可以經由閱讀者的選取鍊

結而產生新的文本或意義。但是，讓我們覺得的憂心的是：所有的鍊結與組成元素在現今已經被作者限制住了。我們還能期望有「新」的意義產生嗎？讀者是需要參與作品，但讀者的再創作或再思考不是在文本上的更動，而是詮釋上的增義、思義問題。[28]

我們不希望網路動態文學在亟欲希望成為新文類的的同時，卻將這種新文類導向「遊戲」性質，讓動態網路文學的創作者成為遊戲的設計者，而閱讀者依循這些「設計」遊戲，不知領略的趣味是遊戲還是文學。

我們衷心期待網路能成為新文類誕生的搖籃，但是憂慮應該存於作品中的主體性，會在過於強調讀者介入的搖晃與動盪中碎裂殆盡。

（五）動態網路文學可不可能進行分工？

游喚先生曾向李順興提出對動態網路文學的實際創作層面的問題：

---

[28] 比如中國有所謂的「集句詩」，即是將前人的作品中的詩句重新作組合，以成為一種新的詩。在某種程度上來說，前人所有的詩作算是文本，集句者算是閱讀者，也可說是創作者。這可算是比較原始的閱讀式的互動創作。不過，這樣的創作是滲入很強的主體性在其中，也就是說集句詩創作者進行閱讀後以其主體思考進行組合工作，此時的創作有了新的主體。

> 網路詩依目前看，有三要：一、傳統語言；二、程式語言；三、影像語言。但具備如此三條件之詩人實在不容易。目前網路詩人大都自線上下載 JAVA 語言而改參數，這能否算自我創作，有待商榷。然而要求網路詩人會寫高層次之程式語言，這已經是屬於電腦的學問，能不能算詩的學問呢？

游喚先生的疑問確實問到核心！網路動態影像的設計與創造是屬於高階的資訊範疇，但是許多優秀的創作者有極高的文學天分或素養，卻不一定有操作這些動態影像設計的能力。游喚先生並以為現在許多的動態網路詩是攫取他人的原始設計後修改參數而得，算得上創作嗎？李順興的回答亦很巧妙是：

> 能具備多媒材素養或天份的詩人應該不少，君不見騷人墨客文字遊戲之餘，亦不乏跨行音樂、繪畫玩票者。這些人再接受一點網頁套裝軟體和美工套裝軟體的學習，便可進行網路詩創作，這些套裝軟體操作並非高門檻的要求，若是，我看網路文學大概是幾隻程式貓喵的遊戲而已，用不著推廣了，我也不會想在大學部開課教網路文學。現在的關鍵是，懷跨媒材能耐的詩人們有沒有這份興趣而已。……美工特效種類也夠多了，而且還不斷有新樣式出現，一個在科技末端工作的藝術創作者，最大的貢獻應是把這些特效和自己的想像力做前衛的藝術搭配，有可能的話，甚至可以把自己的創新想像

回饋給程式設計師。[29]

李順興的回應重點在於：天份不是問題，動態影像的設計學習容易，並且有許多便利的影像設計套裝軟體可供運用。更重要的是科技末端的「藝術創作者」（不是文學創作者）的天職就是要結合各種前衛的藝術元素、構件加以整合。

一問一答似乎是代表「文學專才」與「藝術全人」的兩種立場。我們知道「藝術全人」是一種極高的境界，也是一種追求的正向目標。問題是：實際上可能嗎？實踐上容易嗎？古來文學家能跨越文類而皆有高度成就的就已經難得一見，而既能爲文又可橫跨藝術領域的全才，實在少之又少。雖說有歷史上王維詩成一派，畫亦成宗；蘇軾既爲文壇盟主，又執書畫牛耳，表明了「藝術全人」具有「可能」性，但是如此身兼數藝的傑士古來真算罕見。

現在要求文學創作者也進行「圖像」創作、設計，理想上不能說不正確，但是在實際操作層面，要做出汎汎水準的動態網路圖像，那靠基本智力大概足夠，但是真要做到頗具質量或能精確表達概念的圖像，恐怕不是用幾個套裝軟體或修改原始設計參數可以達成的。

網路動畫的發展極快，我們可以看到專業人士設

---

[29] 游喚先生於 1999 年 4 月 27 日提出前問。問題與回答請瀏覽李順興主持「岐路花園」網站中的「問答集」第 7 問。

計的動態圖像，遠比網路動態文學創作者所表現出來的複雜、細緻許多。這不是文學家們不願意去追求圖像的構建，實在是「不能」也。比如理想中的網路文學要結合文學、視覺、聽覺的效果。但是，現在的實驗性創作中，文學結合動態圖像者多有，將文學結合於音樂的就相當希罕。間或有音樂點綴，不過是一小節單調的音樂重複播放，甚至套取罐頭音樂。難道是創作者們不願意製作音樂以結合文學嗎？當然不是，是因為製作音樂需要相當程度的專業知識與技能，許多創作者的能力實在無法兼顧此節。

我們不敢否認未來有出現「藝術全人」的奇異之士的可能性，但是我們更相信未來的創作必定是走向分工之途。比如文學、音樂、圖像分別由專業人士製作，然後加以統合。或許，未來的文學形式是如宋詞的填寫一般：出現一段經典的動畫、音樂經由網路不斷播放，而文學創作者們起而將文學元素灌入其中。

六、小結

當溫庭筠填下「小山重疊金明滅，鬢雲欲度香腮雪」的旖旎之時，他大概不會知道這闋借伶人口中唱出的〈菩薩蠻〉會成為一代文學的先聲。同樣的，我們可以以此期待藉由網路能發展出新形式的文學，或是讓更多人參與文學的創作，以及藉由廣而深的網路傳播文學的訊息，讓人類的智慧與心靈快速連結而更加貼近。當網路給我們許多美好夢想的同時，我們也該開始想想，網路對文學的發展的負面影響該如何避免與排除，這樣才能有良性的網路文學，而不是讓文學步上「惘路」！

大歷史與小女人的對話
——葉嘉瑩（1924~）詩/學中的國族與歷史

羅秀美

摘要：

葉嘉瑩女士於現代中文學界享有崇高的聲譽，其「女學者」形象深植人心；然而，葉嘉瑩的古典詩歌創作，亦展現相當份量的質感。因此，就廣義的「女作家」概念而言，她顯然是一位兼擅創作與學術研究的女性文學家。本文即針對此，進行「女作家」葉嘉瑩「詩/學」中的「國族」與「歷史」問題的探討。本文所指涉的「詩/學」即包括前述詩詞創作與研究兩部分內涵，以此透視大歷史下的小女人葉嘉瑩於文字中所展現的國族與歷史認同。

關鍵字：女作家、葉嘉瑩、詩詞書寫、國族、歷史

一、序論

當代學者型女作家葉嘉瑩[1]，其詩學研究已享有學

[1]選擇葉嘉瑩做爲「女作家」專題研究的原由，起因於中央大學

界崇高榮譽—加拿大皇家學會院士（1990 年）；而其古典詩歌創作的成就更是精彩。本文擬以「詩/學」概括她兩方面的文學成就，因此，「詩/學」有二義：（1）文學創作；（2）學術研究。因此，本文進行「大歷史與小女人」的對話，便以葉嘉瑩的「女」性身分（女詩人、女教師、女學者）爲論述基點，以「詩/學」做爲文本，觀察一位學者型的女作家如何展現她的國族與歷史認同。

葉嘉瑩出身「後五四時期」女子教育蓬勃成長的背景，使她較諸前期（或古代）女作家更爲幸運，有機會接受新式學院教育，成爲新一代女教師及女學者。而早年家庭教育中的傳統經典研讀，更是她往後亦創作亦研究的一把利器。但擁有紮實基礎的葉嘉瑩，還沒有機會好好發揮才華，卻遭逢現代中國的「亂世」期。自少女時期即強烈感受到國難與家禍的雙重傷痛；少婦時期渡海來臺竟遭白色恐怖，成爲揮之不去的人生陰霾；中年時期或因政治受難經驗衍生去國問題，迭遭憂患；晚年於美加地區教書，卻萌生回歸中國的念頭，便於文化大革命結束後毅然回到中國講學，一度因此爲當時尙未解嚴的臺灣當局列入黑名單；直到解除戒嚴之後，得以自由回臺講學。這樣一段身世遭際，完全處於變動的現代歷史當中，因此，

康來新教授的指點。筆者碩士論文以宋代陶學爲主題，康教授認爲筆者的背景對於詩學較爲相應；適巧葉嘉瑩的學院背景，又是吾輩當代女子的典範，故建議筆者以葉嘉瑩爲對象進行女作家研究。

她的飄泊各地有相當多的不得已。

由此一「大歷史」下的小女人為出發點，可以發現其詩/學具有相當程度的文史互證。其詩詞創作大多標注寫作時間，重要背景並以小序加以說明，原原本本的呈現其人生經歷，幾達以詩證史的程度。而詩詞研究部分，則多以知人論世角度解讀，對於作家的人生遭際多有一番詳盡的見解，這與她特出的身世遭際有某種程度的關聯，在她研究作家作品的同時也審視自己的遭際。因此，其作品中的國族與歷史認同確實有跡可尋。

最後，並兼論中國文學史上女作家創作與研究並擅的情形。經由貫時性的文學史脈絡的爬梳，發現創作兼研究型的女作家可自成一個譜系，而葉嘉瑩並非特例。然而，以並時性觀點對照之，葉嘉瑩廁身於此一譜系中，卻特別能突顯出當代學者型女作家的優越，不僅兼擅創作與研究的雙重身分；更重要的是，有幸接受新式學院教育，而這也是近代以前（包括古代）的女作家所無法履歷的。生於「後五四時期」的葉嘉瑩確為獨一無二的。透過以上縱橫交錯的文學背景的表述，呈現出一個精彩的葉嘉瑩。

二、大歷史下的小女人—身世、教養與身分

（一）身世：

身爲滿人之後的葉嘉瑩，具有高貴的血統，其貴冑血胤，最著名的就是前清慈禧太后及隆裕皇后；而其文學血脈，更可與納蘭性德及顧太淸兩位滿淸詞人劃上關聯。無論就血緣或文學因緣而言，葉嘉瑩無疑是一位天之驕子。

其家族譜系，大致至曾祖聯魁（道光年間）以後較爲清楚。曾祖官至二品；祖父中興爲光緒壬辰科翻譯進士，仕至工部員外郎；伯父廷乂一度留學日本早稻田大學，後以中醫名世。堂嫂郭立誠爲著名民俗學家。其父親廷元則畢業於北大英文系，後任職於航空署。母親李立方曾任教女子學校。以此簡單譜系觀之，葉嘉瑩擁有良好的家世。

（二）教養：

葉嘉瑩所受的教養，應以十歲爲一界線。十歲以前，新式學堂已大爲風行之際，她受的是傳統啓蒙教育，以家庭爲私塾。十歲以後，則走入新式學堂。

十歲以前，葉嘉瑩父母輩的親人，就是她的家庭教師。這些成員，包括父母及伯父、姨母等人。其中，女性所給予的啓蒙教育，就是她在師範學校任教的母

親以及在上海顧維鈞家中做過家庭教師的姨母，這兩位是重要的女性啓蒙者；而畢業於北大英文系的父親及舊學根柢極爲深厚的伯父，亦爲她的私塾教師，伯父更是她學作詩的啓發者。十歲以前的葉嘉瑩已紮下深厚的學養根基。

而生於民國十三（1924）年的葉嘉瑩，更是個標準的女學受惠者。在「後五四時期」，女子教育已蓬勃發展至一新的局面，正式的學院訓練不再只是男性的專利，女子也已取得接受新式大學教育的機會，而葉嘉瑩正好趕上了。十歲才入北京篤志小學，十一歲就考入北京市立二女中，而後十七歲考入北京輔仁大學中國文學系。成爲後五四時期，極幸運能夠接受新式學院教育的女性之一。在學期間，接受完整的學院訓練，遇到戴君仁、許世瑛、顧隨（羡季）等幾位恩師，奠定她日後研究詩詞的根基。戴、許兩位老師，更是日後扭轉她生命的重要關鍵人物。

（三）身分：

葉嘉瑩除了爲人女、爲人妻、爲人母之外，其職場身分更加豐富。一生最重要的三個身分就是女詩人、女教師及女學者。

1.女詩人：

葉嘉瑩幼年時期即在伯父引導下學會塡詩作詞。才華早發的她，在《迦陵詩詞稿》中，展現不少精彩的篇章。其實，她的詩作乃包含詩、詞、曲三項古典創作。其中，詩有 141 題、詞 89 首、曲 21 首及應酬文字 26 篇。

2.女教師：

葉嘉瑩大學畢業後即任教於北京三所女中。來臺後，亦先後於彰化女中、臺南光華女中、臺北二女中任教。其後，得遇輔大老師戴君仁及許世瑛先生，陸續任教於淡江、輔仁中文系，並於臺大中文系專任教職十五年。之後更受邀赴美國密西根及哈佛大學講學，並專任於加拿大英屬哥倫比亞大學教職，至退休爲止。榮退之後，前往中國大陸、馬來西亞、新加坡、臺灣等各大學講學。

3.女學者：

學者生涯因戰亂及遷徙臺島，未得發展；其後，更因遭逢白色恐怖，忙於維生之計，幾無創作，遑論學術研究。正式寫就的第一篇文稿是民國四十六年（1957）刊載於期刊上的<說靜安詞浣溪紗一首>。這時，距她至大學任教已有四年了。此後，不斷發表各種詩詞著述，隨著她進入大學專任教職，各項學術研究成果愈見豐厚，著作等身，爲當代最重要的詩詞領域的學術權威。1990 年她被授予「加拿大皇家學會院士」榮銜，爲中國文學的首位。

綜合以上，就身世、教養及身分三個角度觀察葉嘉瑩，發現她這位大歷史下的小女人，擁有相當精采的生命場域。因歷史因素而輾轉流離的她，生命中有三個城市相當重要，即北京(童年成長)、臺北(壯年)及溫哥華（中老年）等地，這三個城市孕育她不同的生命風景，暫且稱之為地理/文化歸宿。因此，大歷史與小女人的對話，許多時候與其生命場景有關。因此，本文在探討她詩/學中的國族與歷史認同時，隱然能夠感受到此一生命場景的轉換對她所發生的影響。

三、再現於詩詞創作中的國族與歷史認同

葉嘉瑩所創作的古典詩詞，幾乎可以印證她每一階段的人生歷程。在這批作品中充滿強烈的人生愁苦，葉嘉瑩纖細敏感的個性，使她深刻感受到自己所處的時代與家國的不幸。因此，縱觀她一生的詩詞寫作，可以逐一發覺她的國族與歷史認同感，一一出現於筆端。以《迦陵詩詞稿》為主的創作集，是觀察她的最佳文本。本文將葉嘉瑩再現於詩詞中的國族與歷史認同，分為四個階段說明：

（一）女性的抑鬱—少女時面臨國難與家禍，早生愁苦

寫作舊體詩詞的葉嘉瑩，啓蒙甚早。十一歲時在伯父的教導下，已寫下名為<詠月>的七言絕句，詩中

盡是春花秋月的少女情懷。以同等學力考上初中之後，也開始填詞了。上了大學，則開始寫起了散曲的小令和套曲。這段時期正好是葉嘉瑩的少女時代，時局進入八年抗戰，而她也面臨了人世的早憂，父失蹤母病逝，淪陷區艱苦的生活，都使她寫作的詩詞曲意境愈加深刻，如：<哭母詩八首>（一九四一年秋）：

> 本是明珠掌上身，於今憔悴委泥塵。淒涼莫怨無人問，剪紙招魂訴母親。（其六）

或是<憶蘿月 送母殯歸來>（一九四一年秋）：

> 蕭蕭木葉，秋野山重疊，愁苦最憐墳上月，惟照世人離別。平沙一片茫茫，殘碑蔓草斜陽。解得人生真意，夜深清唄淒涼。

以及<母亡後接父書>（一九四一年）：

> ……期之數年後，共享團欒福。何知夢未冷，人杇桐棺木。母今長已矣，父又隔巴蜀。對書長嘆息，淚隕珠千斛。

這些詩歌中，葉嘉瑩滿懷的愁苦溢於紙上，早早生發人世無常之感。由於母親病逝與父親失蹤，使她必須寄人籬下，在伯父家中度過少女時期。由中學到大學，愈發使她感受抗戰時期的氛圍，處處充滿興亡悲感與歷史情懷。因此，<秋興>（一九四一年秋）一詩就是典型的描寫歷史興亡之感的詩歌：

> 十載南冠客，金臺古易州。濁醪無可醉，雲樹只供愁。
> 離亂那堪說，煙塵何日休。高樓一夕夢，風雨又驚秋。

在「離亂那堪說，煙塵何日休」的心緒中，點明戰亂的傷痛與不堪，更有中華民族身世飄搖的慨嘆。另外，<蘆溝橋>一詩，更具有國族或歷史認同之感了：

> 黃樹青煙入遠郊，平川南北枕長橋。愁看一線桑乾水，滾滾塵氛總未消。

詩人面對煙火初起的蘆溝橋，生發濃重的「愁」緒，這是身爲一名少女所能感發的情緒。而<臨江仙>（一九四二年）一詞，更具代表性：

> 十八年來同逝水，詩書誤到而今。不成長嘯只低吟，枉生燕趙，慷慨志何存。　　每對斜陽翻自嘆，空階立盡黃昏。秋來春去總銷魂，茫茫人海，衣帽滿征塵。

十八年來的人生只是讀書一事，對於自己生長於燕趙地方，卻不能發揮「慷慨志」，總有被詩書所誤之感。面對時局頗有無力之感。而另一首<中呂粉蝶兒>（一九四四年秋作於北平淪陷區中）則有另一種態度：

> ……[堯民歌]……況值著連年烽火亂離時。那裡討醉爛金尊酒一卮，嗟也波咨。清狂渾似癡。落拓成何事。……

連年烽火亂離中，似乎能夠討酒買醉也是一種幸福。其他如<詠懷>（一九四一年秋）、<思君>（一九四二年仍在淪陷中）、<春日感懷>（一九四二年春）、<不接父書已將半載深宵不寐百感叢集燈下泫然賦此>（一九四二年）、<早春雜詩四首>（一九四三年春仍在淪陷中）、<浣溪紗五首 用韋莊浣花詞韻>（一九四四年冬時北平淪陷已有七年之久）……等詩詞曲文中，也都有她對於烽火連天歲月的深刻感觸。綜合上述，葉嘉瑩的國族是中國，她的歷史認同也是中國，少女時期的詩歌，呈現她個人在大歷史下的存在情狀。

（二）女性的艱忍—少婦時迭經戰亂、遷徙、白色恐怖的磨難

民國三十七年，葉嘉瑩自北京赴南京結婚，從此展開少婦生涯。居住南京的八個月中，首度嘗到飄泊的人生痛感。集子中有一支散曲<越調鬥鵪鶉>（一九四八年旅居南京親友時有書來問以近況譜以寄之）即寫下這種心情：

> ……光陰是兔走烏飛。生涯似飄蓬斷梗。……[尾聲]索

居寂寞無佳興。休笑這言詞兒蕪雜不整。說什麼花開時三春覓句柳絲長。可知我月明中一枕思鄉夢魂冷。

離開故鄉北京，定居南京已讓她「一枕思鄉夢魂冷」，誰知同年成長的原鄉，自此以後要遠離數十年，才得返回。詩人的飄泊感正反映了民國三十七年局勢不穩定的現狀。當年底，隨著情勢變動，詩人來到臺灣。起初隨夫赴高雄左營定居，次年底夫婿因白色恐怖被捕。三十九年夏，葉嘉瑩也在任教的彰化女中，因白色恐怖，受校長等人牽連而入獄服刑。其後不久，雖幸獲釋放，卻已失去教職及宿舍。葉嘉瑩爲了援救夫婿來到高雄左營親戚家打地鋪，生活無著的境況下，使她慘澹度日。這段時間，對於自幼耽溺的詩詞，幾已沒有心情從事創作。偶而也有些詩句可以勉力敷衍成篇的，如著名的<轉蓬>（一九五〇年作）一詩：

轉蓬辭故土，離亂斷鄉根。已嘆身無托，翻驚禍有門。覆盆天莫問，落井世誰援。剩撫懷中女，深宵忍淚吞。

離亂中來到臺灣的葉嘉瑩，經歷了大歷史的劇烈變動，自國共戰爭、渡海來臺以至於白色恐怖，都讓這位小女人飽嘗人世的冷暖與辛酸，「翻驚禍有門」的怖懼，怕是她心中一道極爲巨大的陰霾。在大時代的磨難中，這首<轉蓬>深深刻劃了她心中的痛楚與不安。後來，在堂兄的介紹下，她來到臺南光華女中任教，<浣溪紗>（一九五一年臺南作）一詞，是她在南臺灣因思念家鄉而寫下的心情：

> 一樹猩紅豔豔姿，鳳凰花發最高枝。驚心節序逝如斯。
> 中歲心情憂患後，南臺風物夏初時，昨宵明月動鄉愁。

稍稍安定下來的生活中，因鳳凰花開又想到久違的家鄉北京。這樣心心念念故土的情懷，一直是她詩詞創作中重要的型態，另一首<蝶戀花>（一九五二年春臺南作）也是她在臺南教書時期的心情：

> 倚竹誰憐衫袖薄，鬥草尋春，芳事都閒卻。莫問新來哀與樂，眼前何事容斟酌。
> 雨重風多花易落，有限年華，無據年時約。待屏相思歸少作，背人劃地思量著。

詞中的心情，其實充滿無奈，因此詩人說「莫問新來哀與樂，眼前何事容斟酌」，面臨諸多磨難之後的心境表露無遺。這段時期，葉嘉瑩詩作甚少，另有一首<雙調新水令·懷故鄉—北平>（一九五三年在臺灣作），也是典型的懷鄉之作：

> 故都北望海天遙。有夜夜夢魂飛繞。稷園花塢暖。太液柳絲嬌。玉蝀金鰲。……念何日能重到。[駕鴦煞]
> 常記得故鄉當日風光好。怎甘心故鄉人向他鄉老。思量起往事如潮。念故人阻隔著萬水千山。望天涯空嗟嘆信乖音渺。說什麼南浦畔春波碧草。但記得離別日淚痕多。

須信我還鄉時歸去早。

萬水千山阻隔的現實中，緣於不可抗拒的外在因素，而非自己所願。因此，詩中的離鄉之愁，在與大歷史對照之下，益發顯得深刻動人。

綜合上述，葉嘉瑩少婦時期的詩作甚爲少見，多緣於變動劇烈的時代環境所致。葉嘉瑩的歷史感與國族觀念相當鮮明的展現於自己特殊的遭遇中。思鄉情懷的濃重，是她在臺灣前期生活中的基調；似乎也與七十年代後期自加拿大歸回中國有些隱隱的牽連。因此，心向故土，是她往後詩詞中的主要情態。

（三）女性的承擔—中年時遭逢去國煩憂與家庭重擔的承受

葉嘉瑩於夫婿遭釋放之後，更增心理負擔。在那個特殊的年代裡，他們都承受著來自社會的不幸因素，一個偏激怨怒，一個宿命悲觀。夫婿不幸的遭遇，使他自己多了許多牢騷憤怨，於家中的妻子便多添了一分埋怨。承受來自於白色恐怖的磨難，葉嘉瑩以個性中極爲堅韌的一面承擔許多苦難而不肯倒下去。因此，生活中，除了工作，就是扶養兩名女兒，對於寫作已許久不曾碰觸[2]。

其後因緣際會於臺灣大學中文系專任，才逐漸有了較為安定的生活，陸續於報刊刊載論文。此時，寫作於她是分擔生命苦難的重要支柱。詩詞曲創作較為少見。直到民國五十五年應聘赴美國進行研究工作，乃成為她生命中一個重要的轉捩點。起初赴美時，其女兒及夫婿即陸續以依親名義隨之同去，只因深受白色恐怖的夫婿一直想離開臺灣。首度身處異國，葉嘉瑩不免也有思鄉的愁緒，如<菩薩蠻>（一九六七年哈佛作）：

> 西風何處添蕭瑟，層樓影共孤雲白。樓外碧天高，秋深客夢遙。　天涯人欲老，暝色新來早。獨踏夕陽歸，滿街黃葉飛。

又如<鷓鴣天·用友人韻>（一九六七年哈佛作）：

> 寒入新霜夜夜華，豔添秋樹作春花。眼前節物如相識，夢裡鄉關路正賒。從去國，倍思家，歸耕何地植桑麻。廿年我已飄零慣，如此生涯未有涯。

---

[2]對於這段酸澀的經歷，過去的葉嘉瑩絕不輕易提起，後於《王國維及其文學批評》後敘<我的生活歷程與寫作途徑的改變>一文中，特別提到這段不為人知的過去。所幸她的夫婿於事過境遷之後，能夠寫出自己的遭遇，並且心情也有相當的轉變。此為後話。

葉嘉瑩去國懷鄉之情，溢於言表。二十多年飄零慣的生涯，應指自大陸家鄉赴臺的寄居之感。對她而言，故鄉是大陸，而不是臺灣。如今又來到另一個異鄉，人生如寄的感懷，是葉嘉瑩此期的主要基調。其後，在哈佛大學兩年研究期滿必須返臺時，她也有一番感嘆，<一九六八年秋留別哈佛三首>就是：

又到人間落葉時，飄飄行色我何之。曰歸枉自悲鄉遠，
命駕真當泣路歧。早是神州非故土，更留弱女向天涯。
浮生可嘆浮家客，卻羨浮槎有定期。(其一)

當時她必須依約返臺，而夫婿及女兒滯留在美。單獨離別哈佛的她更多添一分飄零不定的感受。然而，依約返回臺大履約的她，又於次年再度出走。這次葉嘉瑩再度回美時卻遭到刁難，不得順利入境。進退失據之際，輾轉接受了加拿大一所大學的臨時聘約，才將家人團圓。其間所經歷種種工作與家庭的磨難，多呈現於她的詩作中，如<異國>（一九六九年秋）一詩：

異國霜紅又滿枝，飄零今更甚年時。初心已負原難白，
獨木危傾強自支。忍吏為家甘受辱，寄人非故剩堪悲。
行前一卜言真驗，留向天涯哭水湄。

詩中明確傳達她此時「獨木危傾強自支」的辛酸。而「飄零今更甚年時」的感慨無寧特別苦楚。另一首<鵬飛>（一九七〇年春），則更人悽惻不已：

鵬飛誰與話雲程，失所今悲著地行。北海南溟俱往事，一枝聊此托餘生。

「鵬飛誰與話雲程」的慨嘆，充分呈現當時飄泊於海外的心境。另外幾首詩作，也多透露出思鄉情懷，如<父歿>（一九七一年春）：

老父天涯歿，餘生海外懸。更無根可托，空有淚如泉。昆弟今雖在，鄉書遠莫傳。植碑芳草碧，何日是歸年。

或是<秋日絕句六首>（一九七一年秋）：

……記得陶然亭畔路，秋光不似故園時。（其五）

以及<春日絕句四首>（一九七二年春）：

似雪繁花又滿枝，故園春好正堪思。斜暉凝恨他鄉老，愁誦當年韋相詞。

在留居加拿大的同時，葉嘉瑩的出走深懷許多不為人知的苦楚。這次再度走向異鄉，也是因為歷史的因素使然，若非在臺遭逢白色恐怖，若非葉嘉瑩有幸為哈佛大學相中赴美研究，或許不致於再到出走異鄉。葉嘉瑩這一代的中國人經常有許多不得已的飄泊經驗。因此，這個階段的創作，其實也充滿國族與歷史認同的深層感受。

（四）女性的熱切—晚年時歸回中國，熱情於詩歌教學的懷鄉之情

中年以後，定居加拿大的葉嘉瑩，接連遭逢父喪與女亡，人生無根之感更加沉重，極欲尋找自己根柢所在。再者，由於仍舊時常往來哈佛做研究的關係，葉嘉瑩有機會閱讀祖國大陸的各項資訊，發現自己對於祖國的一切參與太少。這使她極思一返中國大陸，以慰多年來的思鄉情懷。於是她首度回到祖國，在北京會見兩位弟弟，<祖國行長歌>（一九七四年第一次返中國探親時所作）就是當時的心情寫照：

> 卅年離家幾萬里，思鄉情在無時已，一朝天外賦歸來，眼流涕淚心狂喜。銀翼穿雲認舊京，遙看燈火動鄉情；長街多少經遊地。……

葉嘉瑩對於能夠回到故鄉，充滿激動與感傷。多年來的故國神遊，終於得償宿願。三年後，她二度回鄉，心情依然激動不已，如<大慶油田行>（一九七七年回中國探親時所作）一首：

> 松花江北嫩江東，草原如海迷蒼穹，空有寶藏蘊萬古，

老大中華危且窮。……一從日月換新天，江山重繪畫圖妍，奮發八億人民力，共闢神州啟富源。

以及<旅遊開封紀事一首>（一九七七年夏）：

遊子還舊邦，行程過古汴。魏宋渺千年，人間市朝變。覽物閱滄桑，登臨渾忘倦。驅車向龍亭，遺址宋宮殿。國弱終南遷，繁華如夢幻。……

或是<紀遊絕句十一首>（一九七七年夏）：

詩中見慣古長安，萬里來遊鄠杜間。彌望川原似相識，千年國土錦江山。（其一）……

在這些詩作中，葉嘉瑩以萬里遊子的身分遍遊中國，觸目所見盡是美好的河山，不難想見葉嘉瑩的思鄉心切。而兩度返回中國的結果是，仍在戒嚴中的臺灣方面，不能容許曾返回大陸的人士入境臺灣，因此在葉嘉瑩旅居加拿大之後，已很難在臺灣看見她的行蹤了，雖然她曾在臺灣居住二十年。

自返回中國大陸之後，葉嘉瑩思鄉情懷難以排遣，於是她逐漸動念，想要好好貢獻家鄉。她想到的是回中國謀一份大學教職，以自己的詩學做為對故鄉的貢獻。因此，<向晚二首>（一九七八年春）描寫的就是她當時的心情：

（近日頗有歸國之想傍晚於林中散步成此二絕）

……漸看飛鳥歸巢盡，誰與安排去住心。

……漫向天涯悲老大，餘生何地惜餘陰。

葉嘉瑩極欲歸回祖國，卻害怕自己年紀老大，而無回報祖國的機會。另一首<寫成前二詩後不久偶接國內友人來信提及今日教育界之情勢大好讀之極感振奮因用前二詩韻再吟二絕>（一九七八年春）詩，更顯出她極欲回國的心情：

……海外空能懷故國，人間何處有知音。他年若遂還鄉願，驥老猶存萬里心。（其二）

身在海外，心繫家鄉，因此能「遂還鄉願」，是她最大的願望。另外，<絕句三首>（一九七九年春）更是很好的例證：

五年三度賦還鄉，依舊歸來喜欲狂。……（其一）

懷鄉與回鄉，是葉嘉瑩愈來愈不可忘卻的念頭。此後，葉嘉瑩經常利用休假來往中國大陸講學，不斷地輾轉巡迴各校，將自己的詩學傳揚於自己的故土上。同時，她許多重要的著作一一在大陸出版，風靡不少學子。

這個階段的葉嘉瑩，已是中國大陸知名的海外學者。也留下不少重遊中國的詩作，如<遊圓明園絕句四首>：

惆悵前朝跡已荒，空餘石柱立殘陽。……（其一）

……斜日朝暉明月下，一般鄉國此情濃。（其四）

此外，愈近晚年的葉嘉瑩愈多懷鄉之作。對於中國大陸與臺灣之間的兄弟鬩牆，更有一番感慨，如<水龍吟　秋日感懷>（一九七八年）：

滿林霜葉紅時，殊鄉又值秋光晚。征鴻過盡，暮煙沉處，憑高懷遠。半世天涯，死生離別，蓬飄梗斷。念燕都臺嶠，悲歡舊夢，韶華逝，如馳電。　一水盈盈清淺，向人間做成銀漢。鬩牆兄弟，難縫尺布，古今同嘆。血裔千年，親朋兩地，忍教分散。待恩愁泯沒，同心共舉，把長橋建。

詩中對於兩地阻隔，使親朋分散的局面有許多不忍，因爲不論大陸或臺灣，都是她生長的地方。

除此之外，例舉幾首相關的詩作，如<金縷曲　有懷梅子臺灣>（約一九七八至一九七九年）：

……惆悵胸中家國恨，幾度暗傷憔悴。剩遲暮此心未已。若遂還鄉他日願，

約重逢聚首京華裡。然諾在，長相記。

或是<律詩一首>（一九八一年加拿大東岸觀海有懷鄉國感賦一律）：

……雲程寂歷常如雁，塵夢飄搖等似漚。誰遣生涯成旅寄，未甘心事剩桴浮。傑來地角懷鄉國，愁對風濤感不休。

以及<鷓鴣天>（一九八二年）：

死生離別久慣諳，艱辛歷盡幾波瀾，挈家去國當年事，滄海沉珠竟不還。……

<生查子>（一九八四年）：

飄泊久離居，歲晚歡娛少。連夜北風寒，雪滿天涯道。今日喜顏開，乍覺新晴好，為有遠人書，來報梅花早。

葉嘉瑩晚年的詩歌創作，幾乎都是爲了懷鄉回鄉而作，她的家國觀念很明確，而她對於大歷史的發展也逐漸能夠了然於胸。回到中國，以自己的詩學成就貢獻力量，是她晚年相當重要的志業。

四、展現於詩詞評論中的國族與歷史認同

葉嘉瑩詩詞評論中的國族與歷史認同，要從她的童年談起。事件源起於母親於葉嘉瑩初中時所贈之開

明版《詞學小叢書》，其中有《飲水詞》及《人間詞話》二部著作，特別引起她的興趣。這段小時候的故事，遷延數十年，促成她往後對這兩位清代詞家的研究興趣。如同她自己所言：

> ……則一是王國維的《人間詞話》，一是納蘭容若的《飲水詞》。前者使我對詞之評賞有了初步的領悟；後者則使我對詞之創作產生很大的興趣。[3]

這段告白，足以證成她與兩位詞家的因緣深厚。與納蘭同爲滿人，也都是創作者；與王國維同爲傳統根基深厚，卻使用西方文論研究中國古典而卓然有成的大家。這兩項截然不同的原因，都促使葉嘉瑩探究他們的詞學成就，並分別完成<論納蘭性德詞>[4]及《王國維及其文學批評》二篇（部）論著。而葉嘉瑩詩/學中的國族與歷史認同，以此兩例爲準，應能明白掌握。

（一）納蘭性德：滿清皇族。創作集《飲水詞》。

身爲滿人之後的葉嘉瑩與納蘭性德有同里籍之雅

---

[3] 見<論納蘭性德詞>一文(收錄於《清詞散論》（臺北：桂冠，2000年））頁183。

[4] 收錄於《清詞散論》（臺北：桂冠，2000年）。

[5]，祖居都在葉赫地，這也是他們後來取「葉」姓的原因。這使葉嘉瑩很早就對這位詞家擁有一份特殊的親切感。因此，熟讀《飲水詞》的結果是，葉嘉瑩早年的詞作風格，深受納蘭影響。

因此，葉嘉瑩由於個人閱讀視野[6]的緣故，對於五代兩宋詞中的穠麗或深晦或高遠，總有不相應之感；而對於納蘭詞清新自然的風格和口吻以及悲淒哀婉的情思，卻有一種深深的感動。此外，就葉嘉瑩個人生活所形成的視野而言，就在她接觸納蘭詞的次年，隨即發生七七事變，局勢急轉直下，父親隨政府南遷，終致音訊全無；而自己也在此大病一場，並曾在家休學一段時間。葉嘉瑩的母親因丈夫的失蹤與女兒的大病，時常處在憂傷的情緒中。因此，由於個人的閱讀與生活經歷所形成的期待視野，使她更加鍾愛納蘭詞[7]。再者，納蘭詞中所寫的情思最具體的有兩件，一是悼念亡妻的深情，一是贈顧梁汾的深厚友誼。對於當時十七歲的葉嘉瑩而言，母親的離世，迫使她們姐弟三人必須相依爲命的事實，使她對於納蘭詞中的生離死別深有同感。

其後，葉嘉瑩個人的生命史，隨著大歷史的變遷

---

[5] <論納蘭性德詞>文後，作者有一詩說道：「我與納蘭同里籍，更同臥子共生辰。偶對遺編閒評跋，敢言異世有揚雲。」

[6] 葉嘉瑩討論納蘭性德時，引用姚斯接受美學中的「期待視野」觀念，說明她對於納蘭詞的早年體認，實出於讀者閱讀的期待視野所形成的。參<論納蘭性德詞>一文。

[7] 關於這段心路歷程，見於<論納蘭性德>一文。

走到另一個階段。國共戰爭後來到臺灣，經歷白色恐怖與生活的巔簸，曾經使她對於納蘭詞的天真自然失去興趣。直到中晚年在大學教授詩詞課程時，葉嘉瑩又有一番體會。原來她以爲不知人間憂患的貴冑公子，事實上很可能是個內心充滿悲苦和矛盾的人。葉嘉瑩是從「知人論世」的角度考察納蘭的。

葉嘉瑩根據《東華錄》及《清史稿》的記載，得知葉赫納蘭族與清皇族曾因戰爭及婚盟，而由先世之仇讎，一變而爲天潢之貴冑。生爲太傅明珠之子的納蘭甚受康熙喜愛。然就納蘭之詞心看來，葉嘉瑩認爲納蘭心中的隱痛與悲苦，至少有三項：其一爲清皇室與葉赫族的恩怨；其二爲納蘭與父親明珠的關係；其三爲納蘭與康熙的關係。

首先，就清皇室與葉赫族的恩怨而言。葉嘉瑩認爲納蘭曾祖敗死，距納蘭出生不過三十六年而已，因此納蘭之感受必然深刻。納蘭伴隨康熙巡幸至混同江附近時，曾寫有<滿庭芳>一詞，詞中有句云：「須知今古事，棋枰勝負，翻覆如斯。嘆紛紛蠻觸，回首成非。剩得幾行青史，斜陽下斷碣殘碑。年華共，混同江水，流去幾時回。」詞中所感慨的應是清兵入關前各部的征戰，而清皇族與葉赫族的恩怨當在其中。納蘭詞中的悲苦可以想見。

其次，納蘭與其父明珠之間的關係，也是他矛頓痛苦的另一項來源。納蘭之父明珠弄權貪斂，納蘭則對富貴利祿輕視鄙薄。然納蘭又是一位深明事體恭謹孝友之人，因之痛苦更多。其詞<金縷曲　贈梁汾>一詞中曾自謂：「德也狂生耳，偶然間，緇塵京國，烏衣門第。」，另一首<滿江紅　茅屋新成即賦>：「問我何心，卻購此三楹茅屋。可學得、海鷗無事，閒飛閒宿？百感都隨流水去，一身還被浮名束。」凡此敘述，都可見到一個不願追逐功名利祿的納蘭。因此，父子之間全然不同的人生觀，卻要勉力求全，無寧是相當矛頓而痛苦的。

再次，就納蘭與康熙之間的關係而言。擔任康熙侍從的生涯，看似風光與富貴，而納蘭究竟仍有矛頓與痛苦。納蘭的纖細和善，常表達爲一種矜慎的樣子；況且又經常因此而與所愛之人分離兩地。因此，納蘭寫扈從生涯的詩詞中，大多爲侍從生活的無奈之情。如<清平樂・發漢兒村題壁>：「參橫月落，客緒從誰託。望裡家山雲漠漠，似有紅樓一角。不如意事年年，消磨絕塞風煙。輸與五陵公子，此時夢繞花前。」另一首<踏莎行　寄見陽>：「金殿寒鴉，玉階春草，就中冷暖和誰道。小樓明月鎮長閒，人生何事緇塵老。」以上所述種種，皆可見侍從生活中的悲苦情懷。

綜合上述，葉嘉瑩透過知人論世的史傳研究模式，對納蘭進行論述，因此得知納蘭詞中有自己的歷史，也有國族的大歷史。而葉嘉瑩基於自身特殊的遭際，也自納蘭詞中發掘納蘭的國族與歷史認同問題。因此，葉嘉瑩進行納蘭詞研究的同時，其實也在陳述她自己的國族與歷史認同。

（二）王國維：滿清遺民。評論之作《人間詞話》。

葉嘉瑩詞學啓蒙中，另一位對她具有深刻影響的就是滿清遺民王國維。

葉嘉瑩對於王國維的研究，其因緣歷經數十年，如今已結集爲《王國維及其文學批評》一書。而早年其母親所贈之《詞學小叢書》，除了《飲水詞》以外，就屬《人間詞話》對她的影響最深。其後，直到上了大學，讀了同學所抄錄的靜安詞，知道他也寫有纏綿哀婉的小詞。當時的葉嘉瑩由於父親失蹤與母親病逝的關係，而葉嘉瑩身處的北京也已淪陷四年之久，因之特別耽於悲苦之言。因此，靜安詞的悲苦，使她更加喜愛。沒想到，靜安全集中詞的數量竟然極爲稀少，其餘多爲枯躁無味的考證之作；最令葉嘉瑩不解的是，王國維五十一歲自沉的結局。許多疑問與不解，一直盤旋於葉嘉瑩的腦中[8]。

其後，葉嘉瑩畢業、結婚、來臺，乃至遭遇白色恐怖以及衍生的家庭問題，在身心都必需承擔重量的同時，她已經沒有太多心力從事研究或創作。直到民國四十五年夏天，生活稍稍安定下來的她，正在臺灣大學教書，教育部舉辦的一個文藝講座向她邀稿，倉

[8] 參考葉嘉瑩<我的生活歷程與寫作途徑之轉變>一文（《王國維及其文學批評》後敘）。

促中想到心中盤旋已久的靜安先生的悲苦之詞，於是臨時借用爲寫作題材，也就是葉嘉瑩發表的首篇單篇論文：<說靜安詞<浣溪紗>一首>。葉嘉瑩在論文自敘中也自承，論及靜安的悲觀寂寞時，其中有不少是她自己當時的心情投射。

自第一篇論文之後，葉嘉瑩陸續發表一些與靜安先生有關的論文，如<從義山<嫦娥>詩談起>以及<談詩歌的欣賞與《人間詞話》中的三種境界>。前者論及靜安先生只有三分之一，後者則改寫爲<由《人間詞話》談到詩歌的欣賞>，此文始擺脫個人的喜怒之情而純做客觀的論述。

民國五十五年，葉嘉瑩赴美國哈佛大學研究兩年，期滿返臺時，哈佛的海陶瑋教授（James R. Hightower）要她擬寫一篇研究計劃，爲的是次年暑期可以藉此再申請重回哈佛研究。葉嘉瑩想到的是多年來對靜安先生的兩點困惑，遂決定以王國維爲題，擬定了一個研究計劃。返臺後，恰好純文學向她邀稿，葉嘉瑩就趁此展開一系列研究計劃的寫作，因此她寫了<從《人間詞話》看溫、韋、馮、李四家詞的風格>一文。

葉嘉瑩對王國維的研究，直到民國五十九年才逐漸成型。當時的她歷經千辛萬苦定居於加拿大溫哥華，同時也於暑期中重返哈佛做研究，對於王國維抑鬱的心情與悲苦的人生觀有許多體會。同時，飽經戰亂及折磨的人生歷程，使她對國民黨痛心失望，對共產黨則懷抱敵意與恐懼，在矛頓中來到臺灣，卻又遭遇白色恐怖的變故。因此，她以為生當亂世，絕口不提國事，只求保全自我性命而已。然而，民國五十九年的夏天，當她在哈佛燕京圖書館，進行王國維研究時，她開始閱讀與中國近代史有關的書籍，發現共產黨救民的理想與艱苦卓絕的經歷，開始令她感動起來，葉嘉瑩也逐漸發覺自己過去以清者自居的獨善其身，是一種怯懦而狹隘的道德觀；而文藝創作也離不開歷史與環境的局限而超然自存。

自此以後，葉嘉瑩對於當時正在搞文化大革命的中國有了一番新的看法。身為海外華僑，她們並不贊同批林批孔的相關言行，卻對自身未參與祖國的建設而不便控訴或發言。總之，葉嘉瑩對時局的關心較以往積極而投入，不再只想潔身自保，避之唯恐不及，而只想到自身參與的不足。因為過去中國的人民參與鬥爭太少，才使得禍國殃民的政府橫行霸道，現在經過文化大革命中一場天安門事件，人民的力量已普遍覺醒過來。因此，葉嘉瑩自承受到大時代的影響，個人的心態已有強大的轉變，因此，對於靜安詞中悲觀絕望的心境，已不願再繼續耽溺下去。在大歷史的變動下，改變了葉嘉瑩對王國維詞作的看法，也影響她寫作《王國維及其文學批評》一書的觀點。

葉嘉瑩還認為今日探討王國維及其文學批評，看來雖已是半個世紀前的事，然而此一事件至今仍有值得借鑑之處。因為王國維生於一個劇變的時代，而今日的我們也生在一個劇變的時代中，如何避免類似悲劇的發生，才是值得深思的問題。葉嘉瑩在《王國維及其文學批評》一書第一編的<餘論>中說道：「時代既有負於靜安先生，靜安先生亦有負於所生之時代。」靜安先生所負於時代者，乃由於其悲觀保守的性格所致，無法擺脫舊傳統的觀念，也無法追隨新時代的演進，自然容易陷於矛頓與痛苦之中。而時代有負於靜安先生者，則是在激變的時代中，政海波瀾的起伏對於一個學者所造成的嚴重威脅。因此，大時代與學者的生命史常形成許多曲折的糾葛關係。而葉嘉瑩自身遭逢時代劇變經驗的心情投射，也正好使她成為王國維的異代知己。

綜合上述，在《王國維及其文學批評》一書中，葉嘉瑩首先討論王國維的生平，分別自其性格與時代論其治學途徑的轉變；並以專章討論其自沉的原因。「知人論世」是她一貫的史傳批評方式。從章節設計到討論觀點，都可看出葉嘉瑩的關切所在，如第一編中的二章：

第一章　從性格與時代論王國維治學途徑之轉變

一、靜安先生之性格

（一）知與情兼勝的秉賦

（二）憂鬱悲觀的天性

（三）追求理想的執著精神

二、時代對於靜安先生之影響

（一）靜安先生早年讀書之志趣及時代變亂對其所產生的第一度影響

（二）時代變亂對其治學途徑所產生的第二度影響

在以上的章節中，我們發現葉嘉瑩的切入角度，著重在王國維的個人性情與時代治亂的關係上，並且特別注重時代對個人的創作及生命史的影響力；而這也正是筆者研究葉嘉瑩所採取的策略。因此，當我們以後設角度觀看葉嘉瑩的學思歷程時，彷彿也看到她與王國維相仿的部分，學者在大歷史下如何活出自己？學思歷程如何呼應大歷史的變遷？這些都是大歷史下的學者所要面對的，葉嘉瑩一介女性學者，更不遑多讓，時代的治亂的確也為她塑造了不少人生課題，也在她的生命史上形成幾個相當重要的轉捩點。

此外，葉嘉瑩面對王國維的文學批評所採取的論述內容，以<《紅樓夢》評論>及《人間詞話》為主，這兩部著作的共同特色在於，採用西方的哲學與美學觀點以建立理論體系以及辨妄求真的精神。王國維於清末民初已有如此見識，不能不叫人佩服；西方文藝思想的輸入確實已產生效果。雖然在運用理論上不免有扞格不入的情況發生，究其實亦屬難得。而葉嘉瑩個人的研究途徑也有類似之處，能夠適時的引用西方文論以證實自己的論點，並且中西合璧得恰到好處。因此，葉嘉瑩的治學方法或許已於不知覺處受到王國維的影響，其研究王國維，許多感同身受的聯繫應是重要的因素，而採取西方文論做爲研究中國文學的進路，則是一項更加契合的關聯。

五、詩/學中的國族與歷史認同問題

在變動的大歷史下，身爲小女人的葉嘉瑩自有她深沉而豐富的生命史。透過以上文史互證的觀察之後，可見葉嘉瑩的國族與歷史認同問題，其實相當深刻。

首先，就她的詩歌創作而言。對少女時期的葉嘉瑩而言，國族與歷史的認同就是動蕩的大中國與血淚交織的不幸歷史。少婦時期則遷徙來臺，顛沛而驚恐的生活當中，不時懷想的仍舊是遙遠而久違的祖國家鄉，其國族與歷史的認同還是以大中國爲主，或許這也正是身處白色恐怖陰影下的必然感受；其後，中年的她因緣際會出走美加地區研究教學，並歷經艱難輾轉定居下來，其間對於故土的懷想一直不斷，而此時的國族與歷史認同仍舊是大中國，其間二十年的居臺經驗，其實充滿飄零之感。及至晚年，她因接連遭遇親人喪亡，有感於人生無根，乃決心重返中國；待回國一瞧，她的興奮與喜悅無可抑遏，遂逐漸將講學重心挪移至中國，也因此成爲解嚴前臺灣的黑名單人士，而這時的她表現在詩作中的思鄉情緒，也包括她曾經生活二十年的臺灣。晚年對於中國大陸與臺灣的兩地阻隔，她是充滿無奈的。而近年來，已經退休的葉嘉瑩亦頻頻造訪臺灣，回到故居寶島進行學術傳承與交流。因此，國族與歷史認同中似乎又不再只是大中國而已。

因此，葉嘉瑩於詩歌創作中再現的國族與歷史認同，其絕大部分面相是著眼於大中國的，臺灣則包含其中。這種複雜而深刻的情感，經常糾結於當代中國人（也是臺灣人）心中，葉嘉瑩作爲一名參與並見證當代歷史發展的學者型女作家，充分展現出一種豐富的文史互證式的個人生命史。

其次，就其詩學研究中的國族與歷史認同而言。葉嘉瑩自幼即熟讀納蘭性德的詞作，並由此對詞的創作產生莫大興趣。其與納蘭氏之因緣，與雙方皆爲滿人有關；對納蘭的認同，也是對滿人這一國族的認同。納蘭身爲滿清皇族，而葉嘉瑩亦爲此後代；於國族之認同上有著明顯而深刻之情思。此外，納蘭個人於作品中所呈現之生離死別，亦使葉嘉瑩深有同感，足可印證個人之生命史。因此，由於葉嘉瑩個人的閱讀經驗與期待視野，使他更加能夠貼近納蘭氏；在研究納蘭氏的同時，也陳述她自己的國族與歷史認同。

另一位滿清遺民王國維對葉嘉瑩的詞學啓蒙亦影響深遠。中年左右因個人遭遇問題，使葉嘉瑩逐漸走入王國維悲觀寂寞的心境中。王國維以身爲清朝子民爲榮，他的大中國情懷不言而喻；葉嘉瑩於個人生命史的困頓下，特別能夠體會王國維作爲一個學者於時代的波瀾下，不得不產生曲折的生命糾葛問題。因此，葉嘉瑩認爲王國維生於一個劇變的時代，時代的治亂影響了他的個人生命史與學思歷程。而我們以後設角度看葉嘉瑩時，彷彿也看到了他與王國維相仿之處，即一介學者，如何在大歷史下活出自己？葉嘉瑩在王國維的身影上亦看到了自己的遭際。

準此，葉嘉瑩於詩學研究中展現的國族與歷史認同，除了種族與身分的認同之外，其實亦大多認同納蘭氏與王國維所代表的大中國符碼。做爲一名生逢劇變的當代女性學者作家，葉嘉瑩個人的生命史於納蘭氏身上找到遙相呼應的深刻情思，也在王國維的悲觀寂寞中看到了學者的堅持。

綜合以上，葉嘉瑩的國族與歷史認同，大多展現於大中國的情懷上，無論詩/學上的表現都是如此。葉嘉瑩以她個人的生命史與學思歷程見證了文學史，也促成了大歷史與小女人的對話。

六、兼論中國女作家的文學創作與學術研究

女作家於中國文學史上，向來只具有邊緣化傾向的地位；能夠兼擅創作與研究勝場的則更屬少數。文學創作中，女性是邊陲；學術研究中，女性更是鳳毛

麟角。因此，古代文學史上的才女，如李清照（<詞論>）、王端淑（《名媛詩緯》）、方維儀（《宮閨詩評》）、沈善寶（《名媛詩話》）等便顯得異常珍貴而特出了。

時至近代，女子教育逐漸興盛，傳統才女透過新式學院教育的陶冶與訓練，逐漸誕生一批新的才女，如蘇雪林、孟瑤、張敬、郭立誠……等，她們都是近代以來學院教育下產生的學者型女作家的出色代表人物。

女作家兼擅創作與研究勝場的，應是近代以來女作家的一項出色光環。而葉嘉瑩出生於五四後五年，身處女子學院教育大為興盛的時代潮流中，有幸進入學術殿堂一窺究竟，奠定了她一生創作與研究的基礎，無疑地具有時代意義。

七、結語

近現代以來的女作家，如葉嘉瑩一輩，多數生長於亂離之世，時代巨變與歷史潮流，成為她們生命史中脈息相連的一道印記。擺脫不了大歷史的環伺，一介小女人只能努力順應或是重新打造自己的生命。其實，大多數時候，「國族」與「歷史」的「大」，與「女人」的「小」，是充滿衝突與矛盾的一樁命題。傳統要求女人屈尊於小，近現代以來的歷史洪流卻要女人對抗外在的大。因此，小女人面對大歷史的結果是，小女人塑造了自己獨特的生命史。

葉嘉瑩就是一樁豐富而特出的小女人生命史。

參考書目

莫渝：<忍向西風獨自青—側記一代漢學大師葉嘉瑩教授>，《出版界》第 58/59 卷，2000 年 5 月

張鳳：<中國詩詞的現代觀—葉嘉瑩教授>，《哈佛心影錄》，麥田出版公司，1998 年 4 月 1 日初版 3 刷

葉嘉瑩：《我的詩詞道路》，臺北：桂冠圖書公司，2000 年 2 月

葉嘉瑩：《迦陵詩詞稿》，臺北：桂冠圖書公司，2000 年 2 月

葉嘉瑩：<論納蘭性德詞>，《清詞散論》，臺北：桂冠圖書公司，2000 年 2 月

葉嘉瑩：《王國維及其文學批評》(上)(下)，臺北：桂冠圖書公司，2000 年 2 月

對當前散文現象的省思
—以古鑑今

吳儀鳳

摘要：

本文的寫作係肇因於對當前之文學現象有所不滿，認為創作者在追求趨新立異的同時，亦應當注意一些文學的基本元素，方不至於一味追逐流行而迷失方向。文章先交代本文之寫作背景，以俾讀者了解此文之寫作有其特定的時空背景。蓋因筆者任教時，面對現今大學中流行之文風有感而發，是有針對性的。第二節是從文學史的回顧來看，說明處於當下會有時代的迷霧，使人看不清方向；第三節則是說明目前學院派以學術論文從事現代散文之批評及理論者仍十分有限；第四節指出當前之文風弊病；第五節提出矯弊之策，希望能從歷史中汲取經驗，以前人在古典散文上的批評來支持本人的論點。綜言之，本文立基於古典文學的批評觀，強調文學創作應回歸「自然」、「真實」，期盼今日之創作者勿捨本逐末，在追求形式技巧的同時，忽略了本質。

關鍵字：散文、現代散文、當代文學、創作理論、散文理論、散文批評

一、寫作緣起

作爲一名中文系出身的學者，我過去的研究領域

一直局限於古典文學的範圍裡。自到東華大學教書，因緣際會地必須講授「現代散文選」這門課程。其實接觸現代文學的教學並不是自此起始。早在教授外系通識課程時，爲引發學生興趣，並能有一些當代的文化思考，會在課程中放入一些現代文學的教材。不過，在東華大學任教這兩年，才是促使我在「古典文學」與「現代文學」間不斷地、反覆地產生許多問題和撞擊的時刻。因爲在面臨現代文學的課程教授時，首先面對教材選擇的問題，而這便會引發你對「經典」的認定？以及背後的文學觀。特別在現代文學的教學上，要面臨種種與創作或批評有關的問題，這逼使我不得不去進行思考和探索。然而，百年來的巨變，古典文學與現代文學間彷彿也形成了兩個不同的世界，要如何運用過去在古典文學中所受的訓練，應用在現代文學的教學上？確實是一項嚴峻的挑戰。彷彿在處理古代文學時用的是一套，碰到現代文學時就完全不適用。然而真是這樣嗎？

我在想：過去那些古典文學批評家他們所面對的問題不也是當代的文學問題嗎？那爲什麼我們要把自己局限在古典文學的範圍裡，而不去正視和面對當代文學史寫作的問題呢？

傳統與現代交互激盪下引發的問題很多，例如我們可以輕易取得古典文學經典作品的共識，卻不容易在現代文學經典上有交集？[1]這便引起我去思考：爲什

[1] 1999年3月，文建會委由聯合報副刊承辦「台灣文學經典研討

麼這部作品是經典？以及它是如何形成經典的？爲此，我嘗試去觀察過杜甫詩是如何在宋代被形塑爲經典的[2]？在這經典觀的背後其實體現了整個時代、文化、社會下更爲內在的儒家經典觀念。回到現代來看，由於現代文學擺脫了傳統的儒家經典觀念，在經典觀上顯得更爲多元，但這也的確爲我們帶來了許多困惑。現代文學批評在百家爭鳴、眾聲喧嘩中，公說公有理、婆說婆有理，往往令人陷泥在眾說紛紜的批評中，令人無所適從。究竟我們要如何來從事現代文學批評呢？由於當前一些文學現象與我過去所受之古典文學訓練之批評觀有落差、甚至是扞格，以致於令我產生很多困惑。究竟這套古典文學的批評法能否適用於現代文學呢？

一日，在讀到周志文散文集《冷熱》中的這段話後，深有所感，他說：

> 在藝術欣賞中沒有「主見」是絕對不成的，任人擺布是絕對的錯誤，何況對方也不曉得該如何的擺布你。[3]

會」，由於這次會議引發各界對於經典認定的討論，顯見對於現代的文學經典是見人見智有不同的看法和觀點的。參見陳義芝編《台灣文學經典研討會論文集》（台北：聯經，1999）之序及前言。

[2] 拙著〈杜甫與詩經——一個文學典律形成的考察〉一文發表於「第五屆中國詩經學國際學術研討會」上，論文將收入中國詩經學會主編之《詩經研究叢刊》第5輯。

[3] 《冷熱》，頁117。

由於看了許多自成一家的批評論述，再加上自認在現代文學領域涉足未深，缺乏自信，以致於缺乏「主見」，這樣的窘境真被周氏一語道破。

然而仔細尋思，難道說我真的沒有自己的文學主張和觀點嗎？在古典文學中鑽研多年，要說完全沒有自己的文學觀，似乎也是一個不及格的文學批評家。因此，其實並不是沒有自己的觀點，而是沒有去進行反省並將之予以理論性的說明。因此，這篇論文便是在這樣的思索下應運而生。

這兩年來，所遭遇到最爲困擾的問題便是：當前學院中的文學創作環境受到文學獎或某種時尚流行文風影響太深，以致於一窩蜂地摹擬某種寫作風格，然而那卻並不是我所樂見的。因爲這樣創作出的作品有許多弊病。因此，這篇論文也是基於此一因素，希望對當前的一些文學現象做一反省，並用古代的文論來支持我的論點。

但在這裡，必須先樹立一項大前提，那就是，我認爲：文學在本質上是具有普遍性的，而這普遍性的本質是不分古今中外都共同具備的。也就是在這樣一項大前提下，「以古鑑今」的方法才得以成立。

二、從文學史的回顧來看

從中國古代文學史的發展看來，文學總是在追求華美形式達於極致之時，便會有一股與之相反的力量企圖矯正其缺失。例如在齊梁追逐駢儷浮華的文風後，有了唐宋時的古文運動，又如晚唐時在詩歌創作上追求縟麗，以致到北宋時便有像梅堯臣、歐陽修刻意營造的平淡。可是處於當時流行的文學風氣下，只怕是當局者迷，只有少數具有遠見的作家或批評家才能對當時的文風弊病提出批判，並力圖矯正其時尚文風之弊。例如漢代，由於漢賦講究舖陳排比，作家於賦之創作殫精竭慮求其典麗，然而就連本身亦創作許多賦作的揚雄亦不免發覺在賦的創作上有過於淫靡者[4]，甚至說出賦乃「雕蟲小技，壯夫不爲」[5]這樣的話來。又如南朝時綺靡的文風，駢體文麗辭對偶，極盡形似之巧，在文字雕鏤上下的工夫不可謂不深，然此一文風在唐代也陸續遭致批評，而韓愈便提出要力矯時文之弊。今日從事文學史的回顧時，必能看出揚雄、韓愈二人在當時可謂有先見之明。

在回顧古代文學史的同時，反思：今日吾人如何去看待當前之文學現象，不就如同古人在其所處之時代如何去面對當時之文學現象一樣嗎？研讀中國古代文學史便知曉：許多文學理論和主張的提出皆是由於不滿當時的文學現象所致，從而提出一套或者復古、或者創新的理論來作爲創作和批評的準則。就如諾思羅普・弗萊(Northrop Frye, 1912-1991)在《批評的剖

---

[4] 揚雄《法言・吾子》:「詩人之賦麗以則，辭人之賦麗以淫。」(《法言義疏》，頁 49）

[5] 語出揚雄《法言・吾子》篇，見《法言義疏》，頁 45。

析》(Anatomy of Criticism: Four Essays)一書的前言所說的一樣：「批評可以講話，而所有的藝術都是沉默的。」6這句話的意思可以用孫康宜的另一句話來解釋:「文學作品本身不會自己成爲經典，它總需要編者或批評家把它從邊緣納入中心的地位。」7意即：如果沒有批評家，文學家也無法成爲文學家。然而，從目前臺灣的現代文學界看來，似乎還存在著弗萊所批評的現象，將批評視爲創作派生之物[8]，而不重視它。因此，我們看到大量的人才投入創作中，可是專業的批評卻很缺乏。

三、現代散文研究較少

以現代散文的研究爲例，鄭明娳曾對臺灣數十年來的現代散文研究情況做過分析和反省，她說:「十多年來臺灣現代文學論壇朝氣蓬勃，唯獨散文界沉默寡言。」[9]在現代文學的研究領域中，散文又可以說是成果最少的。而且絕大多數的批評是由創作者提出，相形之下，學術界對詩和小說的關注較多，而較冷落散文。

陳信元評自 1949 至 1987 年，這四十年來，散文研究工作尚停留在原地打轉的階段。……大部分的文

6 《批評的剖析》，頁 4。
7 孫康宜《文學的聲音》，頁 31。
8 《批評的剖析．前言》，頁 2。

評家，多將注意的焦點投注在小說與詩的評論上。而散文批評多爲喋喋不休於老掉牙、拾人牙慧的散文定義，再不就是賣弄粗疏的散文源流知識，或是吹捧式的文評，或者是印象式的創作經驗談。[10]游喚則指出：現代散文的研究篇目雖多，但仍被視爲不足，其中一項重要的原因就是，到目前爲止的散文研究並不令人感到滿意。[11]事實上，現代散文的學術論文太少，需要人才加入，不少人都期待散文界能夠出現具備嚴謹學術思辯的專業批評[12]。

現代散文的研究較少，究其原因當有許多可探討之處，不過，在此僅就前人所提及的以下兩點略述其說：

(一)多數學者仍以研究古典文學為主

誠如陳映真所言，長期以來中文系的課程和研究人才的培養多著重在古典的研究上，對於臺灣現當代文學和世界文學的涉獵比較少。[13]這個情況在本土化的熱潮下雖然已有很大的改變，不過現代散文的研究

---

9 鄭明娳《現代散文・前言》，頁2。
10 陳信元〈臺灣地區現代散文研究概論〉，頁135。
11 游喚〈臺灣現代散文研究的問題及其解決途徑示例〉，頁237。
12 陳信元〈臺灣地區現代散文研究概論〉，頁135。游喚〈臺灣現代散文研究的問題及其解決途徑示例〉亦有提及，頁237。
13 陳映真〈文學的世界已經變了〉(上)。

仍無法與小說和詩相提並論。

（二）由於現代散文沒有太多可探討的技巧

余光中在《中華現代文學大系》的總序中分析散文不獲評論者注意的原因，認為：這是因為散文這個文體主要是作者對讀者說話，通常來說不事虛構。它不像詩、小說、戲劇等文體可以虛構，可以搬弄技巧，讓作者隱身在其後，因而也就沒有太多技巧可搬弄。因此散文的坦露平實，使得評論家覺得沒有多少技巧和隱衷可以探討。再加上現代文學的批評者多是學習西方理論的，而西方現代文學裡散文不振，因此也就缺乏可以搬用的理論和術語了。[14]

若照上述余光中的說法看來，現代散文的研究倒真是出現了根本的問題。不過，余光中同時又指出：散文批評在中國文學中具有悠久的傳統[15]，而陳信元也承認「傳統的文論可供現代散文借鏡者，定然不少，如何鉤稽抉擇，協助現代散文建立完整理論架構，亦是一重要課題。」[16]既然西方文學評論缺乏散文評論，或許可以從我國的散文批評傳統中去尋找。

既然要「向古典散文批評借鑑」，就需要破除古

---

[14] 余光中《中華現代文學大系．總序》，頁16。
[15] 余光中《中華現代文學大系．總序》，頁16。
[16] 陳信元〈臺灣地區現代散文研究概論〉，頁143。

典文學與現代文學間研究領域判然二分的界限。由於現代學術分工的結果，使得古典文學的研究者與現代文學的研究者各自守著自己的領域，彼此間有著一道不易跨越的鴻溝。未來在這將是要漸漸被打破的。

四、當前之文風弊病

多位學者及批評家曾指出當前文學令人憂心之現象，綜合整理後，約有以下幾點：

（一）晦澀難解

觀察當前的文學現象，廖玉蕙曾很含蓄地在其所編之《八十九年散文選》之序言中說：學院中多慨嘆現在的文學作品越來越叫人看不懂了[17]。

洪富連在《當代主題散文研究》一書中也批評道：為了突顯個人的特殊風格與神祕感，有些作家遣詞造句，過於晦澀難解。散文與詩不分，小說筆法又與散文混淆。不知是作者文學素養不足，還是故意逞文字遊戲，好讓人難解，以顯其神秘。[18]

早在 1998 年 12 月 27 日聯合報舉辦之文學獎徵文中，即有許多讀者投稿反應現在的文學獎得獎作品

---

17 廖玉蕙編《八十九年散文選》之序言，九歌出版社，2001 年。
18 洪富連《當代主題散文研究》一書中指出「當前散文的歪風」有四：1.八股教條的意識，2.句式晦澀難解，3.作秀風氣氾濫，4.誤導誤評歪風。(頁 102-103)其中第2點是今日仍存在的現象。

叫人看不懂，其中一位署名丁曙的讀者說：文學獎的得獎作品「內容遠離現實生活，過於採用現代派、象徵派或意識流手法，使一些有幾十年寫作經驗的海外作家讀後發出『看不懂』的感慨。」[19]

「看不懂」是一種委婉的說法，一篇作品寫到連學院裡的教授中文的教授都看不懂了，那是何意？這似乎也指出了當前的文學創作有著一路走艱澀險怪路線者，刻意地用典、使用隱喻、理論？創作者刻意在語言上下工夫，欲求新求變之心理，可以理解，但若過度標新立異，乃至於造成讀者閱讀和理解上的障礙，這樣是否是件好事呢？

（二）題材窄化

陳映真更毫不客氣地指出：新世代的文學創作由於創作者生活面的窄化，以致於創作以自我爲中心，又著迷於自身慾望的描寫，並且沒有任何反省，作品中只是表現出大量的個人慾望。[20]

日前張大春在第二十四屆文學獎致詞時亦諷刺：「憧憬文學獎的作者，比憧憬文學的人多」，更大聲疾呼：希望作者「要爲自己心目中的文學目標而寫，不要只爲獎而寫，否則會有越寫越小的危機。」[21]這顯示出文學評論者對於時下某種文學風尚的憂心。該

[19] 丁曙〈消除「看不懂」的感慨〉，「我看文學獎徵文入選作」，《聯合報》，1998年12月27日，37版，聯合副刊。

[20] 陳映真〈文學的世界已經變了？〉（中）。

則報導也提到齊邦媛在頒獎給吳魯芹散文獎的得主鍾怡雯時，也勉勵她「可以寫大東西了」[22]。凡此，都顯示出：寫個人一己愛惡慾望的「小」題材，似乎已成了當前文學創作的主流。

（三）理論、術語的濫用

此外，陳映真對於新世代的文學創作中西方流行理論、術語的氾濫，也感到憂心。這是因爲現代文學或台灣文學的課程在納入大學和研究所課程後，教授在從事文學批評時會使用到許多西方理論，也有人認爲學習新的理論並將之運用在創作上是一種突破、創新的寫作方式。因而學生一方面在學習文學批評和理論的同時，也嘗試運用理論去創作。譬如寫情慾、身體、器官、同性戀……，或用到「後現代」、「拼貼」、「大敘事」等西方理論術語。但許多人是一知半解、不加反省地複製、移植、搬用，以致於作爲文學獎評審的陳映真認爲這已經一窩蜂到形成公害的地步了。[23]

（四）思想性不高

游喚曾指出現代散文的新弊即「思想性極低」，

---

[21] 《中國時報》民國91年1月6日，12版。
[22] 《中國時報》民國91年1月6日，12版。
[23] 陳映真〈文學的世界已經變了？〉（中）。

爲文不重思想，歷代以來，其甚未有如今之甚。[24]

（五）文字遊戲、文句的搔首弄姿

鄭明娳《現代散文現象論》稱 80 年代散文的精緻特點，一是文字的搔首弄姿，即刻意裝飾、美化文句，鄭明娳將這一路文字風格名之爲「搔首弄姿」，但她也說：才氣不足的人若摹擬之，就很容易變成扭捏作態或臃腫滯塞，不忍卒睹。[25]

五、矯弊之策──向古典散文批評借鑑

以歷史爲借鏡，這些問題說不定在古代即已有之，那麼古代的評論者又是怎麼面對和看待當時即已存在的這些問題呢？因此在研讀一些古典散文批評的資料後，發現：其中不少觀念雖是老生常談，但或許是當局者迷，使我們處於當下的時代迷霧中不容易看清方向，尤其現代散文範圍大，作家、作品多得難以勝數，加上批評傳統仍在建立中，更是不容易掌握到方向。因此，以下將針對前節所述之弊病，從歷史中

---

24 〈古典散文與現代散文〉，頁 335。
25 鄭明娳《現代散文現象論》，頁 19-22。

尋求借鑑，提供若干古典散文的原則以資參考，希望能借助於前人既有的智慧，作為現代散文創作和批評的一些參考。

（一）重視作者的修養

因為散文是獨抒性靈的，因此作者本身的修養是很重要的。其中包括的條件又有四項：真誠、生活歷練、學養和器識格調。

蘇軾主張文章是「輸寫腑臟」的[26]，唐順之也說「近來覺得詩文一事，只是直寫胸臆。」[27]用在散文寫作上來說，即為文要出自真誠，出於作者的真性情。也因為每個作家都輸寫自己的真性情，作家具有自身個性，「其形人人殊，聲音笑貌人人殊」[28]，因此文章面目人人不同，「見其文而知其人，文之真者也」[29]。

然而光靠真性情並不能寫出好文章，例如公安派便一味強調真性情，可是缺少學養、缺少生活亦不能寫出好作品來，[30]因此還需要生活歷練和學養。例如唐順之說：千古不滅之文更要有「千古不可磨滅之見」

[26] 蘇軾〈密州通判廳題名記〉，《蘇軾文集》第2冊，頁376。
[27] 唐順之〈又答洪方洲書〉，《荊川集》，轉引自《明代文學批評資料彙編》，頁235。
[28] 方孝孺〈張彥輝文集序〉，《遜志齋集》，卷12，頁370。
[29] 梅曾亮〈太乙舟山房文集序〉，《柏〔木見〕山房詩文集》，卷5。轉引自《中國散文學通論》，頁157。
[30] 《中國散文學通論》（以下簡稱《通論》），頁127。

[31]。這「千古不可磨滅之見」就不是光有真性情便可以的，還需要學養及對世事的洞燭觀照。

文章的自然高妙必是涵攝了作者主體性在其中，其人格及學養、識見的展現正是一篇文章優劣及感人與否之重要關鍵。不好的散文無論其辭藻多麼華麗，一旦見解平庸、思想淺薄，就談不上是好作品，黃宗羲《論文管見》便強調：「所謂文章，未有不寫其心之所明者也。心苟未明，劬勞憔悴于章句之間，不過枝葉耳，無所附之而生。」[32]無論是多麼優美的文字，如果其中沒有思想性，則不過是無所附的枝葉。

而文章之氣弱、格卑[33]更是一致命缺點。因而古人強調養氣、學殖，如蘇轍〈上樞密韓太尉書〉說：「以爲文者，氣之所形。然文不可以學而能，氣可以養而致。」[34]，錢謙益也說：「學殖以深其根，養氣以充其志」[35]。現代作家兼批評家的張曉風也說「散文的寫作有關學力」[36]。例如余秋雨的《山居筆記》在臺灣颳起一陣旋風，受到許多讀者的青睞，這是因其散文

---

[31] 唐順之〈答茅鹿門知縣二〉，《荊川先生文集・卷七》，轉引自《明代文學批評資料彙編》，頁 334。

[32] 黃宗羲《論文管見》，轉引自《通論》，頁 130。

[33] 語出屠隆〈文論〉，《由拳集》卷 23，(轉引自《中國文學批評資料彙編選集》，頁 304。)此文蓋主要批評韓愈散文之壞，本文在此僅借用其詞。

[34] 蘇轍〈上樞密韓太尉書〉，《蘇轍集》第 2 冊，頁 381。

[35] 錢謙益〈胡致果詩序〉，《牧齋有學集》，卷 18，頁 801。

[36] 張曉風《中華現代文學大系》(1970~1989)〈散文卷序〉，頁 22。

中流露出學養之故，相較於之前一些臺灣作家寫大陸多是抒情的緬懷，余秋雨的散文則是除了情感之外，還融入了不少知識、學問，更重要的是具有宏觀的歷史視野。

作家應有一定的器識和格調，顧炎武強調「博學於文」[37]，「以器識爲先」[38]。爲文者尚需「積理」、「練識」[39]，積理係指不斷經由生活經歷中去體驗人生道理，練識則是必須培養自己的見解、見識。曾國藩重視作家的「器識」[40]，亦即重視作家的性情器度。這一點可矯時下題材窄化，好寫一己愛惡慾望之弊。雖然作家不可避免地會有自戀的傾向，但也不能一直將視野局限在自我身上。如此一來，便顯得視野太狹隘。

作家的格調是很重要的，《中國散文學通論》中的一段話，很具有批判性，值得警惕，他說：

> 作為作家或學者，本應勇於開風氣之先，蕩滌污濁。多數人卻深深地陷落在時風眾勢的漩渦裡，不能自拔。毀則避之，譽則趨之，搞創作不過是為了趕時髦，取媚於時、於世，以謀取名利而已。[41]

---

[37] 〈與友人論學書〉，《新譯顧亭林文集》，頁 177。

[38] 《日知錄》，卷 21，文人之多，頁 552。

[39] 「練識」之說見魏禧〈答施愚山侍讀書〉(頁 163)、「積理」之說見〈宗子發文集序〉(頁 168)，轉引自《清代文學批評資料彙編》。

[40] 《通論》，頁 158。

[41] 《通論》述及唐代古文運動時所言，頁 789。

一位好的作家當具有自己的風骨、格調，不應爲追逐名利而寫。創作者也不當爲了急於成名，急功近利，終日憧憬著得文學獎或成名，爲了某種實用或功利的目的去寫作，往往會失去自己的理想和方向。

（二）文章以立意為先，勿捨本逐末

杜牧在〈答莊充書〉中便一再強調文章要「以意爲主」[42]，他並強調：「苟意不先立，止以文彩辭句繞前捧後，是言愈多而理愈亂，如入闤闠紛紛然莫知其誰，暮散而已。」[43]強調文章以立意爲先，如果只是以紛披的辭采爲主，則文章看似斑斕，實則理路紛亂。從前節所述散文的弊病中可以得知：由於過度追求形式美的結果，多忽視了內容。

杜牧並指出：「以意全勝者，辭愈樸而文愈高；意不勝者，辭愈華而文愈鄙。」[44]又說：「是意能遣辭，辭不能成意。大抵爲文之旨如此。」[45]再次強調了「文意」的根本地位。

由於今日社會有著後現代的特性，其中一項特質

---

[42] 杜牧〈答莊充書〉，《全唐文》第8冊，卷751，葉7。
[43] 同註39。
[44] 同註39。
[45] 同註39。

便是：對於許多事物的態度抱持著遊戲性的心態[46]。換言之，文學創作對年輕人而言不再是那麼嚴肅的事，反而可以是一種文字遊戲。然而就文學作品的藝術價值來看，過去的散文發展歷史也給予我們一些教訓，即：「散文不是文字遊戲，也不是作者賣弄才華的工具，散文要有實實在在的內容，要有新意。」[47]它不能只是流於形式的造作。譬如駢體文，言必成雙的形式，美則美矣，但內容的空洞，終於被邊緣化。

常言道「理直則氣壯」，用在文章寫作上道理也是一樣。唐順之說：如果沒有真知灼見，則文章雖工巧，亦不免為下格。[48]鄭明娳《現代散文構成論》也說：「一位作家如果沒有體大思精的思想，仍然不斷創作散文，則其作品必然出現一系列重複的思考模式，套板式的反映許多不同角度卻相同的見解。」[49]時下許多談愛情和成功之道的暢銷書便是如此，往往剛開始很引人注目，但幾本之後便覺重覆了。

---

[46] 參高宣揚《後現代論》第一章第四節，(四)「後現代」文化的創造性遊戲活動，頁 52-53。

[47] 《通論》，頁 60。

[48] 唐順之〈答茅鹿門知縣二〉，《荊川先生文集・卷七》，轉引自《通論》，頁 787。唐順之重意，他說：「然翻來覆去，不過是這幾句婆子舌頭語，索其所謂真精神與千古不可磨滅之見，絕無有也；則文雖工，而不免為下格。」

[49] 《現代散文構成論》，頁 270。

（三）崇尚自然，切忌模擬

所謂自然，意思有二：一是指情感上的真誠自然，不虛僞、不矯情；二是指語言文字上的質樸自然，渾然天成，不刻意造作。

針對第一點，文章要「發乎情性，由乎自然」[50]是古人經常提及的，如王若虛也一再強調「文章唯求真而已」、「如肺肝中流出，自是好文章」[51]。文章要有新意，切忌模擬，作爲創作者當於此都有所自覺，只是處在時尙文風之下，不免仍會受他人影響而產生模擬的步趨，也因爲這種對名家或某種文學型態的模擬僅只於形貌而缺乏作家深刻的自省，因而形成文學獎中爲迎合評審口味的一窩蜂現象。

就第二點而言，由於文學創作者求新求變的趨新心態，在文字上多刻意求工，戮力求新，可是在文字上搔首弄姿的結果往往造成文句的矯揉造作，以及晦澀難解。尤其學院之中，更有好爲此道者，以爲此乃作者學問大，可在其中賣弄才學，完全失去了文章「言近旨遠」之要求。蘇軾云文章：「常行於所當行，常止于所不可不止，文理自然，姿態橫生。」[52]字句的鍛鍊固是文學上的需要，但避免損及「自然」仍是一項需要注意的美學要求。

---

[50] 李贄〈讀律膚說〉，《焚書》，卷 3，頁 123。

[51] 《文辨》，轉引自《通論》，頁 101。

[52] 蘇軾〈與謝民師推官書〉，《蘇軾文集》，第 4 冊，頁 1418。

（四）含蓄蘊藉的美感講求

「含蓄蘊藉」一向是中國古典文學批評中的一種理想的審美旨趣，與之相對的另一端是直接暴露、或流於叫囂的表達方式。由於散文與詩都屬於篇幅短小而內容精深[53]的文類，因而散文的表達亦必須藉助含蓄蘊藉的表達方式方能展現餘韻無窮的美感。因而散文適宜含蓄委婉，不宜直露。當代女性主義思潮的盛行，連帶地也有強調情慾書寫的作品大量產生，這個現象在小說和詩中尤爲明顯，唯其中描寫有過於露骨者，已損及含蓄之美感。[54]

（五）尊法而不泥於法

今日之文風弊病略有些像侯方域〈倪涵谷文序〉中所說：「後起之秀乃務求之繁淫怪誕，以示吾之才高而且博，而先民之規矩蕩然無復存在者矣。」[55]因爲好逞才學之風使然，於是晦澀難解之文盛行。侯方域又說：「夫天下之真才，未有肯畔于法者，凡法之亡，由于其才之僞也。」[56]真才「未有肯畔於法者」，換言之，「畔於法」的這個「才」不是真正的「才」，因爲

---

53 《中國散文學通論》：「散文與詩都要求篇幅短小而內容精深」，頁3。

54 相關作品及論述可參見林水福及林燿德主編之《當代台灣情色文學論——蕾絲與鞭子的交歡》（台北：時報文化，1997）。

55 侯方域〈倪涵谷文序〉，《壯悔堂文集》，卷1，頁24。

56 同註50。

有「才」仍需有「法」。而且「法」是活的，若是拘泥於「法」，則不自然，因爲過度經營的結果，往往有損「自然」，甚至造成晦澀難懂的文風。

今人多半過於重視技巧，甚至是先有理論，再去創作。完全背反了先有作品，後有理論的文學發展[57]；忽略了批評是爲作品而生，技巧則是自作品寫作中自然產生，非是作家先去搬用理論，再來寫作。奇怪的是，今日有許多批評家或文學獎評審也特別青睞有理論的創作，以致於形成一股迎合評審口味的寫作風尚。

以林海音〈爸爸的花兒落了〉[58]一文爲例，該文在時間的處理上很特殊，寫英子在參加國小畢業典禮時，一面想著家中生病的父親。敘述中過去的時間與現在的時間交錯進行。這種特殊的敘事方式符合了法國敘事學家傑聶(Gérard Genette)在《敘事話語・新敘事話語》中對普魯斯特《追憶似水年華》敘事時間的分析，但我們知道：作者林海音絕非因爲先有了這個理論才去用它，而是自自然然地就寫出來了。

誠如陳映真所說：

> 光是文論，不能取代作品，除非有一天出現了動人、深刻、受到公認的傑作，眼前的效顰，不會有什麼價值。

---

[57] 陳映真〈文學的世界已經變了〉亦有提及。

[58] 此爲林海音《城南舊事》中之一篇，但張曉風所編《親親》（台北：爾雅，民84年）一書收錄親情主題的散文，其中便收錄此文。

[59]

陳映真所針對的，就是學院中好套用理論來從事創作的新世代文學創作者，同時這些也是經常參加文學獎徵選的作品。文辭、技法和思想三者比起來，仍應以思想爲主，因爲如果過分注重「文」和「法」，則理必衰微，以致成了空中樓閣……一旦內容空洞，沒有靈魂，材料和文辭就像行屍走肉一般，[60]是得不到讀者青睞的。

六、餘論

前節所述，旨在呼籲年輕學子在文學創作上宜更重視本身的修養和學力，在創作上不要追逐時髦，爲了得獎而刻意迎合評審口味。我希望文學的創作能返璞歸真，期待看到語言上質樸自然、而又真摯感人的作品。以上所論雖似老生常談，又顯得極爲保守，但實爲本人近年教授現代文學之有感而發。這種由古典文學而來的批評觀，或許會被視爲過時、不適用，或不被主張創新、變革之人所接受。但是，現代文學的創作是否可以完全與古典文學斬斷臍帶呢？文學創作借鑑於傳統，這在西方文學中也是常見的。如果我們承認傳統是現代文學創作中不可或缺的養分，那麼傳

[59] 陳映真〈文學的世界已經變了？〉(中)。
[60] 《通論》，頁 731，郝經論理、文、法，三者的關係。

統的文學批評觀也應有其可取之處。更何況，這其中有些可能是文學的普遍性質素，是沒有時代和地域區分的。

文學史的編寫不只是古代文學的問題，也是現代文學面臨的問題。那麼，就一個文學研究者而言，當代的文學現象自然也有必要去做一些思考和反省。因爲一名文學研究者如果劃地自限，將自己局限於某一領域中，而沒有從事實際批評和理論探討，在處理文學批評和理論的同時很可能會有些部份無法掌握到。

從過去的傳統中取法、借鑑，不啻爲一種方式。本文透過中國古代散文的批評觀念來看待當前散文寫作的問題，只是一個嘗試，未來若有機會，可以再嘗試以西方文學理論或文藝思潮的發展來從事現代散文的評論。而關於後者，時下的評論者早已有人爲之了。

當然，現代散文批評的問題很多，這篇論文不能一一觸及，舉例來說：現代散文的界定，一般都以爲限於文學性的散文，但文學與非文學的界限如何認定？而文學性是否排斥實用性呢？如何看待像曾昭旭《解情書Ⅱ》[61]這樣的文章呢？在現代出版業如此蓬勃發展的情況下，散文創作的數量這麼多，分眾的閱讀已經是一個事實，例如劉墉的散文，讀者多爲中學生，其作品屬於勵志小品，能幫助青少年了解自己，創造自己的人生。市面上也有許多流行的、大眾的讀

[61] 曾昭旭《解情書Ⅱ》（台北：聯合文學，2001）是輯錄作者陸續在報章雜誌上發表的小品文，論述男女間的情愛。

物，也有的作品以學院中讀者爲主。對於中學生而言，他們喜歡的作家，多爲文字通俗淺顯，以日常生活的事件爲題材的勵志小品。至於三十歲以上，具有一定學識的人讀的作品則必然要相當的深度、能發人深省，或予人感動。未來散文作品分眾的趨勢將會更加明顯，出版商及批評家們應該也要針對這樣的現象進行新的思考。是否在這樣的情況下，批評家也可以進一步的做領域的細分？就像音樂界有流行音樂、古典音樂、爵士音樂的樂評一般，出版商和批評家也以將領域劃分，以期能更加專業化、精緻化。現在已有初步的區分了，例如有飲食文學、旅行文學、自然生態文學等已開過研討會，並出版了論文集[62]。只是這些都是就題材內容區分的，但分類其實還有很多可能。至於在散文中居大宗的勵志小品和大眾暢銷讀物，應該如何看待，也是一個問題，或許可以再進一步從雅俗文學的角度去進行探討。以上種種問題，都是在教授現代散文選課程中激盪出來的。這門課程若是依照授課意願或個人專長，大概都不會由我來上，但是偶然的結果卻能觸發及激盪出許多的問題來，這未嘗不是一件好事。同時這可以使我反省到種種「傳統」與「現代」的問題，(例「如何面對傳統？」「如何面對

---

[62] 已出版之論文集如：焦桐、林水福主編，《趕赴繁花盛放的饗宴》(飲食文學國際研討會論文集)，台北：時報文化，1999年。東海大學中文系編，《臺灣自然生態文學論文集》，台北：文津出版社，2002 年。東海大學中文系編，《旅遊文學論文集》，台北：文津出版社，2000 年。

現代？」)而這些問題是迫切的，也是必須去面對和思考的。這篇論文是我在這方面問題思考的一個起點，也是以論文形式表述對當代文學議題展現個人觀點的一次嘗試性寫作。

參考書目

揚雄撰、汪榮寶義疏：《法言校注》，陳仲夫點校本，北京：中華書局，1987年一版。

董誥等編：《全唐文》，北京：中華書局，1983年。

蘇軾著、孔凡禮點校：《蘇軾文集》，北京：中華書局，1986年。

蘇轍著、陳宏天、高秀芳點校：《蘇轍集》，北京：中華書局，1990年。

方孝孺著：《遜志齋集》，臺灣商務印書館，國學基本叢書，民國57年。

錢謙益著、錢曾箋注、錢仲聯標校：《牧齋有學集》，上海：古籍出版社，1996年。

李贄著：《焚書》，見張建業主編《李贄文集》第1卷，北京：社會科學文獻出版社，2000年。

顧炎武著：《原抄本日知錄》，標點本，台北：文史哲出版社，民國68年。

顧炎武著、劉九洲注譯：《新譯顧亭林文集》，台北：三民書局，民國89年。

侯方域著：《壯悔堂文集》，臺灣商務印書館，國學基本叢書，民國57年。

國立編譯館主編、葉慶炳、邵紅編輯:《明代文學批評資料彙編》,台北:成文出版公司,民國68年。

國立編譯館主編、吳宏一、葉慶炳編輯:《清代文學批評資料彙編》,台北:成文出版公司,民國68年。

國立編譯館主編:《中國文學批評資料彙編選集》,台北:成文出版公司,民國69年。

朱世英、方遒、劉國華著:《中國散文學通論》,合肥:安徽教育出版社,1995年。

余光中總編輯:《中華現代文學大系--臺灣1970-1989》,張曉風等編,《散文卷‧壹》,台北:九歌,民國78年。

游喚著:〈古典散文與現代散文〉收入中國古典文學研究會編《古典文學》第5集,臺灣:臺灣學生書局,民國72年。

游喚著:〈臺灣現代散文研究的問題及其解決途徑示例〉,收入氏著《老子與東方不敗》,台北:九歌,1988年。

陳信元著:〈臺灣地區現代散文研究概論1949~1987〉,《文訊》月刊,32期,民國76年10月。

陳映真講:〈文學的世界已經變了——談新世代文學〉(上),《聯合報》,民國89年4月10日副刊。

陳映真講:〈文學的世界已經變了——談新世代文學〉(中),《聯合報》,民國89年4月11日副刊。

陳映真講:〈文學的世界已經變了——談新世代文學〉(下),《聯合報》,民國89年4月12日副刊。

陳文芬特稿：〈張大春：不要只為得獎而寫〉，《中國時報》，民國91年1月6日，12版。

鄭明娳著：《現代散文縱橫論》，臺北：大安出版社，民77年再版。

鄭明娳著：《現代散文構成論》，臺北：大安出版社，1989年一版，1994年三版。

鄭明娳著：《現代散文現象論》，臺北：大安出版社，1992年一版。

鄭明娳著：《現代散文欣賞》，臺北：東大圖書公司，民81年四版。

鄭明娳著：《現代散文》，臺北：三民書局，2001年。

洪富連著：《當代主題散文研究》，高雄：復文，1998年一版。

張曉風編：《親親》，台北：爾雅，民84年。

廖玉蕙編：《八十九年散文選》，九歌出版社，2001年。

余秋雨著：《山居筆記》，台北：爾雅出版社，2001年。

周志文著：《冷熱》，台北：爾雅出版社，1997年。

孫康宜著：《文學的聲音》，台北：三民，民90年。

高宣揚著：《後現代論》，台北：五南圖書公司，民國88年。

諾思洛普·弗萊(Northrop Frye)著、陳慧等譯：《批評的剖析》，天津：百花文藝出版社，1998年一版。

熱奈特(Gérard Genette)著、王文融譯：《敘事話語·新敘事話語》，北京：中國社會科學出版社，1990年。

通俗文學的本質特徵

陳美琪

摘要：

「雅」與「俗」一直是文學界爭論不休的課題，不同的文學屬性各有其不同的消費階層，長久以來這兩種文學同時存在，其原因在於它們作用於人的不同的精神需求，此正代表了它們存在的價值。然而，在文學消費市場上，卻常產生評論界與一般讀者脫節的現象，一般讀者熱烈回響的作品，往往得不到文評者的青睞，而文評者推介的作品，同樣也對一般讀者起不了什麼作用。純文學作家（作家文學、嚴肅文學）與通俗文學作家在各自的領域上進行創作，前者重視的是心靈的深度體驗與文學修辭，後者重視的是消遣娛樂的提供與利益追求。今日文學中，純文學與通俗文學，既見分流，亦見合流，如何界定此二者是相當困難的。本文擬就通俗文學的本質特徵，探討其與純文學的區別及由此衍生而出的文化層面問題。

關鍵詞：通俗文學、純文學

一、前言

文學的產生來自於消費者的需求，不同的文學屬性各有其不同的消費階層。這種文學消費階層的產生與區隔是由工商業的發展程度、社會文化結構或消費者的背景來決定的。因此，我們很難見到文學作品的被創作，僅僅是爲了某一人而進行的，多是爲了某一消費階層而創作。職是之故，對於文學的屬性，我們即常根據創作者或消費者的學經歷背景、作品的語言、表達方式、傳播媒介、作品功能或流行範疇等因素，而將其界定爲士人文學、作家文學、農民文學、純文學、嚴肅文學、通俗文學、民間文學等。

以通俗文學而言，當工商業社會發展至某一程度時，一般的市民階級即產生了娛樂消遣的需求，於是市面上產生了滿足此一消費階級消遣娛樂的通俗作品，這類作品的出版商及創作者大都以追求經濟效益爲主要目的，且爲使作品能抓住讀者的口味，因而制約了創作者的寫作方向，並將此作品經某一形式的行銷手法推展至消費者面前，所以造成某一時期中，出現了大量且制式化的通俗文學作品，甚至可以說通俗文學是與社會脈動最爲契合的文學作品，亦即，每當形成新的社會型態或流行某類新鮮題材時，趕搭此熱潮的通俗作品常會一窩蜂的出現，並因此而取代了舊有題材的通俗作品。[1]

---

[1] 蔡詩萍言：「希代文叢繼張曼娟後更以企劃包裝的方式推出包括吳淡如、林黛嫚、棘茉、林雯殿、楊明、黃秋芳、蘇非等『新台北人』形態的作家群。這群作家的創作題材，幾乎全以『都會』爲背景，以愛情爲主軸，經過出版社的集體定位後，快速的成爲書市寵兒。『希代』甚至另闢《小說族叢書》系列，以雜誌型專書推出一系列譯著或主題型的製作，更是清一色以現代人的詭異兼浪漫愛情故事爲訴求，其通俗性格愈發一覽無遺。」（語見〈小說族與都市浪漫小說〉，收入林燿德、孟樊編《流行天下──當代台灣通俗文學論》，臺北：時報文化出版有

二、雅俗之辨

（一）雅俗的相對性

「雅」與「俗」，一向是文學界爭論不休的問題，語言、題材、主題、情節、創作動機等皆非分辨雅文學與俗文學的唯一條件，二者間存有交集區，鄭明娳言：

> 在中國舊社會，流行於民間而與士大夫間流行的詞章相對的就是通俗文學。現代文學中的通俗文學與否不以文類、作者來區分，而藉由作品與其讀者反應來判斷。[2]

又言：

> 儘管大部分通俗文學和純文學呈現著涇渭分明的各自特色。但是，實際上並不是判然水火不容。有些作品則能兼顧通俗品味與文學特質，在社會/歷史現象和書寫記號間得到平衡。就解讀難易而言，如果用三角形來比方文學作品所屬的文化歸屬和讀者常態分布，則象徵性、虛構性越明顯的作品其表層越晦澀難讀，位於三角形的上

限公司，1992年，頁183。）

[2] 見鄭明娳：〈通俗文學與純文學〉，收入林燿德、孟樊編《流行天下——當代台灣通俗文學論》（臺北：時報文化出版有限公司，1992年），頁17。

> 端。通俗文學則在三角形的底層。兼具純文學與通俗文學者則為三角形由底層往上延伸的大部分領域。[3]

而黃永林亦在探討通俗小說、高雅小說和民間小說時說：

> 在一定條件下，民間故事可以轉化為通俗小說和高雅小說，高雅小說和通俗小說也可以轉化為民間故事。高雅小說和通俗小說之間更是存在著難以區分的「模糊地帶」。判斷這些文學作品各自所屬的領域，主要根據作品所呈現出來的本質特徵。[4]

亦即，高雅文學（純文學）與通俗文學之間存有交集區或模糊地帶，且二者具有流轉的可能性，是故，現代文學中的「雅」與「俗」應只是一個相對的觀念，具有變動性，並無一定的評判準則，它可能會隨著時間的流轉、社會結構的改變、語言文字的變遷等因素，使高雅文學轉化爲通俗文學，通俗文學轉化爲高雅文學。因此，高雅文學不具有高貴的褒獎義，通俗文學亦不帶有低賤的貶謫義，所謂的「雅」或「俗」，應是指放在當代語言、社會環境等因素的考察下所作出的

---

[3] 見鄭明娳：〈通俗文學與純文學〉，收入林燿德、孟樊編《流行天下——當代台灣通俗文學論》（臺北：時報文化出版有限公司，1992年），頁41。

[4] 見黃永林：《中西通俗小說的比較研究》（臺北：文津出版社，1995年），頁22～23。

屬性區分，而不是一個牢不可滅的標籤，正如何謂古、何謂今的問題，則目前為今、目前以上為古，古今具有變動性，而雅俗亦具有變動性，皆是指一個相對的觀念。

（二）通俗文學與純文學

1.文學與非文學

通俗作品要納入「文學」的範疇，必須具備「文學的條件」，但什麼是文學的條件？對此論題，曾在中國青年寫作協會和時報文化出版公司所合辦的「當代台灣通俗文學研討會」中提出討論，林芳玫總結與會者的意見而言：

> 文學應該具有提升與淨化心靈的效果，並且能拓展讀者的知性與視野。文學也應該提出對人生與社會的批評，而不只是說一個故事。作家也不應以取悅大眾為榮，而應爭取有學養的讀者的認可。這正是純文學作家與商業作家的不同之處。整體而言，雖然批評家也使用通俗文學、商業文學、大眾小說等字眼，但通俗文學是以「什麼不是文學」的方式被討論。這意味著它本身沒有獨立存在的地位，也不是文學的一種，它根本就不是文學。[5]

---

[5] 見林芳玫：《解讀瓊瑤愛情王國》（臺北：時報文化出版有限公司，1994年），頁177。

林芳玫是從文化的角度來訂立文學的標準，但若以此標準來討論什麼是文學作品，什麼是非文學作品，那麼許多被視爲通俗文學的作品，可能都要因不具備「提升與淨化心靈的效果」、「拓展讀者的知性與視野」、「提出對人生與社會的批評」等條件而被歸類爲通俗讀物，如流行於租書店的言情小說、俠義小說等。因此，有人甚至不認同這些通俗讀物的創作者應被稱爲「作家」，而逕以「作者」呼之，進而有作家與非作家之辨、文學與非文學之辨。

不過，歷來通俗文學所涵蓋的範疇似乎總是包括著非文學的通俗讀物，因爲在一般讀者的觀念中，「暢銷作品」就等同於「通俗作品」，又等同於「通俗文學」，如以現今各大書店所製作的暢銷排行榜來看，常是將「文學類」與「非文學類」混同，於是探討財務管理的《理財聖經》、情緒管理的《EQ》、測驗性向的《心理測驗》，便常與談情說愛的《飄》、《成長是唯一的希望》等通俗文學並列，而其中亦夾雜有少數的純文學，(一般而言，純文學較難登上暢銷排行榜。)事實上，各大書店的暢銷排行榜所反映出來的常是通俗讀物而非通俗文學，至於通俗讀物或通俗文學的成功與否，則是以銷售數字作爲衡量的標準。相對的，一本被視爲通俗文學的作品能否賣出漂亮的數字，只是反映了此通俗作品是否爲普羅大眾所喜愛？然而，暢銷並不一定是通俗文學的必要條件，甚至於一位多產的作家並非意謂著其作品必定受到讀者的歡迎，只是他們能得以持續寫作並受到出版商的支持，也間接表示了他們的作品必定具有一定的銷售水準。職是之故，我們即因此而存有多產作家等於通俗作家的刻板印象，但通俗文學與通俗讀物之間是有所分別的，如市面上一系列的理財致富書、了解性向的心理測驗書，我們僅可將其視之爲通俗讀物而非通俗文學。

其次，通俗文學作品中又存有優劣之別，這種優劣不是來自於銷售數字的多寡。文學市場所呈現的銷售數字僅是反映了此一時期消費者的文學欣賞趨勢，甚至於只是說明了某一消費階層的文化結構、欣賞趣味，亦常由於某一社會題材的炒作或廣泛討論，而造成當時期此類題材作品的搶購熱潮，此與作品本身的優劣常是毫不相關的，因此，銷售數字雖可用以判斷此作品的經濟效益大小或商業性成功與否，但若因此而來衡量作品的品質或價值，無寧是產生了嚴重的偏差。朱國華認爲對於通俗文學的批評應至少包含兩方面的內容:「其一，對通俗文學進行哲學層面或歷史層面的外部批判，也就是說，以人文尺度對通俗文學作品進行精神把握，包括對其積極、消極意義做出恰如其分的評價。其二，探討通俗文學的內部規律，特別是確立在通俗文學內部起作用的批評標準，這一標準應該能夠告訴我們，什麼樣的作品是好的通俗文學作品。」[6]換言之，在通俗文學的本質特徵下（如題材、情節、語言、表現技巧），我們視瓊瑤、古龍、金庸等

---

[6] 見朱國華〈略論通俗文學的批評策略〉,《文藝研究》1997 年第 6 期，頁 84～85。

人的作品爲通俗文學，而充斥於市面的言情小說、俠義小說等亦是通俗文學，但其中卻有優劣之別。

2.通俗文學的批評

純文學應具有「提升與淨化心靈的效果，並且能拓展讀者的知性與視野」，但通俗文學雖不排斥文學性，卻不似純文學般那樣具有崇高的使命與追求普遍真理的任務，它提供給讀者的是立即的娛樂與消遣。所以純文學與通俗文學二者間雖有轉化的可能性，但二者仍各有其本質特徵。當通俗文學開始量產的同時，其在文學史上的亮度反而降低，而作品的預期壽命也大幅縮短。反之，純文學經常是屬於小眾傳播的範疇，他們從題材選擇與寫作方向上走出自己的分眾路線，其生存目標是在文學史上佔有一席之地，具有不被時間所淘汰的不朽價值，二者目的不同。但通俗文學何以又常招致文評者的批評，林芳玫認爲：

> 租書店讀物也是通俗文學，但是只有當它的生產及流行領域太貼近純文學時，通俗文學才成為批評及爭議的焦點。……一部作品不管它如何暢銷，只要它不威脅到精英文化的領域，就不會成為批評爭論的對象。[7]

又言：

[7] 見林芳玫：《解讀瓊瑤愛情王國》（臺北：時報文化出版有限公司，1994年），頁122。

> 當純文學與通俗文學之間有一條分界線，而這條分界線是模糊不清且易於跨越，在此狀況下通俗文學就會成為爭議及批評的焦點。換言之，通俗文學的爭議性提高，不見得是因為它帶來了實質上的傷害，也不見得是因通俗文學作品的發行量突然增多。爭議的產生很有可能是同一場域中，不同位置的成員彼此間的衝突與緊張關係。知識份子藉著批評瓊瑤來為雅俗之間劃清界線，防衛純文學的地位：假如雅俗之間的界線是難以穿越的，那麼通俗文學就不會引人注目。……「純文學」與「通俗文學」這類名詞與觀念的出現及其備受爭議，其實正是文化生產領域中分化後的互動所產生的現象。若是分化而不互動——如租書店小說——那麼通俗文學作品雖存在，它並不具備概念上的意義。分化後而有互動，「通俗文學」一詞才開始成為一個重要且具爭議性的概念。[8]

林芳玫認爲純文學與通俗文學之間的差異，並不在於作品本身或作者創作動機的不同，而是當通俗文學太接近、甚至威脅到純文學體系時，才會被貼上通俗文學這一名稱。換句話說，純文學與通俗文學的區分乃在於「權力、資源、和權威的不平等分配以及社會階層化」[9]，因此，「雅俗之爭其實是反映知識份子本身

---

[8] 見林芳玫：《解讀瓊瑤愛情王國》（臺北：時報文化出版有限公司，1994 年），頁 128～129。

[9] 見林芳玫：《解讀瓊瑤愛情王國》（臺北：時報文化出版有限公

的意識形態。也就是說，知識份子藉著摧崇某一類作品並排斥另一類作品，來鞏固自己所支持的文化品味與標準，並爲它建立合法正當性。凡是不合乎這種標準的，就被冠以某種標籤——如通俗文學，並置放在象徵符碼秩序中的底層。」[10]

林芳玫所言，反映了部分文評者對通俗文學的嚴厲批評是由於「知識份子本身的意識形態」，但此並不能概括說明所有通俗文學的批評皆是來自於「知識份子藉著批評瓊瑤來爲爲雅俗之間劃清界線，防衛純文學的地位。」大抵知識分子對通俗文學的批判皆包含在甘斯所歸納的四大主題內，分別爲（1）通俗文化的負面特質，（2）對精緻文化構成的負面效果，（3）對通俗文化受眾的負面影響，（4）對社會的負面效果。[11]亦即這些文評者是將詮釋的焦點集中於通俗文學作品中的負面表現，因而語重心長的提醒社會大眾、文評者、創作者應注意作品中的負面因子與文學商品化的趨向。即以曾在六〇、七〇年代造成閱讀風潮的瓊瑤來說，其無寧是備受爭議的女作家，她的小說常被臺灣文評界譏爲脫離社會現實、不食人間煙火、俊男美女模式的浪漫愛情小說，而將之排除於嚴肅作家之

司，1994年），頁15。

[10] 見林芳玫《解讀瓊瑤愛情王國》（臺北：時報文化出版有限公司，1994年），頁256～257。

[11] 見甘斯《雅俗之間——通俗與上層文化比較》，（見陳康芬：《古龍武俠小說研究》，臺北：淡江大學中國文學系碩士論文，1999年，頁145）。

外。然而，亦有文評者對其持肯定的態度，認爲其作品內容具有社會意義與歷史性[12]。換句話說，由於文評者對於作品的詮釋焦點不同，因而產生褒貶態度的不同，所以張漢良言：「如果閱讀者有意彰顯瓊瑤作品中的童話公式，如灰姑娘情節公式，那麼戀愛的母題及時空的指涉，也可能變成次要的了。在這種情形之下，我們不妨假設；與其說某些語意成分在歷史中流失，毋寧說批評家或讀者在各種詮釋可能中，作了選擇，他選擇的詮釋視野，定焦了某些成分，使得瓊瑤作品成爲這詮釋視野的寓言，而使其他可能的寓言不見了，或虛位存在。」[13]

其實，通俗文學作品本身並不排斥文學性，如以小說而言，它們也包含有環境、情節、人物三大要素，企圖具體描述其社會結構與環境，並指涉此時空下的社會弊病；亦欲在傳統的歡喜大結局下，展現複雜的情節架構；並創造出典型化的人物。但在作者的個人涵養與通俗文學的條件限制下，題材、語言、情節、人物等方面都不能驟然離開「通」與「俗」的制約，

[12] 如齊隆壬〈瓊瑤小說（1963～1979）中的性別與歷史〉與顧曉鳴〈瓊瑤小說的社會意義〉，以上二文均收入林燿德、孟樊編《流行天下──當代台灣通俗文學論》（臺北：時報文化出版有限公司，1992年）。

[13] 見張漢良對齊隆壬〈瓊瑤小說（1963～1979）中的性別與歷史〉一文的講評意見，收入林燿德、孟樊編《流行天下──當代台灣通俗文學論》（臺北：時報文化出版有限公司，1992年），頁83～84。

造成讀者與作品的隔閡。

三、通俗文學的本質特徵

通俗文學的含義，在中國文學史上向來缺乏一統性，或以通俗文學與純文學對立，或以通俗文學與高雅文學對立，或以通俗文學與嚴肅文學對立，及至今日文學論壇上猶見雅俗之辨，而純文學（或嚴肅文學）與通俗文學亦隱然在讀者、作者、出版商、作品等方面各有其本質特徵。

（一）讀者

從通俗文學的發展歷史來看，通俗文學的興起是在社會發展到某一程度，即商品經濟的出現和市民階級的產生之後，所以它的讀者群是中下層知識分子或市民階層。然而，這樣的劃分，在過去也許是相當容易的，但卻不見得適合當下。今日台灣，因爲教育的普及，無論城市或鄉村，大部分人口都具有閱讀的能力，且因社會型態不斷的轉型與複雜化，其讀者在題材與道德文學修養上表現如下的特質：

1.喜好的題材

一般社會大眾感興趣的題材不盡相同，再加上年齡的差距、教育程度的高低、薪資所得的多寡、生活品質的優劣等因素，無不形成讀者對各類題材作品的不同需求，例如：言情類、武俠類、偵探推理類、科幻類、勵志類等。甚至於很難有一類題材是可以超越這些讀者的特質或外在限制，而爲所有的讀者所喜愛，如：

言情類常擁有最廣泛的閱讀人口，此「情」即是人世之情，包括了親情、友情、愛情，表現人類的喜、怒、哀、懼、愛、惡、欲等情感。究其原因，在於它最爲讀者所熟悉，觸及人類深層的情感，喚起讀者的美感經驗，縱使它的結局，仍不外乎是傳統的結婚大團圓或死別大悲劇，仍具有相當廣大的消費市場。

武俠類的讀者，則是藉由作品中的飛簷走壁、仗義執言、江湖道義、絕世武功、劫富濟貧等行爲來紓解現實生活中的深層壓抑，或得到精神上的滿足與生理上的愉悅，且在這些武俠作品中，常具有一定程度的教化意義，例如將歷史文化化融爲作品中的背景環境，並在情節架構中加入懲惡揚善、忠孝節義等精神，這種俠義傳統，甚可追溯至史傳中對刺客的肯定及公案小說中懲惡揚善，冤屈終得以昭雪的情節安排。

偵探推理類的魅力，則是來自於智慧的考驗與崇拜心理，促使讀者在欣賞作品的過程中，不斷追索作者的佈局與用意，尋思破解故事謎團的各種可能性，換句話說，懸念的設置是牽引讀者不自覺閱讀下去的最大動力，直至答案揭曉的那一刹那，是一種情感宣洩的快感與滿足，得到心靈的淨化效用。

至於科幻類與勵志類的讀者，則是通過作品的欣賞過程中，用前者來滿足人們對未知世界與科學普遍化後對人類生活改變的好奇心，而用後者來砥礪自己爲實現美好生活的目標而奮鬥，各有其支持的人口。

不可諱言地，這裡必須指出的是題材的通俗，並非是決定其爲通俗文學或純文學的主要因素，易言之，無論是通俗文學或純文學，他們所描述的題材常是相同的，不同的是作者的創作動機與技巧，但相較而言，純文學作家在題材的選擇上，具有較大且新的視野，並不侷限於某類題材或個人經驗的書寫，而是不斷突破窠臼，嘗試各種題材創作的可能性，表現各階層人物的情感與精神層面，含蓄、細膩而深邃，而通俗文學的作者，卻往往選擇貼近大眾生活或滿足大眾精神的書寫題材，並求其敘述完整且易爲讀者所了解，所以言情、武俠、偵探、科幻、勵志等題材，常是通俗作家的最佳選擇。

2.道德文學的修養

《中國通俗小說理論綱要》:「小說作品在接受過程中的價值體現是多元的而非單一的，由於讀者與讀者之間存在著或大或小的主體性因素的差異，所以他們在接受中見仁見智是普遍的客觀事實。」[14]正由於讀者與讀者之間存在著許多主體性因素的差異，所以每個人對於作品的理解有不同面向及深淺程度，因此，若讀者未具有一定的修養，極易造成作品的「誤讀」。所以，提高讀者道德與文學修養的目的，係使讀

[14] 見周啓志、羊列容、謝昕《中國通俗小說理論綱要》(臺北：文津出版社，1992 年)，頁 340。

者在閱讀作品的過程中，欣賞到作者創作的精神與作品所蘊含的深層意義。

首先，讀者的道德修養，影響讀者看待作品的角度，亦即，讀者應將注意力集中於作者在作品中積極面的描寫，而非沈湎於作品中消極面的描寫，所以瓊瑤小說之所以常遭致背倫、畸戀故事等嚴厲批評的部份原因，乃源自於其對讀者產生負面的、病態的不良影響，這是某些文評者對瓊瑤的讀者群作了一些假設，認爲瓊瑤的讀者群，尚未具有足夠的心智與道德修養去判斷何者爲真，何者爲假，因此引起現實生活上的模仿，甚而導致社會問題。

其次，文學作品的特徵之一，即在於虛構與真實的統一，讀者在欣賞的過程中，既與作品本身產生心靈相契的感覺，又要與之保持適當的距離，若信以爲真將導致一些負面思想行爲的產生。所以，讀者應具有瞭解作品結構安排、修辭技巧的文學素養，如明瞭作者可藉由外在描寫與內在描寫兩方面來刻劃作品中的人物性格，這樣的文學素養非一蹴可及，須靠讀者藉由作品中的一字一句去體會鑒賞。不過，作爲一部通俗文學作品，仍須堅持通俗的原則，其基調仍不宜太過晦澀難懂，距離讀者太遠，而作品中若過於強調忠孝節義、懲惡揚善的教化精神，亦將使得通俗作品趨於嚴肅，失去通俗作品中娛樂消遣這一審美特徵。

（二）作者

通俗文學與純文學都是作者署名的個人化產品，

由於其創作目的、文學素養的不同，因而產生了作品屬性（歸類）的不同。《中西通俗小說比較研究》在探討高雅小說與通俗小說的生產主體時，談到：

> 當那些藝術修養較高的上層知識分子，以小說再現社會、教育讀者為己任，於是他們的作品則表現一種社會現象、揭示一種人生真諦、傾瀉一種內心深層的情感，使讀者在閱讀中對自我進行反思，從而淨化自我，超越自我，這種高雅小說的主要價值是認識和審美價值。尋求讀者在思想情感上的共鳴，是高雅小說作家創作的主要動機。以期獲得較高的社會效益，是高雅小說家創作的目的。[15]

文中所謂高雅小說的作者，可視爲本文所言純文學的作者，這些作者乃是通過作品來實現自我，尋求讀者的共鳴，創造社會的效益。然而，通俗文學的作者，常是文學素養較低的中下層知識分子，他們常是在考慮一般讀者的閱讀習性後進行創作，以獲取實質上的經濟利益，因此，無可諱言的，這些作者在迎合讀者口味的同時，也產生了寫作上的制約，因而市面上產生了量化且同質化的通俗文學作品，導致創作水準難以提升的現象。

---

[15] 見黃西林：《中西通俗小說比較研究》（臺北：文津出版社，1995年），頁2。

（三）出版商

文學市場的供需狀況，與文學作品的品質與價值並不一定成正比。文學市場的需求量只是反映一定時期中讀者的欣賞趣味，與一定文化層次的社會結構。所以通俗文學與純文學的區別，並不是完全取決於需求量的多寡，只是純文學的需求市場通常不大，林芳玫說：

> 台灣的文壇並沒有一個以純粹寫作藝術為基礎的牢固嚴肅文學傳統，嚴肅文學與通俗文學之分往往是看作者是否具有關懷社會、道德教化的使命感。[16]

通俗文學的出版商以營利爲其主要目的，「關懷社會、道德教化的使命感」之於他們並不是最重要的，所以他們最大的希望是寫下漂亮的銷售數字，針對此目標，他們利用多元化的管道去做市場調查與區隔，並要求作者創作迎合讀者口味的作品，然後爲產品進行包裝與強力促銷。這種從創作、印刷、包裝到出版的過程，在今日社會來講，可以說是愈來愈系統化了，所以蔡詩萍在〈小說族與都市浪漫小說〉中探討商品化體制時說：

---

[16] 見林芳玫：《解讀瓊瑤愛情王國》（臺北：時報文化出版有限公司，1994 年），頁 111。

> 張曼娟的作品既無大獎支援，也未受到兩大報副刊的平添助力，靠的完全是出版商的市場行銷與金石堂暢銷書排行榜的炒作。這條路線的成功，導致了「希代小說族」的大量複製。……這個書市銷售文化的改觀，大致可以簡單描述如下：新書出版→透過金石堂暢銷書排行榜的炒作與中盤書商的強力促銷（統一超商和便利商店的角色必須一提）→獲得炒作成果後再經由讀者的口碑推薦奠定暢銷的基礎。這套暢銷書的運作模式，打破了由評論家、大報副刊、名作家頭銜聯合起來所支配的評價體系，改由書商、市場行銷者和消費者構成的有機系統所取代。並且，由於其一再的成功，已經使得這兩支系統愈來愈無法對話，形成了書愈暢銷，評論反而愈刻意迴避的弔詭現象。[17]

職是之故，看暢銷作家的作品，似乎不是一個有理想、有抱負的高級知識分子，或是一個有遠見的青年所應抱持的態度與行爲，因爲這些作品在評論者看來，常是沒營養、沒知識、幼稚無趣的，它們共同的特色常是空白多、行間寬、篇數少、通俗、易懂、流行、暢銷、多產且明星化的包裝，而且幾乎不是所謂的得獎作品。文學作品的出線，不再必經兩大報副刊或文評者的推介，而是經由出版商以某一行銷管道將其推展

---

[17] 見蔡詩萍：〈小說族與都市浪漫小說〉，收入林燿德、孟樊編《流行天下──當代台灣通俗文學論》（臺北：時報文化出版有限公司，1992 年），頁 182～183。

至讀者面前，造成銷售熱潮。這幾年，更是流行所謂的網路文學，有許多不具知名度的作者是先在網站上張貼其作品，若造成閱讀熱潮後，再由出版商將其印製為文本，推介至非網路的閱讀人口。

（四）作品

通俗文學作品所表現出來的特色是什麼，這可從下面幾點來觀察：

1.通俗性

（1）語言通俗

由於通俗文學的市場目標是一般的市民階級(中產階級)，所以其採用的語言必須是大眾化的、通俗化的、易懂的，達到「通」且「俗」的目的。不過，所謂的語言通俗，並不特指何種語言，而是運用當代讀者所熟悉的日常生活語言作為創作的工具，如此方能消除讀者與作品之間的障礙，如很多古典文學作品是以當時的日常生活語言進行創作，但在今日看來，有的文字已變得晦澀難懂，所以一部文學作品的通俗與否，絕對不能脫離當代的語言環境而作出屬性上的區分，如以現今文學而言，讀者對於白話文的接受程度絕對高於文言文，而且同是白話文的作品中，欲求其「通」，除了嫻熟地運用白話文之外，還須兼具審美的趣味性，力求俗中求趣、俗中求雅的層次發展。另一方面，採用日常生活語言，亦可讓作者曲盡人情，深入地表達其心志、觀點與對社會的考察。

（2）表現方式通俗

在作家文學中，作者重視的是情節背後的象徵意義，其表現的手法常是隱喻而細膩的，具有作者個人的風格與獨創性，所以這類作品中不乏抒情寫景、心理層面的描寫與議論化的傾向，情節可以是簡單的，甚至是毫無情節的。亦即，情節並非其不可或缺的元素，作家文學重視的不在於它的情節是否曲折動人，而在於寫作的技巧、表達的情感、象徵的意義及它所引起的讀者共鳴。

然而，通俗文學的作者以流暢自然的口語進行創作，所描述的內容常是「俗事」，即一般日常生活事務，爲讀者所熟悉的，但在這「俗事」之中，作者追求、描述的是「奇」，即奇情、奇事、奇遇、奇觀或奇趣等，但此所謂的「奇」，卻常隨著時代潮流的改變而改變。換句話說，通俗作品重視的是作品本身的故事性（情節發展）。因此，作品本身須具有較大密度的情節以引人入勝，扣緊讀者心弦，至於抒情寫景、心理層面的描寫及議論化的傾向反倒會使得這類作品失去「俗性」，尤有甚者，通俗文學的作者在敘述「俗而不俗」的情節時，常有程式化的結構與通俗化的結果，所以其敘述模式可說是一連串的巧合與離奇，結果是未閱先知的，但是讀者仍在這一遍又一遍的重複中，得到虛幻的滿足或補償。

2.娛樂性

作爲一種商品，通俗文學最主要的功能在於追求消遣娛樂，為了消遣娛樂、為了渲洩情感，甚至為了再現虛幻的夢想而給人們娛樂、調劑和休閒，通俗文學常是一種具有補償作用或淨化心靈的商品，閱讀者通過它得到虛幻的滿足、直接有效的刺激，抓住讀者的感官神經，因此，通俗文學表現出來的，常是簡單、易讀，不用反覆思考的作品型態。《中國通俗小說理論綱要》言：

> 娛樂功能是通俗小說的重要審美特徵之一，只是它還以娛樂性為其特徵，就必然是實利主義的。作者創作通俗小說並非是為了自娛，而是娛人。因此，作者向社會提供娛樂就不是一項義務，而是一種交換。通俗小說作者以較強趣味性、娛樂性的作品換取稿酬，讀者支付貨幣購買消遣。這樣，通俗小說就與其他商品一樣在流通領域進行著交換，並以交換價值的形式表現著自身的價值。[18]

換句話說，通俗文學的娛樂性可以說是與天俱來的，它是作者在創作的同時，即賦予作品娛樂消遣的功能，如暢銷全球的《哈利波特》、《魔戒》等，其中所描述的魔幻世界，為現實生活中不可能出現的人、事、物，但通過作者的巧思與建構，帶領讀者進入不同的時空，拋開生活的束縛，得到短暫而虛幻的滿足。因

[18] 見周啓志、羊列容、謝昕：《中國通俗小說理論綱要》（臺北：文津出版社，1992 年），頁 76。

此，即使閱讀者明知其爲現實生活中不存在的魔幻世界，但仍吸引讀者隨著出版集次，一集一集地購買與閱讀，達到消遣娛樂的效果。

3.時效性

通俗文學之所以容易被淘汰，在於它們的量產化與同質化。換句話說，即在同一時期的消費市場中，出現同質性相當高的作品，所以通俗文學作品不僅沒有作者個人的獨創性，而且它們常是特定時空下的文學產物，表現此一時期欣賞的共通性，具有明顯的時效性。箇中原因，乃在於通俗作品的作者與出版商追求的是在短期內就能回收的經濟效益，所以當社會上出現了具有「煽動性」的題材後，相關的書籍立刻如雨後春筍般地冒出頭來，但是當這些作品脫離了這個特定的時空後，即快速地被其它通俗作品所取代，林芳玫在述及通俗文學的功能時，即注意到通俗文學與社會的關係，而言：

> 一九八九年五月份的《張老師月刊》策劃了一個專題〈瓊瑤帝國興亡史〉，從大眾心理學的角度來分析瓊瑤作品。在這個專題裡，作者均肯定通俗文學的正面功能，認為它反映社會與文化潮流，可被視為社會變遷的溫度計。……一方面，作品必須吻合當代人的觀念；另一方面，它又必須與現實世界保持距離。換句話說，作品必須在貼近社會真實的同時，又提供一個高遠的理想境界。然而，這個理想又不能太縹緲虛幻，它必須讓人覺

> 得有實踐的可能，甚至願意努力追求這個可能。[19]

雖然通俗文學常爲學者或文評者所忽視，甚至不屑一顧，但不可否認的，通俗文學常具有反映社會的功能，後人甚至可以透過這些作品的時空背景，達到閱讀當時社會的目的。所以，在這些通俗文學中所出現的人、事、物、語言等，都與當時的社會情況相差不遠，甚至於作品故事即是當時曾發生過的社會事件，通過創作者重新加以人物塑造、情節構思或改編，而提供給讀者一個美好的、新的結局，以使讀者從中有了努力追求的目標與希望。

4.教化性

一般而言，通俗文學作品中常具有懲惡揚善、忠孝節義等教化功能，這種功能可表現在傳授知識與道德兩方面，是有益於世，至少也是無害於世的，這使得此類作品取得了合法存在的地位，不至於遭到禁毀的命運。所以，瓊瑤小說之所以招致嚴厲批評的因素之一，乃在於它引起了負面的、灰色的心理影響，林芳玫說：

> 其他人則批評瓊瑤的小說由於充滿背倫、畸戀故事，對讀者會產生負面、灰色的心理影響。……上述這些評論

---

[19] 見林芳玫：《解讀瓊瑤愛情王國》（臺北：時報文化出版有限公司，1994年），頁242～244。

> 家認為在應然面上文學的效用是提升與淨化心靈，但在實然面上瓊瑤的作品對讀者有不良、病態的影響。這其中也反應了他們有關讀者的一些假設。真正重要的不是讀者的人數多寡，而是讀者的素質與程度。……評論家在批評瓊瑤時常有一種社會責任與道德使命感。他們認為文學的兩大目標是「反映真實」與「批評人生」。[20]

由於通俗文學的受眾來自於廣大的市民階層，屬中下層知識分子，其閱讀人口不但多於純文學，而讀者之道德文學修養或思想成熟度均不及純文學的讀者，較可能受到作品內容影響，而引起心理或行爲的改變、仿效。因此，通俗文學對讀者的影響力是不容小覷的，尤其是暢銷的通俗文學作品更是如此，是故引起文評者的高度關切。

四、通俗文學的發展

（一）通俗文學的現況與未來

通俗文學的創作是以營利爲主要目的，且用以娛樂一般社會大眾，所以它的題材、內容、表現方式等都受到讀者的制約，因此，鄭明娳指出：

---

[20] 見林芳玫：《解讀瓊瑤愛情王國》（臺北：時報文化出版有限公司，1994 年），頁 164～165。

> 通俗文學最直接的反應是大眾的文化水平，由於它出現明顯的程式化，又可以認知社會的集體潛意識。[21]

以台灣文學的發展來看，通俗文學產生了兩種趨勢，一種是通俗文學中的「文學性」不斷地降低，使得純文學與通俗文學之間的落差加大，形成雅俗分流的趨勢，另一種則是部分純文學作家亦開始寫作通俗文學，形成雅俗合流的趨勢。

究其原因，「雅俗分流」的形成，涉及了文評者的好惡、價值觀、權力意志等心理機制的制約，周慶華言：「文飾、質樸和文質兼顧等各有人主張來看，所謂的雅俗的分合，所代表的也就是不同價值觀的相互衝突。其次，價值觀所表現在外的，就是論說者的好惡行爲。……任何一種價值觀的堅持，還涉及權力意志的問題，也就是論說者企圖將該價值觀普遍化，成爲人人共同遵守的準則（論說者不但可以藉它滿足個人影響或支配他人的欲望，還可以藉它獲得想要獲得的利益）。」[22]但反映在文學消費市場上是通俗文學與純文學都各有支持者，也產生了文評者所推介的作品未能受到一般讀者的青睞，而受到讀者廣大回響的作品，亦不受文評者重視，使得雅俗分流的現象日益明顯。

---

[21] 見鄭明俐：《通俗文學》（臺北，揚智出版社，1993 年），頁 109。

[22] 見周慶華：〈傳統雅俗文學觀念的定性與定量問題〉，《東師語文學刊》第十二期，頁 60～61。

另一方面，雅俗分流亦受作者的創作動機與寫作能力的條件限制。此即因廣大讀者群希望閱讀到的作品內容與形式，是簡單的、易讀的、具娛樂效果的，或藉以宣洩情感與滿足自己虛幻夢想的，致使通俗文學作品的作者在創作的同時會受到讀者的制約，且又受限於自身道德、文學素養的不足，其作品價值亦不能與純文學等量齊觀。畢竟，通俗文學是一種從眾的文學，當作者與讀者之人文素養皆未能提升的狀況下，通俗文學的素質就不可能驟然提升，雅俗分流為必然的趨勢。

至於「雅俗合流」的形成，乃是由於一般文人作家本身亦具有寫作通俗文學的能力，而通俗文學的作者，則不見得有寫作純文學的能力，所以只要文人作家肯寫作通俗文學，就有可能產生介於雅與俗之間的文學，例如張大春、黃凡、林燿德等人，雖被肯定在文人作家之列，但其近年來亦有通俗文學之創作，雅與俗之間似有合流的趨勢。舞鶴即在為溫毓詩《葉蝶面具》的推薦序中提出「新小說」這一名詞，其云：

> 初讀溫毓詩的小說是篇名〈葉蝶面具〉，小說分隔成二個時空，二種文體，吸引我的是二種幾乎成對比的文體都寫得適切，一是講究文字與意象的「純文學」文體，二是放鬆文字構句與意象普及化的大眾小說文體，前者文字意象寫出自己的風格，後者寫到大眾小說所能達到的高水準。……當時，我想這個陌生的作者可能寫出一條新的文學之路——中間小說，可上可下，不失純文學的

> 純度，又可稀釋幾分給大眾文學的可讀性，悠遊兩者之間，可能成為新世紀小說的顯學。……在通俗的情節中偶爾也出現純文學的構句，而心靈與記憶的糾結中緊貼著更精緻複雜的文字構句與意象，卻也在繁複之中放鬆開舒緩世俗的空間。[23]

其實，無論是雅文學或俗文學、雅俗合流或雅俗分流，皆應自然地看待，《中國通俗小說理論綱要》:「因爲社會上總是存在多種文化消費者類型和多種文化需求，客觀上這就決定了高雅文化與通俗文化間必然長期共存，以滿足人們不同種類的文化消費需要。人們的文化消費需要也不是單一的，高雅文化和通俗文化都有其獨特的不可互相取代的存在價值和意義。」[24]

（二）通俗文學的流傳與價值

令人感興趣的是何種類型的通俗文學作品會被流傳下來？若以今日各大書局的暢銷排行榜來看，其生命週期常是短暫得令人心驚，這是否意謂著通俗文學不具有被流傳的價值？進一步來看，所謂的文學評論者或高級知識分子，常是作家文學的基本讀者群，他們對於通俗文學常是不屑一顧。然而，一般社會大眾

---

[23] 舞鶴:〈柔情俠骨溫毓詩──兼讀張瀛太、郝譽翔、朱少麟的第一本書〉，收入溫毓詩:《葉蝶面具》（臺北：麥田出版社，2000年），頁4～5。

[24] 見周啓志、羊列容、謝昕:《中國通俗小說理論綱要・前言》（臺北：文津出版社，1992年），頁13。

對於通俗文學，雖採取了支持的態度，卻也常在閱讀完畢之後，立即轉手賣出或從此束之高閣，很少有再重新翻閱的興趣，甚至恥於與他人談論閱讀心得[25]，因此這些通俗文學的生命週期通常不長。

但是，通俗文學並非全是毫無價值的，正因爲通俗文學描寫的是一般「俗而不俗」的事，所以常可藉此發現某一特定時空下的社會背景與文化意義，正如作品中的情節、人物雖可虛構，但是其社會文化卻是確實而假造不來的，這些背景資料對於某些研究，常提供了莫大的助益，《中國通俗小說理論綱要》：

> 古代理論家已認識到小說創作基於社會生活。近代理論家則近一步在理論上加以概括，認為小說源於生活，是小說創作的一般規律。如：
>
> 小說者，「今社會」之見本也。無論何種小說，其思想總不能出當時社會之範圍，此殆如形之於模，影之於物矣。（俠人《小說叢話》）

---

[25] 申建華〈通俗文學消費性特徵與價值觀念芻議〉：「范伯群先生曾分析過知識分子閱讀通俗文學的心態：『我們常閱讀一些優秀的通俗小說，有時爲它富有魅力的情節所吸引，……可是讀完之後，我們又會批評它的膚淺，……以顯示自己的高明與雅致。……深究其原因，恐怕是我們長期受"經典作品"的熏陶，始終在純文學或嚴肅文學的圈圍中周旋；我們自制了一套價值標碼，而廣大的各層次的讀者並不一定承認這種明碼標價，而我們自己卻不自制地順著慣性進入了"雙重人格"的境界。』……其實都是說閱讀行爲與文藝價值觀念的背離。」《常熟高專學報》，2000 年 5 月第 3 期，頁 83。）

> 小說之影響於社會固矣，而社會風尚實先有構成小說性質之力，二者蓋互為因果也。（黃人《小說叢話》）[26]

任何屬性的文學作品皆無法自外於時空之外，尤其通俗文學更是與當時代欣賞趣味契合的文學產物，反映當時空下時人對宇宙、對國家民族、對人生所抱持的態度與理想，是一種從眾的文學作品。

五、結語

通俗文學以營利爲主要目的，它提供給一般大眾消遣娛樂，所以表現出來的語言、功能、題材、表達方式等都是通俗易懂的，故事情節密度大、娛樂性質高。換句話說，通俗文學的創作目的，並不是作者的言志文學，也不是作者欲以留名的工具，但其作品中仍常帶有懲惡揚善、忠孝節義等教化作用，只是這樣的教化功能，爲迎合目標市場的需求，似有日益淡化的傾向。

其次，隨著社會結構、人類思想的轉變，通俗文學的創作目的與寫作題材，雖然沒有產生太大的變化，但其傳播媒介與出版商所扮演的角色卻益形重要，這使得通俗文學與其他藝術類型產生了交流與影響，如通俗文學與電影、通俗文學（文本）與網路文

---

[26] 見周啓志、羊列容、謝昕：《中國通俗小說理論綱要》（臺北：文津出版社，1992年），頁41。

學（超文本）等的相互作用。

再者，通俗文學本應是可跨越年齡、教育程度等種種限制而成為一般社會大眾所感興趣的文學，但是這樣的企圖，以今日社會而言，似乎有其困難，只能說某些觸及人性的通俗作品，是較易突破這些外在限制，進而得到讀者青睞，成為一種較無明顯分層的大眾文學。

參考書目

王先霈：《80年代中國通俗文學》，武漢：湖北教育出版社，1995年5月。

申建華：〈通俗文學消費性特徵與價值觀念芻議〉，《常熟高專學報》2000年5月第3期。

朱國華：〈略論通俗文學的批評策略〉，《文藝研究》1997年第6期。

林芳玫：《解讀瓊瑤愛情王國》，臺北：時報出版社，1994年。

周啓志、羊列容、謝昕：《中國通俗小說理論綱要》，臺北：文津出版社，1992年3月。

黃永林：《中西通俗小說比較研究》，臺北：文津出版社，1995年10月。

陳康芬：《古龍武俠小說研究》，臺北：淡江大學中國文學系碩士論文，1999年6月。

齊隆壬：〈瓊瑤小說（一九六三～一九七九）中的性別與歷史〉，《流行天下──當代台灣通俗文學論》，臺北：時報出版社，1992 年 1 月。

舞鶴：〈柔情俠骨溫毓詩──兼讀張瀛太、郝譽翔、朱少麟的第一本書〉，收入溫毓詩《葉蝶面具》，臺北：麥田出版社，2000 年。

鄭明娳：〈通俗文學與純文學〉，《流行天下──當代台灣通俗文學論》，臺北：時報出版社，1992 年 1 月。

鄭明娳：《通俗文學》，臺北：揚智出版社，1993 年 5 月。

顧曉鳴：〈瓊瑤小說的社會意義──從小說自身角度（內涵、結構、手法）所作的分析〉，《流行天下──當代台灣通俗文學論》，臺北：時報出版社，1992 年 1 月。

輯三

經典的詮解

從「歷史的緘默」中傾聽「發聲的歷史」——

以馬、班論漢代獄治與《毛詩序》詮釋《詩經・鄭風》二事為例

車行健

摘要：

「歷史的緘默」(les silences de l'histoire)有時雖會造成史料掌故的流失與空白，因而導致消失、空白的「緘默的歷史」之缺憾。但並非所有「歷史的緘默」都會導致「緘默的歷史」，有些刻意對歷史行使緘默權的行為，其緘默背後有時也隱藏了許多富含歷史訊息及意義的聲響，這些聲響反而更能使某些歷史真相得以保存下來，從而形成「發聲的歷史」。因此細心的讀者應儘可能的從富含意義的「歷史的緘默」中「傾聽」歷史的真相，將「發聲的歷史」呈顯出來，使其「原音重現」。

本文試就司馬遷與班固對漢代獄治的論述及《毛詩序》對《詩經・鄭風》中有關鄭莊公與共叔段的詩篇之詮釋等二事所顯示出的「歷史的緘默」為例，看看是否能從其中聽出某些隱藏在史文之後的「發聲的歷史」。

關鍵字：歷史的緘默、發聲的歷史、司馬遷、班固、漢代獄治、《毛詩序》、《詩經・鄭風》

一、從錢鍾書論「歷史的緘默」談起

錢鍾書（1910-1998）在《管錐篇》中論及《史記・絳侯周勃世家》時曾提出一個有趣的現象，即司馬遷（西元前 145-86）在記載絳侯周勃為人誣告謀反而被漢文帝繫獄事時，僅在《史記》中用「吏稍侵辱之」幾字帶過。同樣的，對周勃之子周亞夫於景帝時面對類似其父謀反的指控而被下吏治罪事的記載，也僅輕描淡寫的敘說：「吏侵之益急。」又如在〈韓長孺列傳〉中亦祇曰：「（韓）安國坐法抵罪，蒙獄吏田甲辱安國。」完全不對獄吏如何侵辱韓安國的細節及具體情景詳加描述。若說司馬遷本人對其時監獄中的黑暗面完全不了解，因而在寫史時只好闕略不提，這種推測顯然是站不住腳的。因為對照司馬遷在〈報任安書〉中對自己在獄中所親受的痛若體驗的翔實描繪，獄吏對韓安國及周勃父子所施加的種種菙楚侵辱酷刑，司馬遷應該全都領教過了，他如何會不知道他筆下的這些史傳人物所親歷的痛苦呢？但奇怪的是，他為何對其中的細節略而不談呢？

錢鍾書嘗試提出兩點可能的解釋，即司馬遷創鉅痛深，心理上蒙受重大傷痛，因此不願再去面對這段可能會再撩痛其傷口的往事。又漢承秦失，刑法慘苛，受法被刑之人，比肩而立，而獄吏的深刻殘賊，路人皆知。因此對司馬遷而言，周勃等人所遭遇的獄中酷刑，實是司空見慣，見怪不怪，根本無庸鄭重其事的予以大書特書，就如同他不會刻意的去描述當時人的瑣碎生活細節，因爲這些對他來說，也同樣沒有什麼記載的價值。然而，弔詭的是，當事過境遷之後，往往這些過去史家習常所「不必記」之瑣屑，卻每每成爲後來掌故「不可缺」之珍秘，錢鍾書認爲這個情況就是法國史家 Jules Michelet（1798-1874）所歎之「歷史的緘默」（les silences de l'histoire）。[1]

二、哀嚎監獄的噤默書寫

其實司馬遷在《史記》中也未必沒有對監獄黑暗面的描繪，如他在〈李斯列傳〉中就頗爲詳細的記述趙高如何在獄中榜掠李斯，終使李斯自誣服罪的情節，其曰：

> 於是二世乃使（趙）高案丞相（即李斯）獄，治罪，責斯與子由謀反狀，皆收捕宗族賓客。趙高治斯，榜掠千餘，不勝痛，自誣服。斯所以不死者，自負其辯，有功，實無反心，幸得上書自陳，幸二世之寤而赦之。李斯乃從獄中上書曰……。書上，趙高使吏棄去不奏，曰：「囚安得上書！」

---

[1] 以上俱參錢鍾書《管錐篇》（補訂重排本，北京：三聯書店，2001 年 1 版），第 1 冊下卷，〈絳侯周勃世家條〉，頁 569-570。

> 趙高使其客十餘輩詐為獄史、謁者、侍中，更往覆訊斯。斯更以其實對，輒使人復榜之。後二世使人驗斯，斯以為如前，終不敢更言，辭服。奏當上，二世喜曰：「微趙君，幾為丞相所賣。」[2]

司馬遷這段對李斯在獄中所受的慘毒情況的揭露，其深刻與鮮明之處，並不遜於他在〈報任安書〉中對自己所獲遭遇的描寫，如其謂己：

> 今交手足，受木索，暴肌膚，受榜箠，幽於圜牆之中，當此之時，見獄吏則頭槍地，視徒隸則心惕息。何者？積威約之勢也。[3]

而他對自己與李斯在獄中經歷長期的暴力淫威之下所養成的制約反應行為之刻畫，亦頗有異曲同工之妙，讀之不僅令人怵目驚心，更為二人所經受之悲慘際遇深感同情。

雖然如此，錢氏的觀點仍具有相當的啓發性，足以發人深省。試思司馬遷在寫史之際，當他寫到李斯、周勃等人的獄中遭遇時，他心中做何感想？是否會完全讓這一段與他個人歷史相呼應的歷史事件留白、消

---

[2] 見《史記三家注》（司馬遷撰、裴駰集解、司馬貞索引、張守節正義，點校本，臺北：鼎文書局，1993年7版），卷87，〈李斯列傳〉，頁2561。

[3] 見《漢書集注》（班固撰、顏師古集注，點校本，臺北：鼎文書局，1991年7版），卷30，〈司馬遷傳〉，頁2732-2733。

音？或者也會用其他的手段，間接地讓這段歷史留下個人的聲響，而使全幅歷史形成多聲共鳴的奇特情景？

答案應是肯定的，事實上司馬遷在寫史之際，就不斷的透過歷史來發抒自己的悒鬱不平之氣或寄寓自己的感慨心志。在〈酷吏列傳〉的序文中，他藉著明褒暗貶、正言若反的曲筆方式，對漢代刑網之密，吏治之酷的現象提出了沈痛的批判，其言曰：

> 孔子曰：「導之以政，齊之以刑，民免而無恥。導之以德，齊之以禮，有恥且格。」
>
> 老氏稱：「上德不德，是以有德；下德不失德，是以無德。法令滋章，盜賊多有。」
>
> 太史公曰：「信哉是言也！法令者治之具，而非制治清濁之源也。昔天下之網嘗密矣，然姦偽萌起，其極也，上下相遁，至於不振。當是之時，吏治若救火揚沸，非武健嚴酷，惡能勝其任而愉快乎！言道德者，溺其職矣。……漢興，破觚而為圜，斲雕而為朴，網漏於吞舟之魚，而吏治烝烝，不至於姦，黎民艾安。由是觀之，在彼不在此。」[4]

果真如此，司馬遷何至於因小隙而被宮刑？可見漢世之吏治，仍是「在此（嚴酷）不在彼（道德）」！而他對自己因李陵事件而被繫入獄的憤慨之情，多少也能

---

[4] 見《史記三家注》，卷122，〈酷吏列傳〉，頁3131。

從他在〈魯仲連鄒陽列傳〉中爲鄒陽立傳時，竟然用絕大部分的篇幅來載錄鄒陽的〈獄中上書〉，而僅寥寥數句於其生平事蹟一事中，略見端倪。此無他，只因鄒陽說出了司馬遷的心聲：

> 今人主沈於諂諛之辭，牽於帷裳之制，使不羈之士與牛驥同皁，此鮑焦所以忿於世而不留富貴之樂也。[5]

司馬遷在載錄完鄒陽這篇〈獄中上書〉之後，最後在這篇列傳的「太史公曰」中發出了「鄒陽辭雖不遜，然其比物連類，有足悲者」的歎息之聲，[6]這聲充滿了酸楚的歎息聽似微弱，但事實上卻已震破了「歷史的緘默」，耳聰目明的讀者都應聽得到司馬遷匍匐於文句隙縫中，所努力發出的吶喊與控訴。

類似的狀況在班固（32-92）身上也可看到。班固在後漢明帝永平年間以私人改作國史的指控，被明帝詔書下郡，將他收繫於京兆獄中。[7]《後漢書》載班固弟班超：

---

[5] 見《史記三家注》，卷 87，〈魯仲連鄒陽列傳〉，頁 2477。

[6] 見同註 5，頁 2479。

[7] 鄭鶴聲（1903-?）《漢班孟堅先生固年譜》（臺北：臺灣商務印書館，1980 年初版）將此事繫於明帝永平五年（西元 62 年），班固三十一歲時。（見頁 34）安作璋（1927-）《班固評傳》（南寧：廣西教育出版社，1996 年 1 版）所附之〈班固年表〉亦同之。（見頁 133）

> 恐固為郡所覈考，不能自明，乃馳詣闕上書，得召見，具言固所著述意，而郡亦上其書。顯宗（即明帝）甚奇之，召詣校書部，除蘭臺令史，……帝乃復使終成前所著書。[8]

班固在獄中是否受到類似李斯、周勃、司馬遷等人的待遇，不得而知，但以他的出身背景，[9]一旦繫獄，為吏所覈考，其弟即驚恐其「不能自明」，則當時獄吏之嚴苛亦可想見一班。班固本人對此經歷豈能無動於衷？固然他在《漢書・敘傳》中對自己的這段經歷保持了緘默，但未必表示他想要讓漢代獄治黑暗的這段歷史也在獄吏的刑求下屏息噤聲，事實上他也透過筆下的歷史人物將這段黑暗的歷史「大聲地」告訴了他的讀者。他在《漢書・賈鄒枚路傳》中將路溫舒上書宣帝，主張宜尚德緩刑之疏奏完整地載錄了下來，其中就有一段針對漢代獄治之失所做的沈痛呼籲：

> 臣聞秦有十失，其一尚存，治獄之吏是也。……方今天

---

8 見《後漢書》（范曄撰、李賢注，點校本，臺北：鼎文書局，1991年6版），卷40上，〈班彪列傳上〉，頁1334。

9 班固家族累世簪纓，從其八世祖班壹至其父班彪，凡歷七世，為官者七人，其中還產生了一位知書識禮的班婕妤。且在西漢成帝建始、河平年間，「許、班之貴，傾動前朝，熏灼四方，賞賜無量。」（《漢書・敘傳》引谷永語，見點校本《漢書集注》，卷100上，頁4205。）由此可知，班氏一門，不但榮寵貴顯，而且與漢室的關係，更非比尋常。（參《漢書・敘傳》及安作璋《班固評傳》，頁2-9。）

> 下賴陛下恩厚，亡金革之危，　　饑寒之患，父子夫妻戮力安家，然太平未洽者，獄亂之也。夫獄者，天下之大命也，死者不可復生，絕者不可復屬。《書》曰：「與其殺不辜，寧失不經。」今治獄吏則不然，上下相敺，以刻為明；深者獲公名，平者多後患。故治獄之吏皆欲人死，非憎人也，自安之道在人之死。是以死人之血流離於市，被刑之徒比肩而立，大辟之計歲以萬數，此仁聖之所以傷也。太平之未洽，凡以此也。夫人情安則樂生，痛則思死。
>
> 棰楚之下，何求而不得？故囚人不勝痛，則飾辭以視之；吏治者利其然，則指道以明之；上奏畏卻，則鍛練而周內之。蓋奏當之成，雖咎繇聽之，猶以為死有餘辜。何則？成練者眾，文致之罪也明也。是以獄吏專為深刻，殘賊而亡極，媮為一切，不顧國患，此世之大賊也。……故天下之患，莫深於獄；敗法亂政，離親塞道，莫甚乎治獄之吏。此所謂一尚存者也。[10]

班固詳載此言，豈非借他人之曲，傳唱一己之心聲，而此曲之歌辭旋律又適足以反映時代之心聲，而爲眾人所共鳴？

回到錢鍾書先前的論點，即誠然「歷史的緘默」有時確會造成史料掌故的流失與空白，因而導致消失、空白的「緘默的歷史」之缺憾。但並非所有「歷史的緘默」都會導致「緘默的歷史」，事實上有些刻意

---

[10] 見《漢書集注》，卷 51，〈賈鄒枚路傳〉，頁 2369-2370。

對歷史行使緘默權的行爲，其緘默背後有時也隱藏了許多富含歷史訊息及意義的聲響，這些聲響反而更能使某些歷史真相得以保存下來，從而形成「發聲的歷史」之美事，細心的讀者應能從這種緘默中「傾聽」出「發聲的歷史」。相反的，在歷史上大鳴大放的聲音（即「歷史的發聲」）不一定會形成「發聲的歷史」，因爲若這些在歷史上發出的聲響只是一些毫無意義的驢鳴鳥噪的強聒之音的話，則最終也可能會形成「緘默的歷史」。因此重要的是去判斷在歷史中所呈顯出來的「緘默」或「發聲」是否有意義？其背後是否隱藏了某些歷史的真相？如果答案是肯定的，則應儘可能的從富含意義的「歷史的緘默」及「歷史的發聲」中挖掘歷史的真相，將「發聲的歷史」呈顯出來，使其「原音重現」。

以下再試就《毛詩序》（以下簡稱《毛序》）對《詩經・鄭風》的詮釋中所顯示出的「歷史的緘默」，看看是否能從其中聽出某些隱藏在史文之後的「發聲的歷史」。

三、詮釋中的緘默——《毛詩序》如何詮釋「鄭莊、叔段」相關詩篇

《詩經・鄭風》一共有十九首詩，唐代孔穎達（574-648）的《毛詩正義》在申釋《毛序》之基礎上，認定其中有六首皆是屬於鄭莊公的詩，這六首詩是〈將仲子〉、〈叔于田〉、〈大叔于田〉、〈羔裘〉、〈遵大路〉及〈女曰雞鳴〉。[11]至於《毛序》則是這樣詮釋這六首詩的詩旨大意，其云：

> ◎〈將仲子〉，刺莊公也。不勝其母，以害其弟。弟叔失道，而公弗制，祭仲諫而公弗聽。小不忍以致大亂焉。
> ◎〈叔于田〉，刺莊公也。叔處于京，繕甲治兵，以出于田，國人說而歸之。
> ◎〈大叔于田〉，刺莊公也。叔多才而好勇，不義而得眾也。
> ◎〈羔裘〉，刺朝也。言古之君子以風其朝焉。
> ◎〈遵大路〉，思君子也。莊公失道，君子去之，國人思望焉。

11 參《毛詩正義》（毛公傳、鄭玄箋、孔穎達疏，南昌府學本，臺北：藝文印書館，1993 年影印），卷四之二，〈鄭譜疏〉，頁 3b。

◎〈女曰雞鳴〉，刺不說德也。陳古義以刺今，不說德而好色也。[12]

案：在此六詩中，只有〈將仲子〉、〈叔于田〉、〈大叔于田〉與〈遵大路〉等四首是《毛序》明言刺莊公詩者。〈羔裘〉則是鄭玄在箋《毛詩》時，補充《毛序》之意，指出該詩的寫作宗旨是因詩人認爲：「鄭自莊公而賢者陵遲，朝無忠正之臣，故刺之。」[13]故《毛詩正義》亦將其繫屬爲莊公詩。至於將〈女曰雞鳴〉歸屬於莊公時詩，則係《毛詩正義》根據《毛序》及前後詩的關係所推斷出來的。[14]而在《毛序》所詮釋的這六首詩中，涉及具體史事內容的只有〈將仲子〉、〈叔于田〉、〈大叔于田〉等三首，其餘〈羔裘〉、〈遵大路〉及〈女曰雞鳴〉等三首皆泛泛而論，難以窺知其實際內涵爲何，且其詩文表面意涵也無法與《毛序》直接牽連起來。尤其是〈女曰雞鳴〉一詩，《毛序》既明言係「陳古義以刺今」，則更難從其詩中所言及之古事（陳古）與該詩之《毛序》所實際指斥之現狀（刺今）之間，覓得任何明顯可見之關係聯結。所以只能以《毛序》對〈將仲子〉、〈叔于田〉、〈大叔于田〉這三首的詮釋爲探討的依據。

---

[12] 以上分別見《毛詩正義》，卷四之二，頁 6b、8b、9b 及卷四之三，頁 1a、2b、3a。

[13] 見《毛詩正義》，卷四之三，頁 1a。

[14] 前詩〈遵大路〉爲刺莊公詩，後詩〈有女同車〉《毛序》以爲刺莊公世子忽，則〈女曰雞鳴〉當屬莊公時詩。

《毛序》對《詩經》詩篇的詮釋有涉及事實的層面，亦有涉及評價的層面。就事實的層面而言，《毛序》將這三首詩皆是放在鄭莊公處理其弟共叔段叛亂的歷史背景中來詮釋，其對這段歷史事件的把握，基本上與《左傳》、《史記》的記載是一致的。但掌握史實是一回事，如何去評價這件史實又是一回事。《毛序》雖然對這件史實的認識與《左傳》、《史記》等書的記載無甚出入，但其對牽涉到這件史實的人物——鄭莊公與共叔段——的評價就頗有耐人尋味之處。

《毛序》對這三首詩皆明指爲「刺詩」，而所刺的對象不是別人，正是鄭莊公。刺莊公的理由爲何？〈將仲子序〉指出係「不勝其母，以害其弟。弟叔失道，而公弗制，祭仲諫而公弗聽。小不忍以致大亂焉。」做弟弟的行爲不正，做哥哥的鄭莊公沒有盡到防範規勸之道，自然也有錯，更何況做哥哥的身爲一國之君，更應該爲這種兄鬩牆、亂臣叛國的行爲負最大的責任。但這件事的發動者仍是在共叔段，如果他好好的盡其爲人弟與爲人臣之道的話，這場叛亂是不會發生的。所以《左傳》在評論這件事時，就很客觀公允的分別評價莊公、叔段兄弟二人所犯之過失，其云：

> 書曰：「鄭伯克段于鄢。」段不弟，故不言弟；稱鄭伯，譏失教也：謂之鄭志。不言出奔，難之也。[15]

---

[15] 見楊伯峻（1909-1992）《春秋左傳注》（修訂本，北京：中華書局，1990年2版），〈隱公元年〉，頁14。

但細讀〈將仲子序〉文意，卻令人感覺其中指斥莊公的意味更甚於共叔段，「不勝其母，以害其弟」、「弟叔失道，而公弗制」、「祭仲諫而公弗聽」，一連將三個缺失罩在莊公頭上，最後還總結性的將莊公的罪狀歸結爲：「小不忍以致大亂焉」，真教鄭莊公情何以堪！母親偏袒，寵壞了弟弟；弟弟胡做非爲，自己不積極的制止；大臣提出警告，又未及時做出反應，最後發生了弟弟叛變的事情。莊公費極心力好不容易將亂事平定，剷除國中的割據勢力，不去稱讚鄭莊公的英明睿智，神聖勇武也就罷了，卻反倒要他承擔絕大部分的政治與道德責任，這樣嚴苛的評價，鄭莊公如何能接受？又如何能服氣？

更令人不解的是，《毛序》一方面嚴厲的指責鄭莊公行爲舉措之不當，另一方面卻又不吝惜的對叔段多所讚美。〈叔于田序〉稱揚他：「處于京，繕甲治兵，以出于田，國人說而歸之。」，〈大叔于田序〉又誇美他：「多才而好勇，不義而得眾也」。這樣的評價的確是很奇怪的，因爲若從鄭國統治當局的立場來看的話，共叔段在其封邑京這個地方積極的進行「繕甲治兵，以出于田」的整軍經武的行爲，本身就是別有企圖的危險挑釁的舉動，不但不值得鼓勵，而且更是要及時的加以制止防範。但《毛序》卻說「不義而得眾」、「國人說而歸之」，雖然也承認共叔段的行爲不妥當，但卻未加以譴責，甚至還大肆的宣揚共叔段的這種僭亂犯上的行爲很得到他所統治的人民的支持。果真是如此嗎？對照《左傳》的記載，可以發現，鄭國的君臣對叔段的這一舉措，其評價是與《毛序》的詮釋大相逕庭的。《左傳・隱公元年》曰：

> 大叔又收貳以為己邑，至於廩延。子封曰：「可矣。厚將得眾。」（鄭莊）公曰：「不義，不暱。厚將崩。」大叔完、聚，繕甲、兵，具卒、乘，將襲鄭，夫人將啟之。公聞其期，曰：「可矣。」命子封帥車二百乘以伐京。京叛大叔段。段入於鄢。公伐諸鄢。五月辛丑，大叔出奔共。[16]

如果《左傳》記載可信的話，則不難看到當時的確實情況是：京人在關鍵時刻背叛了叔段，顯示出京人民心根本沒有歸向叔段，叔段也沒有真正「得眾」。宋人嚴粲《詩緝》在釋〈叔于田〉時就一語道出其中的真相，其云：

> 此詩言段出田而京邑之黨相媚說以從之耳，《後序》謂國人說而歸之，非也。鄭師臨其境，京人亦叛之矣。……段豈真美且仁哉？其黨私之之言，猶河朔之人謂安史為聖也。詩人之意謂段之不令，而群小相與縱臾，如此，必為厲階，以自禍莊公，曷為不禁止之乎？[17]

---

[16] 見同註 15，頁 12-14。

[17] 見嚴粲《詩緝》（臺北：廣文書局據明嘉靖趙府味經堂刻本影印，1989 年 4 版），卷 8，頁 8b-9a。

王士禛（1634-1711）亦云：

> 此詩當是其黨羽嬖倖之屬造作以愚國人者，而非其國人之愛之稱之也。觀其後公子封伐京，京人叛太叔段，則豈國人果說而歸之哉？[18]

王先謙（1842-1917）的看法也大致相同，其云：

> 武姜溺愛，莊公縱惡，寵異其號，謂之京城大叔。從叔於京者，類皆諛佞之徒，惟導以畋遊飲酒之事，而國人亦同聲貢媚，詩之所為作也。[19]

《毛序》的詮釋是否如上述諸人所強調的，即認爲寫作這幾首詩的詩人（們）存有深諷叔段的心思，此處暫且不論，但透過他們的詮釋，可以讓人對此事件的真相有更深入的認識：所謂叔段「得眾」，不過是得其同黨之眾；奢言「說而歸之」，歸之者率皆諛佞之徒。

其實還是鄭莊公的判斷較正確，他不但已看出叔段不義的行爲是無法團結他的百姓的，（「不義，不暱。」）[20]而且他也早就在祭仲向他提出警告時就已預

[18] 見王士禛《蠶尾集》（清康熙刻《王漁洋遺書》本，收入《四庫全書存目叢書》〔濟南：齊魯書社，1995 年 1 版〕，集部，第 227 冊），卷 8，〈詩解〉，頁 2a。

[19] 見王先謙《詩三家義集疏》（吳格點校，北京：中華書局，1987 年 1 版），頁 338。

[20] 見同註 15，頁 13。

言叔段「多行不義，必自斃」。[21]但即使莊公正確的表現出他的遠見與判斷，他的臣子（子封〔即公子呂〕與祭仲）也能善盡職責，適時的向莊公提出警告，莊公也能重用他們，君臣們一起努力的消弭這場滔天臣變。但《毛序》對這一切似乎視若無睹，不但在〈將仲子〉、〈叔于田〉、〈大叔于田〉此三詩的〈序〉中嚴苛的批判莊公，而且更在〈羔裘〉、〈遵大路〉及〈女曰雞鳴〉三詩之〈序〉中攻訐莊公的朝政，一會兒說他「失道」，導致賢德的「君子去之」（〈遵大路序〉），一會兒又指摘他「不說德而好色」（〈女曰雞鳴序〉），似乎鄭莊公簡直就是一位無道的昏君，而其朝中則是姦邪當道，正人君子紛紛去位，其果如是乎？鄭莊公誠然有不善之處，但《毛序》的評價終不免令人感到過甚其辭。[22]

《毛序》對莊公與叔段這種異乎實情常理的評價

---

[21] 見同註 15，頁 12。

[22] 清人高士奇（1645-1704）對鄭莊公有如此的評論：「鄭莊公，春秋諸侯中梟雄之姿也，其陰謀忮忍，先自翦弟始，而後上及於王，下及於四鄰與國。……其他連衡植黨，相從牲歃，難一二數，莊公亦一世之雄哉！然而不能崇固國本，內多寵嬖，三公子皆疑於君，致忽、突、子亹、子儀之際，爭弒禍興，國內大亂，則皆陰謀忮忍之所積有以取之，而後知天道之不誣也。」（見氏撰《左傳紀事本末》〔點校本，臺北：里仁書局，1981年出版〕，卷 41，頁 606。）高氏這個評論可稱公允。其實以鄭莊公在春秋初期的實際作爲來看，他的表現並不能算差，相較高氏的評論，《毛序》對莊公的批評不但過於嚴苛，而且也不具體。

性的詮釋，[23]實已超出隨順詩文而詮解的範圍與地步，其中似乎別有隱情，但是《毛序》為何要做出這樣的詮釋？《毛序》在詮釋的當中，是否也顯露出某些「歷史的緘默」？

四、緘默外的聲響——「監獄中的豪富」之吶喊

《毛序》的作者與成書問題向來聚訟不休，《四庫全書總目》歸結了歷來十一種不同的說法，其云：

> 以為《大序》子夏作、《小序》子夏、毛公合作者，鄭玄《詩譜》也；以為子夏所序《詩》即今《毛詩序》者，王肅《家語注》也；以為衛宏受學謝曼卿作《詩序》者，《後漢書・儒林傳》也；以為子夏所創、毛公及衛宏又

---

[23] 嚴粲也看到了這個不合理的現象，他在《詩緝》中澄清道：「二〈叔于田〉皆美叔段之材武，無一辭他及。而首〈序〉以為刺莊公，蓋與《春秋》書『鄭伯克段』譏失教之意同。首〈序〉經聖人之手矣，說《詩》不用首〈序〉，則二〈叔于田〉皆為美叔段，〈椒聊〉為美桓叔，叔段、桓叔可美也乎哉？」（卷 8，頁 8b）其實光讀這二首詩的詩文，未必會讀出美叔段的意涵，反倒是在接受了《毛序》的閱讀指引之後，才有可能讀出讚美叔段的意思。而且未必如嚴粲所云，「不用首〈序〉，則二〈叔于田〉皆為美叔段」，事實上，反倒是加上首〈序〉，才更增加了貶莊公、美叔段的對比效果，從而加深了讀《詩》者嫌惡莊公、同情叔段的印象。

> 加潤益者，《隋書‧經籍志》也；以為子夏不序《詩》者，韓愈也；以為子夏惟裁初句，以下出於毛公者，成伯璵也；以為詩人所自製者，王安石也；以《小序》為國史之舊文，以《大序》為孔子作者，明道程子也；以首句即為孔子所題者，王得臣也；以為《毛傳》初行，尚未有序，其後門人互相傳授，各記其師說者，曹粹中者；以為村野妄人所作，昌言排擊而不顧者，則倡之者，鄭樵、王質，和之者，朱子也。[24]

《四庫全書總目》面對這種複雜狀況也不得不發出如此的感歎：「豈非說經之家第一爭詬之端乎？」[25]本文不擬直接觸及這個問題，而暫把注意力集中在《毛序》在漢代流傳與接受的情況。畢竟經典的生命是隨著它在歷史上的流傳與接受而與時俱進的，而對做爲詮釋《詩經》這部經典的《毛序》而言，它不太可能是在有限的時間之內，由少數一兩位經師執筆加以完成寫定的。事實上它應該是反映或承載了《詩經》在早期流傳階段（先秦至兩漢），各種形形色色的讀者（們或群）對這部經典的理解與詮釋內容，而這種種積累的內容最終呈顯爲由戰國秦漢人所增刪、編定與整理的《毛詩序》文本中。這些對《毛詩序》加以增刪、編定與整理的戰國秦漢人可能包括了子夏、荀子、國史、

[24] 見《四庫全書總目》（臺北：藝文印書館，1979 年出版），卷15，經部，詩類一，〈詩序提要〉，頁2。

[25] 見同上註24，頁3a。

大小毛公、衛宏，甚至馬融或鄭玄等。[26]

在這些人中，大小毛公無疑是最具關鍵的人物，而他們與《毛詩》及《毛詩序》的關係也是爲歷來大多數的學者所公認的，試看下列的文獻：

◎班固《漢書・儒林傳》:「毛公，趙人也。治《詩》，為河間獻王博士。」[27]

◎鄭玄《六藝論》:「河間獻王好學，其博士毛公善說《詩》，獻王號之曰《毛詩》」。[28]

◎鄭玄《詩譜》:「魯人大毛公為《詁訓傳》於其家，河間獻王得而獻之，以小毛公為博士。」[29]

◎陸璣《毛詩草木鳥獸蟲魚疏》:「孔子刪《詩》，授卜商，商為之《序》。以授魯人曾申，申授魏人李克，克授魯人孟仲子，仲子授根牟子，根牟子授趙人荀卿，荀卿授魯國毛亨，亨作《詁訓傳》，以授趙國毛萇，時人謂亨為大毛公，萇為小毛公以其所傳，故名其《詩》曰《毛詩》。萇為河間獻王博士。」[30]

---

[26] 夏傳才（1924-）也採取這種折衷的看法，認爲《毛詩序》不出于一時一人之手，其中保留了若干先秦古說、秦漢之際的舊說，以及多代漢代學者的續作。（參氏撰《思無邪齋詩經論稿》〔北京：學苑出版社，2000 年 1 版〕，頁 138 及頁 327-328。）

[27] 見《漢書集注》，卷 88，〈儒林傳〉，頁 3614。

[28] 見《毛詩正義》，卷一之一，〈國風・周南疏〉，頁 2b。

[29] 見同上註 28。

[30] 見陸璣《毛詩草木鳥獸蟲魚疏》（丁晏校正，《古經解彙函》本，收入《叢書集成新編》第 43 冊，臺北：新文豐出版公司，1989 年出版），總頁碼頁 620。

《毛詩序》是否真的是子夏所撰，而《毛詩》的傳授譜序是否真的像陸璣所記載的那樣井然不紊，這些問題皆暫可不論，但從以上的記載中可以比較確定一點的是，《毛詩》的流傳固然與大、小毛公有密不可分的關係，但實際扮演獎勵、支持與提倡角色的卻是那「好學」的河間獻王。正是因爲河間獻王喜愛《毛詩》，所以不但積極的搜求大毛公的《毛詩詁訓傳》，而且還重用小毛公，爲之立《毛詩》博士，可謂尊寵至極矣。

事實上，好學的河間獻王不是只好《毛詩》，史載他：

> 修學好古，實事求是。從民得善書，必為好寫與之，留其真，加金帛賜以招之。繇是四方道術之人不遠千里，或有先祖舊書，多奉以奏獻王者，故得書多，與漢朝等。是時，淮南王安亦好書，所招致率多浮辯。獻王所得書皆古文先秦舊書，《周官》、《尚書》、《禮》、《禮記》、《孟子》、《老子》之屬，皆經傳說記，七十子之徒所論。其學舉《六藝》，立《毛氏詩》、《左氏春秋》博士。修禮樂，被服儒術，造次必於儒者。山東諸儒多從而游。[31]

由此可見河間獻王於保存經籍，獎掖儒術確是大有功蹟。[32]

---

[31] 見《漢書集注》，卷 53，〈景十三王傳〉，頁 2410。
[32] 河間傳王傳經事，詳可參戴震（1723-1777）〈河間獻王傳經考〉

然而令人不解的是，這樣一位品學兼優的賢王，竟然不見容於漢武帝，據《史記·五宗世家·集解》引《漢名臣奏》云：

> 杜業奏曰：「河間獻王經術通明，積德累行，天下雄俊眾儒皆歸之。孝武帝時，獻王朝，被服造次必於仁義。問以五策，獻王輒對無窮。孝武帝艴然難之，謂獻王曰：『湯以七十里，文王百里，王其勉之。』王知其意，歸即縱酒聽樂，因以終。」[33]

錢穆（1895-1990）分析其中的政治意涵甚有見地，其云：

> 考景帝子十四人，惟獻王與栗太子同母。栗太子廢而獻王於諸子年最長，又得賢名。武帝之忌獻王，有以也。[34]

然而爲武帝所忌之賢王不只獻王一位而已，當時的淮南王劉安亦遭逢類似的待遇，《漢書》本傳載其：

> 為人好書，鼓琴，不喜弋獵狗馬馳騁，亦欲以行陰德拊循百姓，流名譽。招致賓客方術之士數千人，作為《內

（見《戴震全集》〔戴震研究會等編纂，北京：清華大學出版社，1994年1版〕，第3冊，頁1249-1250。）

[33] 見《史記三家注》，卷59，〈五宗世家〉，頁2094。

[34] 見錢穆《秦漢史》（《錢賓四先生全集》第19集，臺北：聯經出版公司，1994年出版），頁79。

> 書》二十一篇，《外書》甚眾，又有《中篇》八卷，言神仙黃白之術，亦二十餘萬言。時武帝方好藝文，以安屬為諸父，辯博善為文辭，甚尊重之。每為報書及賜，常召司馬相如等視草乃遣。初，安入朝，獻所作《內篇》，新出，上愛祕之。使為《離騷傳》，旦受詔，日食時上。又獻〈頌德〉及〈長安都國頌〉。每宴見，談說得失及方技賦頌，昏莫然後罷。[35]

但令人感歎的是，這位才華揚溢，愛好文辭的諸侯王，最後也因所謂謀反之罪而不得善終。[36]錢穆進一步指出淮南、河間二王獲咎之由，皆是因為「王國講文學，流譽駕中朝」，犯了武帝之大忌，遂導致悲劇的結局。[37]

但更深刻的來看，武帝之忌害獻王與淮南王，恐不僅是出於他對二王之嫉妒或擔心二王會威脅其皇位等這樣個人化的因素，而是有一個整體性的結構因素，亦即其中正反映了西漢前期中央王朝與地方封國間的矛盾關係。據《漢書．諸侯王表序》的觀察：

> 漢興之初，海內新定，同姓寡少，懲戒亡秦孤立之敗，於是剖裂疆土，立二等之爵。功臣侯者百有餘邑，尊王子弟，大啟九國。……而藩國大者夸州兼郡，連城數十，

[35] 見《漢書集注》，卷 44，〈淮南衡山濟北王傳〉，頁 2145。
[36] 參同註 35，頁 2146-2153。
[37] 見同上註 34，頁 80。

> 宮室百官同制京師，可謂撟枉過其正矣。[38]

這是漢廷君臣所共同面對的棘手問題，對他們而言，惟一的解決辦法便是「強幹弱枝」政策的確立與推行，《漢書‧諸侯王表序》描述漢廷君臣推動這政策的一系列步驟，云：

> 故文帝采賈生之議分齊、趙，景帝用晁錯之計削吳、楚。武帝施主父之冊，下推恩之令，使諸侯王得分戶邑以封子弟，不行黜陟，而藩國自析。[39]

除了採取美其名爲眾建推恩，實際上卻是削藩析國，以弱化地方諸侯勢力，強固中央朝廷之統治權威的政策之外，漢廷還在行政措施上施行了許多嚴密的防範措施，如景帝在平定七國之亂後，「抑損諸侯，減黜其官」；武帝則在窮治衡山、淮南之所謂謀叛案後，「作左官之律，設附益之法」；[40]而諸侯王交通賓客的行爲

---

[38] 見《漢書集注》，卷 14，〈諸侯王表〉，頁 393-394。

[39] 見同上註 38，頁 395。

[40] 見同上註 38，頁 395。所謂「左官之律」，據顏師古《漢書集注》注云：「服虔曰：『仕於諸侯爲左官，絕不得使仕於王侯也。』應劭曰：『人道上右，今舍天子而仕諸侯，故謂之左官也。師古曰：『左官猶言左道也。皆僻左不正。應說是也。漢時依上古法，朝廷之列以右爲尊，故謂降秩爲左遷，仕諸侯爲左官也。」可見這種制度是帶有極大歧視與貶抑意涵的。而所謂「附益之法」，又據顏師古《漢書集注》注云：「張晏曰：『律鄭氏說，封諸侯過限曰附益。或曰阿媚王侯，有重法也。』師古曰：『附

更往往被朝廷視爲大忌。中央朝廷這種種的作爲不但澈底地孤立他們在政治上的可能瓜葛，而且還試圖進一步斬斷他們的社會人際網絡，用徐復觀(1903-1982)的話來說，就是要使他們成爲「監獄中的豪富」。[41]

回到「經術通明，積德累行」、「被服造次必於仁義」的河間獻王身上，不知他身處於這種充滿猜忌壓抑的政治氣氛之下，做何感想？而他的賓客臣屬如毛萇之流，又會有何感受？如果他們都是群對時代遲鈍，毫無存在感應的人也就罷了，否則當他們在面對漢廷種種侵陵諸侯王的作爲時不可能不會對這些切身之事毫無所動。試想，當貴爲先帝之子且又身爲今上異母兄弟的河間獻王讀到《詩經・鄭風》這幾首牽涉到莊公、叔段兄弟爭國事蹟的詩篇時，他會做何反應？掩卷歎息？爲之痛哭流涕？或咬牙切齒，悲痛莫名？

與獻王感同身受的小毛公在傳授《毛詩》的過程中，會不會自覺或不自覺的將其對現實的感應帶進到這幾首詩篇中，而將春秋時期一件單純的兄弟爭國的事件，放入漢帝侵迫同胞骨肉的複雜而又敏感的現實視域中來體會理解，最終在整理編定《毛詩序》的時候，就在原有詮釋基礎上，加上了他個人的感受評判？

益者，蓋取孔子云「求也爲之聚斂而附益之」之義也，皆背正法而厚於私家也。」三說不同，但若從防抑諸侯的角度來考量的話，則當以「阿媚王侯，有重法也」之說較近實情。(以上皆見同上註38，頁396。)

41 見徐復觀《兩漢思想史・卷一》(臺北：臺灣學生書局，1993年7版)，頁179。

事實上，就詩篇史實背景的詮釋部分，由於有客觀史料的存在，不容隨意添刪，小毛公在此應是謹守分寸，未嘗逾越，因而他在這個部分就對他當時親身經歷的這段重大歷史事件保持了緘默。但他在涉及價值判斷的地方，卻又不經意地透露出某些緘默之外的聲息，難道他是欲藉由對莊公處心積慮謀害叔段之事的惡評，來表達出對武帝戕害手足骨肉之不滿，以及對漢廷強幹弱枝政策之抗議？《毛序》還有幾首詩的詮釋也頗耐人尋味，一首是《衛風·淇奧》，另二首則是《唐風·揚之水》與《唐風·椒聊》，《毛序》是這樣詮釋這三首詩的：

> ◎〈淇奧〉，美武公之德也。有文章，又能聽其規諫，以禮自防，故能入相于周，美而作是詩也。
> ◎〈揚之水〉，刺晉昭公也。昭公分國以封沃。沃盛彊，昭公微弱，國人將叛而歸沃焉。
> ◎〈椒聊〉，刺晉昭公也。君子見沃之盛彊，能脩其政，知其蕃衍盛大，子孫將有晉國焉。[42]

衛武公固然甚有功烈，然其弒兄篡國又有何可美？[43]晉昭分國封沃，卒致弱本強枝，固當譏刺，然曲沃武公最後代晉而立，曲沃豈無可疵議之處？[44]《毛序》

---

[42] 以上分別見《毛詩正義》，卷三之二，頁 10a 及卷六之一，頁 7b、10a。
[43] 衛武公事蹟見《史記·衛康叔世家》。
[44] 晉昭公封曲沃事及曲沃武公纂晉自立事皆見於《史記·晉世

無一句貶刺之辭及於曲沃，其意圖昭然若揭，而其用心亦可謂良苦矣！

仔細聆聽《毛序》對《鄭風》、《衛風》及《唐風》這幾首詩的詮釋，在其表面文辭的隙縫中，似乎隱約傳出了這位漢代「監獄的豪富」的呻吟聲呢！[45]

家》。

[45] 大陸連續劇《劉羅鍋》片頭鈐有「不是歷史」印記，謂其劇中故事非正經史實。雖然如此，該劇自有一番歷史的理趣，可謂「不是歷史的歷史」。本文師法其意，亦不妨自署曰：「不是考據」，因爲文中所進行的論述並非一般取證謹嚴的考據，然未始不能取得令人信服或具啓發性的結論，故亦可謂「不是考據的考據」。

美刺、垂戒與虛實分指
──方苞的詩用觀

丁亞傑

摘要：

方苞反對《詩經》傳統的美刺說，而代以垂戒說，前者具體指出美刺者為何人，後者則否，僅是泛論。但美刺與垂戒雖有此異同，卻不是兩組平行概念，垂戒是從美刺導出。本文即分析方苞對美刺的看法，說明垂戒的類型，指出此一觀念的限制。

關鍵字：方苞、詩經、美刺、垂戒

一、前言

本文嘗試以「經典觀」這一概念說明方苞（1668—1749）對《詩經》功能的認知。既是如此，首先須對經典觀作一界定，此一觀念略有可有三層意義：一是對應於經典物質系統，典籍真偽即是其中討論核心；二是對應於文本意義系統，清代以聲韻訓詁解經，是這一系統最突出的表現；三是對應於社會價值系統，經典的功能，成為學者念茲在茲的牽掛。即使這一分法大致正確，三個系統也不是涇渭分明，彼此無涉。例如考證典籍真偽，本身即就涉及文本意義，不純然是書本物質問題。至於文本意義，經常爲學者對經典定位所左右。而經典功能，又與學者對意義認知關連。

二、方苞之經典觀—經世致用

方苞對《周禮》的認知即是如此，方苞以爲《周禮》是周公所作，周公又是聖人，其所作之書，自可經世濟民，垂範萬代：「嗚呼！三王致治之跡，其規模可見者，獨有是書，世變雖殊，其經綸天下之大體，卒不可易也。」(《方苞集·讀周官》，卷 1，頁 17）聖人凡百作爲，均可爲後世取法，隱含取消時間或歷史存在的弊端。時移世異，過往的陳跡，何能規範後世？所以方苞強調世變雖殊，大體卒不可易，須借著這一大體以結合古今，才能完成方苞所指陳的理想。所謂的大體，就是方苞所云：「學者必探其源，知制可更而道不可異。」(《方苞集·周官集注序》，卷 4，頁 83）亦即不是枝枝節節的規仿《周禮》中的各項政制，而是尋求制度背後的原理，再以此原理應用於當代，間接的實現聖人的理想。

這一「道」的具體內容，方苞並未詳細說明，時或以「天理」稱之：「先王制禮，所以宰制萬物，役使群眾者，皆出於天理之自然，而非人力所強設也。」(《方苞集·書禮書序後》，卷 2，頁 40）這就顯現了方苞解經的特色：在經典中尋求那不可變易的理。理非方苞自鑄，而是前有所承：此即程、朱的義理。(《方

苞集·書辨正周官戴記尙書後》，卷 1，頁 34）

然而這些並未能脫離上述困境。方苞所說：「蓋惟公達於人事之始終，故所以教之、養之、任之、治之之道，無不盡也。惟公明於萬物之分數，故所以生之、取之、聚之、散之之道，無不盡也。」(《方苞集·讀周官》，卷 1，頁 16）反而稱頌周公之制，無復探討周公之道。檢閱方苞所著《周官集注》，大致只是簡明訓詁，並沒有道的具體內容，亦即仍不能實踐於當代。[1]

其次，如果道的理想是寄寓於制，那麼制的變異，無異於道的更替，一旦道可以更替，聖人及經典的地位即不復已往。

三、經世致用的呈現—詩以垂戒

在方苞看來《周禮》是周公所作，《詩經》則是孔子所編，《周禮》有上述的理論困難，《詩經》呢？方苞很明確的指出其所著《朱子詩義補正》是承朱子（1130—1200)《詩集傳》而來，是補朱子之缺，正朱子之誤。(〈再與劉拙修書〉、〈答劉拙修書〉，《方苞集》，卷 6，頁 174；《集外文》，卷 5，頁 660）方苞首先即

[1] 四庫提要：「訓詁簡明，持論醇正，於初學頗爲有裨。」見《四庫全書總目·經部·禮類一》(北京：中華書局，1995 年 4 月 6 刷)，卷 19，頁 156。欲了解其《周禮》學，應研讀其《周官析疑》，四庫提要：「體會經文，頗得大義。」見《四庫全書總目·經部·禮類存目》，卷 23，頁 186。

批評毛傳、鄭箋的不可信:「毛序鄭箋必強依於時事,曲附以美刺,皆由不明此義。」(《詩義補正·國風》,卷 1,頁 1)美刺說原本〈詩序〉,其特色是將結合詩歌與西周、春秋時事,並以歷史事件詮解詩義。方苞所說強依、曲附,就是這一解詩進路的流弊。

但是考察〈大序〉殊不如是:「上以風化下,下以風刺上,主文而譎諫,言之者無罪,聞之者足以戒。」(《毛詩正義》,卷一之一,頁 11)鄭玄(127—200)箋:「風化、風刺皆謂譬喻不斥言也。」依鄭意,風化、風刺既是譬喻,理論上應不涉及具體的人事,即使涉及,也僅是譬喻,而與真實無關。〈小序〉則不然,例如〈甘棠〉:「美召伯也。」(《毛詩正義》,卷一之四,頁 54)或如〈雄雉〉:「刺衛宣公也。」(《毛詩正義》,卷二之二,頁 86)類似之例甚多,其共同特徵在於具體指出詩歌所美刺的對象。從譬喻到美刺,正是從虛指到實指的過程,亦即前者是借喻言理,所借之喻真實度並不重要;後者則否,所指涉的對象,必須確有其事。

然而詩歌與事件之間,未必有相互平行的關係,勉強結合二者,就會出現方苞所說之病。其實朱子早已指出這一問題:「〈詩序〉多是後人妄意推想詩人之美刺,非古人之所作也。」(《朱子語類·詩一·綱領》,卷 80,頁 2077)雖然朱子曾云:「大率古人作詩,與今人作詩一般,其間亦自有感物道情,吟詠情性,幾時盡是譏刺他人?」(同上,頁 2076)然而朱子並未完摒棄〈小序〉，甚而採納〈小序〉之說。[2]方苞亦然，其穿鑿附會處有過於〈小序〉者。以〈采綠〉爲例：〈小序〉：「〈采綠〉，刺曠怨也。幽王之時，多怨曠者也。」（《毛詩正義》，卷十五之二，頁 6）若僅探究字義，殊不能見出刺曠怨之意。朱子：「婦人思其君子，…」（《詩集傳》，卷 15，頁 170）去其刺意，而取怨曠意，仍承〈小序〉而有變化。方苞則引李光地（1642—1718）語：「此詩以爲婦人念其君子，則意味甚淺。蓋刺居位而怠其職事者，故言終朝所采無幾，而已託言歸沐矣。」（《詩義補正·采綠》，卷 5，頁 44）[3]詩作只有感物道情，而乏寄託比興、託物言志等，確實意味較淺；但刺居位而怠其職，其實也乏具體證據。[4]

---

[2] 李家樹統計〈國風〉中〈詩序〉與《詩集傳》相同者佔 29.83%，大同小異者佔 38.13%，見〈漢宋詩說異同比較〉，《詩經的歷史公案》（臺北：大安出版社，1990 年 11 月），頁 39—82，引述見頁 77—82。莫礪鋒則作全面比較，指出《詩集傳》與〈小序〉全同計八十二首，與〈小序〉大同小異八十九首，與〈小序〉不同一二六首，見《朱熹文學研究》（南京：南京大學出版社，2000 年 5 月），第五章，〈朱熹的詩經學〉，頁 209—261，引述見頁 216—217。

[3] 〈采綠〉：「終朝采綠，不盈一匊。予髮曲局，薄言歸沐。終朝采藍，不盈一襜。五日爲期，六日不詹。之子于狩，言韔其弓。之子于釣，言綸之繩。其釣維何？維魴及鱮。維魴及鱮，薄言觀者。」

[4] 余培林指出忠臣往往與貞女並稱，所以此詩是臣屬思念其主之詩，見《詩經正詁》（臺北：三民書局，1995 年 10 月），頁 292。此一說法較可信，是因將君臣係比喻爲男女關係，確實是中國詩歌傳統的符碼。

其中爭論是詩歌的美感，是存在於形式結構即可，抑或尚需寄託比興。上引朱子語，似重在前者，方苞引李光地語，似重在後者。詳究其實，朱子也承繼〈小序〉，強調寄託比興，方苞也常指出詩歌美感技巧。這一問題，也將繼續爭論，難有定論。

方苞雖引李光地語釋詩，但其對美刺的評論卻不完全同於李光地：「漢唐諸儒，于變風傅會時代，各有主名，以入于美刺，朱子既明辨之，而世儒猶嘵嘵以至于今。蓋謂一國之詩，數百年之久，所存必政教之尤大者，閭閻叢細之事、男女猥鄙之情，即閒錄以垂戒，不宜其多至于如此。而不知刪詩之指要即於是焉存。」(《詩義補正．邶鄘至曹衛十二變風》，卷 2，頁 1)美刺與垂戒並不是一組平行用語，美刺也可用以垂戒，但垂戒並不一定以美刺出之。其後所說，更可了解這一意義：「而叢細猥鄙之辭，與美刺昭然可為法戒者同收並列，且無一之或遺。蓋民俗之真，國政之變，數百年後廢興存亡昏明之由，皆于是可辨焉。」(同上)方苞雖反對〈小序〉專以美刺解詩，但這一講法，其實仍從〈小序〉而來：孔子編詩，何以留存如此眾多的淫詩？美刺說重在解詩，並未說明這一問題，方苞用垂戒說解決這一難題：變風之詩，是聖人用以垂戒後世，後人藉詩觀世，以為警惕。

這就是方苞《詩經》學的問題。垂戒說既從美刺說變化而來，就不可避免的會承繼〈小序〉。既是如此，垂戒與美刺究竟有何異同？二者在解經方向上其實並無扞格之處[5]，而是在解經的實際技巧上不同。如同前述，美刺難免有比附之譏，垂戒即在極力避免此一狀況。

嚴格而言，方苞並未提出「垂戒」這一概念，以與美刺抗衡，而是強調詩所以垂戒，不應事事比附。垂戒是《詩經》的功能展現，功能的目標其實相當清晰，至於意義即在類型中得知。方苞論〈桑柔〉:「作詩者之于群小，或誦言而使之知；或陰規以求其改；終不能聽，則作歌以誚讓之。正爲庶僚共政，故敢以朋友責善之道相規。」(《詩義補正》，卷 7，頁 10）作者創作，本就在借作品諷諭讀者，此時，詩歌不是作者抒情發意，也不是美感呈現，整個創作過程，有一預設的目的存在，預設作者創作動機，預設限定的讀者，更預設讀者閱讀目標。這是從作者的角度看待《詩經》—讀者所想像的作者。[6]

---

[5] 方苞《詩經》學解經方法，詳可參見筆者:〈方苞詩經學解經方法〉,《第一屆通識教育學術研討會論文集》(新竹：元培科技學院，2001 年 7 月)，頁 161—176。

[6] 這可從「典型作者」與「典型讀者」理解：典型作者對讀者說話，要求讀者與他一致；典型讀者會思考典型作者如何引導讀者。相對於典型作者與典型讀者，則是經驗作者—指真實的作者，與經驗讀者—指每一個閱讀文本的人，見安貝托・艾柯（Umberto Eco）撰，黃寤蘭譯:《悠遊小說林》(臺北：時報文化出版公司，2000 年 11 月)，頁 14，17，24，40。但是艾柯是從作者立場討論，方苞則是從讀者立場逆證作者理應如此。

四、垂戒的類型

（一）以風俗垂戒

方苞論《詩》，最重風俗，尤可從其論〈王風〉得見：「世儒謂讀〈王風〉而知周之不再興，非深于《詩》者之言也。方是時，上之政教雖傎，而下之禮俗未改。其君子抱義而懷仁，其細民畏法而守分。以道興周，蓋視變魯變齊而尤易。」（《詩義補正．王風》，卷 2，頁 15）指出周朝仍有可能復興，且較藉魯、齊興復周文化爲易。其論斷理由是君子抱義懷仁，人民畏法守分；至其如此論斷的證據是：「〈黍離〉、〈兔爰〉憂時閔俗，…〈大車〉檻檻，師都猶能正其治也。〈君子陽陽〉，匿跡下僚而不改其樂也。〈采葛〉憂良臣之見讒。〈邱中〉懼賢者之伏隱。…〈君子于役〉發乎情止乎禮者無論矣。〈葛藟〉悲無兄弟，則宗子收族，大功同財之淳風猶未泯也。」（同上）表列〈小序〉與方苞說之異同如下：[7]

篇名	小序	方苞
黍離	閔宗周也	憂時閔俗
兔爰	閔周也（桓王失信）	憂時閔俗
大車	刺周大夫也	師都能正其治

[7] 此一順序是方苞綜論〈王風〉的順序，《詩經．王風》的順序不如是。

君子陽陽	閔周也	匿跡下僚不改其樂
采葛	懼讒也	憂良臣見讒
邱中有麻	思賢也（莊王不明）	懼賢者伏隱
君子于役	刺平王也	發乎情止乎禮
葛藟	王族刺平王也	悲無兄弟

〈黍離〉、〈采葛〉與〈小序〉全同；〈兔爰〉、〈邱中有麻〉與〈小序〉略同；〈大車〉、〈君子陽陽〉、〈君子于役〉、〈葛藟〉則與〈小序〉差異頗大。這可說明方苞雖批評〈小序〉穿鑿附會，但在一定程度上仍須依靠〈小序〉解《詩》；其次，方苞在分析〈王風〉詩篇，儘量避免指實，或曰實指，亦即詩作不是在美或刺某人某事。導向比較廣泛的論述，這可稱爲指虛，或曰虛指。

最可爲代表者爲〈兔爰〉：「國是既非，至于君邪項領，方正戮沒，則百度皆亂。可憂之端，不一而足，所見之象，無非不祥，故曰『逢此百罹』、『逢此百凶』。而致此皆由上有昏德，故曰『尙寐無吪』、『尙寐無覺』、『尙寐無聰』。…世治則清靜寧一，各安其業，若無事者，故曰『尙無爲也』；國將亡必多制，時平則無所創作，故曰『尙無造也』；世未極亂，則亂政猶未敢亟用，故曰『尙無庸也』。」（《詩義補正・兔爰》，卷 2，頁17—18）[8]通論一個時代治亂的外在展現，至於這一時

8 〈兔爰〉：「有兔爰爰，雉離于羅。我生之初，尙無爲；我生之

代，方苞並未確指。

至其觀察〈魏風〉則可更確美刺與垂戒的異同：「觀首二篇則知公室宗族褊急而無禮，觀末二篇則知卿尹有司貪暴而不仁。」(《詩義補正．魏風》，卷 3，頁 7)[9]〈魏風〉首二篇爲〈葛屨〉、〈汾沮洳〉，〈小序〉指出詩旨分別爲：「刺褊也」、「刺儉也」。末二篇爲〈伐檀〉、〈碩鼠〉，〈小序〉指出詩旨分別爲：「刺貪也」、「刺重斂也」。方苞顯然採取〈小序〉之說，似與〈小序〉無異，而細析〈小序〉所說，固重在刺，但並無確指

後，逢此百罹。尙寐無吪？有兔爰爰，雉離于罦。我生之初，尙無造；我生之後，逢此百憂。尙寐無覺？有兔爰爰，雉離于罿。我生之初，尙無庸；我生之後，逢此百凶。尙寐無聰？」

[9] 〈葛屨〉：「糾糾葛屨，可以履霜。摻摻女手，可以縫裳。要之襋之，好人服之。好人提提，宛然左辟，佩其象揥。維是褊心，是以維刺。」〈汾沮洳〉：「彼汾沮洳，言采其莫。彼其之子，美無度；美無度，殊異乎公路。彼汾一方，言采其桑。彼其之子，美如英；美如英，殊異乎公行。彼汾一曲，言采其藚。彼其之子，美如玉；美如玉，殊異乎公族。」〈伐檀〉：「坎坎伐檀兮，寘之河之干兮，河水清且漣猗。不稼不穡，胡取禾三百廛兮？不狩不獵，胡瞻爾庭有縣貆兮？彼君子兮，不素餐兮。坎坎伐輻兮，寘之河之側兮，河水清且直猗。不稼不穡，胡取禾三百億兮？不狩不獵，胡瞻爾庭有縣特兮？彼君子兮，不素食兮。坎坎伐輪兮，寘之河之漘兮，河水清且淪猗。不稼不穡，胡取禾三百囷兮？不狩不獵，胡瞻爾庭有縣鶉兮？彼君子兮，不素飧兮。」〈碩鼠〉：「碩鼠碩鼠，無食我黍！三歲貫女，莫我肯顧。逝將去女，適彼樂土。樂土樂土，爰得我所。碩鼠碩鼠，無食我麥！三歲貫女，莫我肯德。逝將去女，適彼樂國。樂國樂國，爰得我直。碩鼠碩鼠，無食我苗！三歲貫女，莫我肯勞。逝將去女，適彼樂郊。樂郊樂郊，誰之永號？」。

的人物。

方苞論析詩旨，略有兩種狀況：一是承認〈小序〉，一是別出己見。方苞如果承認〈小序〉，會在分析詩旨時或默示或明示，指出〈小序〉可信，前者是敘述詩旨時近似甚或全同〈小序〉，後者則明白說明〈小序〉可信。在採取〈小序〉之說時，最大的共同點，即是泛論某一情境，而不是具體指斥某人某事。

方苞所關心的是文學作品中所含藏的文化問題，即文學是文化的展現。方苞認為周道可以復興，正從〈王風〉中得見：「十篇之中，淫志溺志、敖辟煩促之音，無一有焉。」關鍵在於：「蓋自周公師保萬民，君陳、畢公繼治于伊洛，自上以下，莫不漸于教澤，愜于德心，而知禮義之大閑，故降至春秋，篡弒攘奪，接跡于諸夏之邦，而王室則無之，以眾心之不可搖奪也。」(《詩義補正．王風》，卷 2，頁 15—16）作品不是一孤立的文本，而是風俗的綜合呈現，又須從歷史發展觀察此一呈現的意義。方苞少談詩歌的形式技巧，其故可從此理解。

以方苞論〈秦風〉為例，就可見出此一意義的具體指向：「秦則以媚子從狩，輶車載獫，其不貴禮義而尚武健，不任仕人而親群小，自立國之始而已然矣。及其亡也，釁卒起于游獵，而禍成于奄尹佞幸。孔子編〈秦風〉，不首〈小戎〉、〈蒹葭〉，而首〈車鄰〉、〈駟驖〉，所以志其本俗為後鑒也。」(《詩義補正．秦風》，卷 3，頁 11）[10]〈車鄰〉、〈駟驖〉，〈小序〉指出詩旨分別是：「美秦仲也」、「美秦襄公」。方苞不從美刺立論，而從風俗分析秦所以敗亡之故。「志其本俗以爲後鑒」，正說明「文學—風俗—鑒戒」的這一結構。文學作品的內容主要是文化（風俗），文化（風俗）又可作爲後世規範或殷鑒—規範可供後人學習，殷鑒則足爲後人戒惕。

最終導向讀者觀風以知得失：「觀車馬之殷盛，則井旬之蓄實可知矣；觀軍帥之謀武，則宅俊之得人可知矣；觀眾志之向方，則政教之素洽可知矣；觀庶邦之時會，則德威之遠孚可知矣。」(《詩義補正・車攻》，卷 5，頁 3）[11]事實上〈車攻〉並無如此繁複之意，而是方苞綜合〈六月〉、〈采芑〉、〈車攻〉、〈吉日〉、〈常武〉等詩論述，〈小序〉指出諸詩在美周宣王，方苞也承認〈小序〉所說，卻更重視：「未有內政不修而

---

[10] 〈車鄰〉：「有車鄰鄰，有馬白顛。未見君子，寺人之令。阪有漆，隰有栗。既見君子，並坐鼓瑟。今者不樂，逝者其耋。阪有桑，隰有楊。既見君子，並坐鼓簧。今者不樂，逝者其亡。」〈駟驖〉：「駟驖孔阜，六轡在手。公之媚子，從公于狩。奉時辰牡，辰牡孔碩。公曰左之，舍拔則獲。遊于北園，四馬既閑。輶車鸞鑣，載獫歇驕。」

[11] 〈車攻〉：「我車既攻，我馬既同。四牡龐龐，駕言徂東。田車既好，四牡孔阜。東有甫草，駕言行狩。之子于苗，選徒囂囂。建旐設旄，薄狩于敖。駕彼四牡，四牡奕奕。赤芾金舄，會同有繹。決拾既次，弓矢既調。射夫既同，助我舉柴。四黃既駕，兩驂不猗。不失其馳，舍矢如破。蕭蕭馬鳴，悠悠旆旌。徒御不驚，大庖不盈。之子于征，有聞無聲，允矣君子，展也大成。」

外威能振者。」(同上)「讀詩」變爲「觀風」，讀詩，其實有一特殊目的。

(二)以歷史垂戒

觀風論俗，須在具體事件中實踐，才能見出其文化意涵，也才有鑑戒的功能。此一具體觀察的場域，即是歷史。方苞云:「稽之春秋，中原建國，兵禍結連，莫劇于陳、鄭，衛次之，宋又次之，而淫詩惟三國爲多。以此知天惡淫人，不惟其君以此敗國亡身殄嗣，其民夫婦男女亦死亡危急，焦然無寧歲也。」(《詩義補正·邶鄘至曹檜十二變風》，卷2，頁2)推論敗國亡身的原因是淫風盛行，而淫風盛行，則是從詩歌中察知。詩歌雖未必反映現實，然而卻可呈顯文化或風俗趨向，再從此趨向觀察社會群體有否意義的追尋，從而判斷未來的發展，或逕曰興衰。

而其結論是:「總而計之，邶、鄘無徵，魏、檜早滅，衛、鄭以下七國之亡，並于所存之詩見之。非聖人知周萬物，而百世莫之能違，其孰能與于此。」(同上)聖人編詩，就在觀興衰而鑑百世。詩歌或文學作品，與其說是個人抒情發意，毋寧說更具有社會意涵，承載了整個群體選擇。此一選擇與群體中的每一個體有關，所以方苞才說夫婦男女也因此而歲無寧日—這是行爲的結果，而非無辜受殃。

方苞所以認爲衛、鄭之詩爲淫，大致上是接受朱子的見解。這可從其《詩義補正》作一逆向推論得知:方苞雖大力批評衛、鄭之詩，但《詩義補正》含邶、鄘在內，直指某詩爲國君淫佚惑於美色者極少，而《詩集傳》則皆具體指出。

方苞的基本觀念是：「莊姜賢者，不獨以失愛自傷也。內寵蔑正，嬖子配嫡，亂本成矣。」（《詩義補正·日月》卷 2，頁 5）[12]〈小序〉：「衛莊姜傷己也。遭州吁之難，傷己不見答于先君，以至困窮之詩也。」朱子承之：「莊姜不見答於莊公，故呼日月而訴之。」（《詩集傳》，卷 2，頁 17）衛莊公最初娶於齊莊姜，並無子嗣；再娶陳厲嬀，生孝伯，但不幸早死；厲嬀之娣戴嬀生桓公，莊姜愛之以爲己子。至於州吁則爲莊公所寵幸嬖人之子，莊公甚爲寵愛，且使其指揮軍隊，莊姜極爲厭惡。其後州吁果然弒桓公自立。（見《左傳·隱公三年》）莊姜不見答於莊公，不載於《左傳》、《史記》等典籍，推測大概是莊姜既厭惡州吁，曾向莊公勸諫，但莊公不聽，是以〈小序〉有此說—在《左傳》中是石碏力勸莊公，但莊公弗聽。

當一旦以歷史爲場域，傳統美刺說的具體指向，立即出現。〈小序〉如影隨形，難以擺脫。即使方苞清楚的自覺〈小序〉所說未必確當，在解詩時仍會採用。其次，方苞所謂「亂本成矣」之本，固可解釋爲原因，但與其理學立場合觀，則有特殊的思想意義。

---

12 〈日月〉：「日居月諸，照臨下土。乃如之人兮，逝不古處。胡能有定，寧不我顧。日居月諸，下土是冒。乃如之人兮，逝不相好。胡能有定，寧不我報。日居月諸，出自東方。乃如之人兮，德音無良。胡能有定，俾也可忘。日居月諸，東方自出。父兮母兮，畜我不卒。胡能有定，報我不述。」

（三）以義理垂戒

此即逐漸導向個人行爲與意志：「人君之於賢者，求其善言，則如不得聞；師其德行，則如將不及。然後奉之以幣帛，將之以酒醴，始足以燕樂賢者之心。若駕馭以權術，縻縶以爵祿，言不敢盡其誠，道有所屈於己，庸鄙之夫，或奔走焉，豈足以盡賢者之心而盡其力哉。」（《詩義補正．鹿鳴》，卷 4，頁 1）[13]君臣之間，若有相得，不是藉權位，而是以禮樂，以禮樂引發內心的情志，作爲人與人之間的基本存在關係。

何止如此，整個政治架社會構基本上也此爲核心。所以方苞又云：「凡出言之無章，令聞之不宣，威儀之不類者，周旋於琴瑟笙簧、筐篚樽俎之間，必有愧怍而不安者矣。故必平時不愆於德義，然後臨事能盡志禮樂，此先王之以善養人而德威惟畏者也。」（同上）在日常生活中建立禮樂儀式，這一儀式導向超越現實的意義，從而規範我們的行爲。

超越的根據，不是一般的天命，方苞甚而反對天命之說：「繼世之君，所以恣睢于民上者，往往以祖德爲可恃，天命可爲常。」（《詩義補正．文王》，卷 6，

---

[13] 〈鹿鳴〉：「呦呦鹿鳴，食野之苹。我有嘉賓，鼓瑟吹笙。吹笙鼓簧，承筐是將。人之好我，示我周行。呦呦鹿鳴，食野之蒿。我有嘉賓，德音孔昭。視民不恌，君子是則是傚。我有旨酒，嘉賓式燕以敖。呦呦鹿鳴，食野之芩。我有嘉賓，鼓瑟鼓琴。鼓瑟鼓琴，和樂且湛。我有旨酒，以燕嘉賓之心。」

頁 3）這自非方苞創見，〈文王〉本身即有「天命靡常」之語，方苞更明白說出：「天位非一姓所私，必能輯和神人，乃可信其為天下君。」（《詩義補正・時邁》，卷 8，頁 9）[14]如此，所恃者惟有一已：「人心肆則物欲交，而本體之明息。文王惟敬，故能不息其明。」（同上）方苞本身就是程朱學派的信仰者，所以「本體之明」、「敬」等概念，並未具體分析。這些概念，應是直接承自理學而來，承自朱子而來。方苞雖反對天命，卻強調天理，認為天理即人心，因此天心與人事可以感通。（《詩義補正・板》，卷 6，頁 28）讀者閱讀詩歌，即可感受人事，進而察知天理之所在，方苞並不是建立宇宙論，而是建立文學閱讀的超越根據。

其所說聖賢論，即與此有關：「惟所稟之氣，純一而不雜，乃能生聖賢。周公推原文王之生，實由大任、王季維德之行，是謂明於天地之性，可為凡為夫婦者之法戒。」（《詩義補正・文王》，卷 6，頁 4）[15]天地之氣—聖人—讀者法戒，又構成《詩經》另一垂戒系統。

---

[14] 〈時邁〉：「時邁其邦，昊天其子之，實右序有周。薄言震之，莫不振疊。懷柔百神，及河喬嶽。允王維后。明昭有周，式序在位。載戢干戈，載櫜弓矢。我求懿德，肆于時夏，允王保之。」

[15] 朱子嘗云：「詩者人心之感物，而形於言之餘也，心之所感有邪正，故言之所行有是非。惟聖人在上，則其所感者無不正，而其言皆足以為教。」見《詩集傳・序》（臺北：蘭臺書局，1979 年 1 月）。聖人所感無不正，朱子在此並未說明理由，方苞則說聖人所稟，純一不雜。由此可進一步推論聖人所感無不正的論據。

由聖賢論再論及聖賢之學：「思天命之不易，畏其陟降日監，而每事自省察，所以檢身愈嚴密矣。非徒保身之爲貴，而明其身之爲貴，此所以爲聖賢之學也。」(《詩義補正．訪洛》，卷 8，頁 18）[16]詩中「保明其身」句，意爲保佑顯揚其身，方苞卻分成「保身」、「明身」二層析述，尤其是「明身」，若與上述「本體之息明」並列，意指回復人最原初清明的本性，顯然有深刻的哲學意義。

回復人的原初本性，此一「人」即指讀者本身：「然德之謹持於己者，莫要于『慎獨』。」(《詩義補正．抑》，卷 7，頁 4）讀詩而及式法聖人，修養己德，這是方苞《詩經》學最大特色。但是方苞又說：「不能慎獨，則德皆虛。然能慎獨，而知識或有所蔽，氣質或有所偏，非取諸人以自鏡，德無由進也。」(同上，頁 6）既是取諸人以自鏡，於是又回到風俗觀察、歷史考索，以反省偏蔽。

五、結語

綜合方苞所論，涉及文學與社會、文學與歷史、文學與義理等問題，文化關懷超越文學關懷。文學可見出社會風俗，文學可見出歷史變遷，文學可作爲修

16 〈訪洛〉：「訪予洛止，率時昭考。於乎悠哉！朕未有艾，將予就之，繼猶判渙。維予小子，未堪家多難。紹庭上下，陟降厥家。休矣皇考，以保明其身。」

身根據。俱將之視爲理所當然，而缺乏第二義的討論。而且方苞是從閱讀的角度來說明這些問題，所闡述者著重編詩者（聖人）之意，作者之意或作品之意，較不在考慮之列，文化關懷超越文學關懷。

參考書目

（唐）孔穎達：《毛詩正義》，影印十三經注疏本，臺北：藝文印書館，1985 年 12 月

（宋）朱熹：《詩集傳》（附斠補） 臺北　蘭臺書局　1979 年 1 月

（清）方苞：《朱子詩義補正》，影印乾隆三十二年刻本，續修四庫全書經部詩類第六十二冊，上海：上海古籍出版社　1995 年 3 月

屈萬里先生：《詩經釋義》，臺北：中國文化大學出版部，1980 年 9 月

余培林：《詩經正詁》，臺北：三民書局，1995 年 10 月

李家樹：《詩經的歷史公案》，臺北：大安出版社，1990 年 11 月

（宋）黎靖德編：《朱子語類》（第六冊），臺北：文津出版社，1986 年 12 月

（清）方苞撰、劉季點校：《方苞集》，上海：上海古籍出版社，1983 年 5 月

莫礪鋒：《朱熹文學研究》，南京：南京大學出版社，2000 年 5 月

赫施（E.D.Hirsch）撰、王才勇譯：《解釋的有效性》北京：三聯書店，1991 年 12 月

論隱喻 特倫斯·霍克斯撰 高丙中譯 北京 昆侖出版社 1992 年 2 月

悠遊小說林 安貝托·艾柯（Umberto Ecu）撰 黃寤蘭譯 臺北 時報文化出版公司 2000 年 11 月

赫施（E.D.Hirsch）著，王才勇譯：《解釋的有效性》，
北京：三聯書店，1991年12月。
[illegible]，北京：民族出版
社，1992年2月。
[illegible]（Umberto Eco）等著，
[illegible]，臺北：時報文化出版公司，2000年11月。

荀子審美觀點試析

賴欣陽

摘要：

荀子的審美觀念其理論基礎異於以孔、孟為主流儒家的心性論，也不同於以老、莊為主流道家所主張的虛靈境界說。針對審美主體，荀子強調其客觀上的感受能力與認知能力，這也異於孔、孟所強調的道德感性與實踐力。

關鍵字：荀子、審美理論、審美主體

一、緒論

近代研究戰國時代思想的學者，大多以爲荀子所提出的學說、理論是在他所處的歷史情境底下，針對周朝的典章制度所做的一連串反省和思考。若以此說衡之，則戰國諸子，甚至時代稍前約百餘年的孔子，以及被孔子讚歎如神龍般的老子，或稍後於孔子的墨子，他們著書、立說、講學，其學術背景莫不如此。若只把《荀子》書中的論題放在對治周文疲弊的學術背景上來析述，就不太容易在論述主題上表現出它相較於其他諸家論說的獨特性。

更何況就算戰國諸子所面對的共同問題是「周文

疲弊」[1]，就「周文疲弊」這一事實而言，它連帶的問題及其發生的原因，包括了許多面向與層次，就這些面向與層次而言，諸子百家所認取者未必盡皆相同。而且即使是同一方面，相同層次的問題，由於思考方式的不同，各人感受的差異，表現在理論或學說上的觀點，也自然呈現著不同的形態。

荀子乃是處於戰國末年的思想家，他所面臨的歷史情境不只是舊制度的崩解而已。此刻秦國的勢力和野心已大到足以一統中國的地步了[2]，他面臨的基本上是一個新時代、新秩序即將來臨的壓力。因此吾人便可了解荀子所論，特重「治國」這個主題的原因。在目前所見的三十二篇論述中，關於「治國」者佔了十一篇之多，超過了三分之一的篇幅。即使是這十一篇還只是直接提及而加以討論者，尚有一些零星的論點，散見於其他各篇。就連〈天論〉、〈禮論〉、〈樂論〉中的篇章，也難免牽涉到「治國」。這些關於「治國」的論述表明了荀子對一個即將來臨的新時代所進行的思考與因應之跡，然而它們會對新時代發生如何的影響，則非荀子生前所能逆料。

至於其餘篇章段落的內容，可大概分爲敘述孔門行誼，推衍修身之道，駁斥諸子之說。他陳說的方式大抵上是就某一道理加以反覆思辨和推衍論述，在此

[1] 請參考牟宗三先生《中國哲學十九講》

[2] 秦國的逐步壯大，實始自秦孝公時商鞅變法。而經過五代的經營，猶賴秦昭襄王及魏冉之謀，遂漸成統一中國之勢。然白起與范雎將相不和，遂使統一之途多舛，失去不少機會。

過程中，儘量博采眾例，以成其說。

從以上的說明看來，「美學」並不是荀子所探究的主要論題，而研究者要從荀子的學說中找到直接討論「美學」問題的篇章或段落來加以分析，幾乎是不可能的事。但是，如果就這樣直截斷定荀子的論述中不存在「美學」的成分，也不盡然，且會因此忽略了一個觀察中國審美觀念發展的角度。

因此與其討論與爭辨荀子學說中有沒有「美學」，倒不如從荀子所遺留後世之主要著作——《荀子》——中發現他學說的基本精神以及他在論述治國、修身之時，可能連帶著透露出對美的看法，進一步試著由這些看法來架構其美學觀念。

但若欲以現代美學觀念加諸於荀子學說來申論、證明荀子之美學，此乃藉著荀子的語言敷飾自己的美學觀點的作法，是以荀子之言爲自身立說之注腳，並無助於對荀子學說的精神內涵作進一步的探索，所得結果亦對讀者在理解及消化荀子學說的方面無所助益。因此本文將以《荀子》一書爲基礎，來探討並鉤勒其「審美觀念」，初不以所謂「美學」強命其說，以免一開始便糾葛於「美學」的定義、成見、判準之中，而無法針對荀子的審美論述進行有效的析論。首先便就荀子對於「何者爲美」的體認來分析。

二、荀子對審美客體的體認

「美」做爲一個概念，它固然可以被人拿來討論、分析與運用，但就此概念的內容及其特質而言，它是基於人類的感性所發展出來的，所以探討荀子的審美觀念，先就「荀子認爲怎樣的事物能呈現美？」來觀察、比較，才不至於限入純理的陳述與概念的分析，而能回到感受的原初點來體會荀子的美感內容。荀子對「美」的看法，基本上可分兩個方面來說。而此二方面都是針對審美客體（或審美對象）本身的特質而言。其一，由審美客體的物理性質直接作用於主體感官，令主體感官產生愉悅的感受。其二、審美客體自身結構中所發揮的功能使主體產生美感，這不純限於感官層面。以下將就此二方面加以分析。

（一）從審美客體的物理性質直接作用於主體感官來看「美」，可分別從以下二點敘述中見之

1.從人體形相來認辨美

在《荀子》中，關於人體形相美大多表現爲批判與斥責的態度，然而他並不完全否定人體形相美及來自感官層面的愉悅[3]。例如：

---

[3] 這樣的論述形態與荀子的人性論有關。荀子在分析人性時比較

「古者桀紂長巨姣美，天下之傑也。筋力越勁，百人之敵也。」(非相篇)

此言桀紂形貌之美，其主旨雖在於駁斥以相貌之美醜來論定人心善惡之觀念，以及論定人生遭遇之順逆不全繫乎其形貌之美醜。但是，由此可知荀子在此層次上是將「美」與「善」分開的，而他肯認了由人的形軀能表現出「美」。若就美學上所分類的範疇而言，以上的例子可歸諸「崇高」(sublime)，若依姚一葦先生的看法，它可歸屬「外形的有力」[4]這類。然而荀子也討論到只重視此形軀之美所導致之後果或影響，而且大加撻伐。但此乃是從道德上或政治上的理由來加以批判，並不純屬美學上的判斷。而吾人也可知荀子顯然以道德判斷爲較高的價值依歸，並不立足於美感判斷之上來論述存在價值。

在〈非相篇〉中又舉陳：

著重在現實層面，就一般人會有的感受、行爲、思考等等來立說。所以〈性惡篇〉提到人性：「生而有好利焉」、「生而有疾惡焉」、「生而有耳目之欲，有好聲色焉」，這些都是荀子覺得人會自然產生的反應，所以要靠「師法之化」、「禮義之道」來加以矯正琢磨。因此荀子對於來自人體感官上的愉悅，並不完全加以否定，也不主張放任其自由發展。這與孟子只願承認人類生命中的道德成份爲現實的論述型態有所區別。

[4] 見《美的範疇論》(姚一葦著，台灣開明書店，民國七十八年五月四版。)頁八十七。

「今世俗之亂君，鄉曲之儇子，莫不美麗姚冶，奇衣婦飾，血氣態度，擬於女子。婦人莫不願得以為夫， 處女莫不願得以為士。」

雖然後面說到這樣的下場乃是「束乎有司而戮乎大市，莫不呼天啼哭，苦傷其今而後悔其始。」但荀子仍是從視覺感官上承認一般人對「美」的選擇及判斷，只這在美學範疇分類中可歸諸爲「秀美」(grace)[5]。只是他鄙視之，認爲他們只看表面，沒有眼光。可是畢竟也以「秀美」是大部分人所能接受甚至追求的的目標爲基礎來立論。這樣的立論方式也出現在〈正論篇〉中回應宋子時用來做說明或論辯上的比喻中[6]：

「『然則亦以人之情為欲，目不欲綦色，耳不欲綦聲，口不欲綦味，鼻不欲綦臭，形不欲綦欲佚。此五綦者，亦以人之情為不欲乎？』曰：『人之情欲是已。』曰：『若是，則說必不行矣。以人之情為欲，此五綦者而不欲多，譬之是猶以之情為欲富貴而不欲貨也，好美而惡西施也……』」

---

[5] 同上，頁十三至十五。

[6] 楊倞注文以宋子爲宋國人，名鈃，與孟子同時。據《莊子·天下篇》所述，則宋鈃、尹文同爲墨家思想影響下的人物。此處荀子是針對宋子所主張的「人不應該爲自己貪圖太多」提出檢討，認爲如此一來有悖於人情而使賞罰不得人情，適足以使天下國家大亂。

他認爲喜好美色的人會討厭西施是一種矛盾，這也就是肯定了西施的美色。而古人對女子的美色多落在形軀與神態等兩個方面來判斷。再結合上述所舉之例，可以說，就形軀美而言，荀子是由一般人共同的感覺知覺層面來論述的，雖然荀子在分析徒重形貌的結果時往往是負面的，但他並不完全否定或禁止人享受來自感官上的愉悅，甚至偶爾把它當做一種誘人爲善的手段。

2.以飲食、衣著及居所的講究爲美

基本上，飲食、衣著及居所的講究與人的欲望相連結，荀子既然肯定人類的欲望有其特殊性質和基本傾向，自不能否定由此特色與傾向所直接引起，令感官愉悅的反應。他在〈王霸篇〉即正面論述了這方面的看法：

> 「夫人之情，目欲綦色，耳欲綦聲，口欲綦味，鼻欲綦臭，心欲綦佚，此五綦者，人情之所必不免也。」

楊倞注云：「綦，極也。『綦』或爲『甚』，傳寫誤耳。」若依楊倞注文來解讀，則此段可說從「目」、「耳」、「口」、「鼻」、「心」等來論人類感覺之自然傾向性，而且將此傾向推至極致。認爲人之所好，必極力發展以滿足之。

同篇中亦提及：

> 「故人之情，口好味而臭味莫美焉，耳好聲而聲樂莫大焉，目好色而文章致繁焉，婦女莫眾焉，形體好佚而安重閒聽莫愉焉，心好利而穀祿莫厚焉，合天下之所同願，兼而有之，睪牟天下而制之，若制子孫：人之不狂惑贛陋者，其誰能睹是而不樂也。」

荀子在承認了人感官趨向的追求並指出其存在的特殊性質之後，他採取的是「養」與「節」並用，以免發生反面效果的手段。如〈禮論〉中云：

> 「故禮者，養也。芻豢稻粱，五味調香，所以養口也。椒蘭芬苾，所以養鼻也。雕琢刻鏤、黼黻文章，所以養目也。鍾鼓管磬，琴瑟竽笙，所以養耳也。疏房檖貌越席，床第几筵，所以養體也。故禮者，養也。」

可見荀子對此由感官慾望連帶而出的性質和趨向並不採取排斥之態度，只是要求人類應該考量客觀現實與主體情境適時加以調節，不要竭心乏身與窮盡物力。

但是荀子所認定的價值標準，並不全然繫屬於此。縱然他承認人的「目欲綦色、耳欲綦聲、口欲綦味、鼻欲綦臭、心欲綦佚」，然而這是用來指那些只知順著自己的感官知覺發展而不去加以反省的人，荀子並且認爲世間上一般人大多如此。在這個層面上，他一方面不全加以否定，甚至以之爲說服他人的依據(當然可知在這個層次能被說服的也是一般人)，但也時時強調一些窮極耳目聲色的害處。在〈王霸篇〉中即云：

「大國之主也，而好見小利，是傷國。其於聲色、臺榭、園囿也，愈厭而好新，是傷國。」

荀子重視人文，而國家爲人文成就物之一。因此，傷國之事，在荀子看來是具有貶義的。可見荀子並不將價值標準放在感官享受的極致上。試看他在〈非相篇〉中說道：

「凡人莫不好言其所善，而君子為甚。故贈人以言，重於金石珠玉，觀人以言，美於黼黻文章，聽人以言，樂於鍾鼓琴瑟。故君子之於言無厭，鄙夫反是。好其實不恤其文，是以終身不免埤汙傭俗。」

可見「金石珠玉」「黼黻文章」、「鍾鼓琴瑟」等，由外在事物的形式所引起的感性官能之美，並非荀子認定之價值所在。以此段論述而言，荀子認爲存在於世上的事物，有比「金石珠玉」、「黼黻文章」、「鍾鼓琴瑟」更重要、更美、更樂之事物，那就是「言說」。所以荀子才會認爲不管是主動的「贈人以言」或是被動的「聽人以言」，都比上述三者更爲珍貴。（當然這言說乃是關乎道德內容的，而非無謂的或渲染感官的言語。）此處雖因價值取向不同而以人生哲學（若以荀子的基本理論來解釋，可以說是傾向強調人文化成的作用。荀子亦習慣將人性論放在這樣的背景下來陳述。）來詮釋美感判斷，但是可以明白荀子對美的認取不止於骨體膚理的感受性認知，簡單地說，在此他是結合「善」來論斷「美」的。

（二）就審美客體自身結構所能發揮的功能來體認「美」

荀子既不將價值標準定位於骨體膚理的感受，為什麼又肯認骨體膚理的感受所引起的美感呢？此問題牽涉到荀子對審美主體的看法，為免使本節離題，待下節對審美主體進行析述後再進行討論。此處僅從客體部分——即審美對象——來看荀子所認為的「美」。

既然直接作用於肉體感官的審美對象所引發之「美感」並非荀子所認同的價值，則理論上會產生兩個問題：一、荀子所認可的價值是屬於那一方面的？二、這種價值能不能試著用「美」來加以概括、詮釋？

基本上，可以斷定荀子認可的價值標準是道德取向的。在〈勸學〉、〈性惡〉等篇中論及人的學習和修養；〈禮論〉、〈王霸〉等篇中論及國家的治理以及典章制度的設定等方面。在這些內容中，在在透顯他出以道德標準為價值判斷依據。雖然他比起孟子來更注重制度方面的施行與作用，但二者皆以「道德」作為價值判斷的傾向則是明顯的。所以可說孟子、荀子是同一個方向分出來的兩條路。以道德取向形成的價值標準，在倫理學中常被提及，因此分析他所提出的問題和解決的方式從倫理學入手最易取得相應的成果。

但涉及美感的範疇就不盡然完全由道德取向所

形成的價值標準來判斷。由前段所舉之例，已經說明了荀子由審美客體的質地直接作用於感官所引發之感受來看美，可見純粹就道德的標準來解釋荀子的審美觀畢竟仍有不足之處，因爲荀子不只由道德的標準上來看待、評價客觀存在的事物。他除了注意到事物的特性對人類感官的影響外，更強調事物本身的條理展示出來的結構對人類的影響，而對於前者，荀子常以道德判斷或政治教化來加以超拔提昇；至於後者，荀子便將之納入人文化成的作用中來加以消融。所以就前者而言，荀子的觀念中會出現「美」、「善」對立而必須進行決擇；而對後者而言，則荀子將「美」與「善」合而爲一，可以說將「美」收攝入「善」中。

姑且不論他常常提到的「文繡黼黻」等表現出欣賞事物之條紋理路的觀念，即就人本身所具有的合乎他理想的行爲，國家之禮樂典章制度等方面而言，他也在字裡行間有表露，請見〈非十二子篇〉：

> 「士君子之容，其冠進，其衣逢，其容良。儼然壯然，祺然蕼然。恢恢然、廣廣然、昭昭然、蕩蕩然，是父兄之容也。其冠進，其衣逢，其容愨。儉然恀然，輔然端然，訾然洞然，綴綴然，瞀瞀然，是子弟之容也。」

此言士君子表現出來的氣度和行爲，可以看出是在一種很有秩序，很有規範的教養下的才能培養出來的。而這也是爲荀子所認同、所欣賞的一種行爲上的美感。

而禮制方面，他在〈禮論篇〉中交待：

「君子既得其養，又好其別，曷謂別？曰：『貴賤有等，長幼有差。貧富輕重，皆有稱者也。』故天子大路越席，所以養體也。側載睪芷，所以養鼻也。前有錯衡，所以養目也。和鸞之聲，步中武象，趨中韶護，所以養耳也。龍旗九斿，所以養信也，寢兕持虎，蛟韅絲末彌龍，所以養威也。故大路之馬必倍至，教順然後乘之，所以養安也。」

以上自功用的角度說明天子的各種儀制和設備，都呈現出秩序井然的狀態。荀子把這種來自客體的條理結構所突顯的秩序性稱之為「文」。而他是肯定「文」的，所以重視表現人文的禮制。他在〈非相篇〉中說：

「……故人道莫不有辨，辨莫大於分，分莫大於禮，禮莫大於聖王，聖王有百，吾熟法焉？故曰：文久而息，節族久而絕。守法數之有司，極禮而褫。故曰：欲觀聖王之跡，則於其粲然者矣，後王是也」

此處的「文」，既就禮文上講，乃是指儀式制度而言。故合於「文」之事物，乃具備荀子所認同肯定之美。在這裡荀子認為禮儀制度會隨著年代的久遠而廢止，所以不用泥於往古，而過去聖王的精神，就明白地體現在後王所建立的制度之中。這裏的「後王」，劉台拱認為是周文王與周武王。可以看出荀子極度傾慕周代的禮文結構，視之為一種美的呈現。這大概是周代禮文中特殊的秩序性吸引了他的審美眼光吧。荀子曾不只一次讚歎周代的禮文結構，他在〈禮論〉篇中更實際地描述鄉飲酒禮[7]的過程，並不由自主地發出歎賞之聲。

> 吾觀於鄉而知王道之易易也。主人親速賓及介，而眾賓皆從之。至於門外，主人拜賓及介，而眾賓皆入。貴賤之義別矣。三揖至於階，三讓以賓升，拜至，獻酬，辭讓之節繁，及介省矣。至於眾賓，升受，坐祭，立飲，不酢而降，隆殺之義辨矣。工入，升歌三終，主人獻之；笙入三終，主人獻之；間歌三終，合樂三終，工告樂備，遂出。

這裏「賓」是主客，「介」是陪同者。其餘的陪同者叫「眾賓」。可以看得

出來，這個禮是爲了迎「賓」，所以對於主客要三揖三讓，拜迎敬酒，非常地周到。對介及眾賓就沒那麼繁複的儀節了。這是從儀式上的不同來突顯客人在宴會中的主從地位。接著歌曲演奏與獻酒的過程也有其定式。奏了二次樂，獻了二次酒之後，再由唱者與吹笙者分別表演，分別表演之後再一起合演。迎接賓客的禮儀到這兒算是完成了。

---

[7] 這是周時的禮儀。根據賈公彥的疏文引鄭玄的解釋：「諸侯之鄉（疑爲卿字，涉形而誤）大夫三年大比。獻賢者、能者於其君以禮賓之，與之飲酒。於五禮屬嘉禮。」可見這是諸侯們爲了招待大夫們所推薦的人才所舉行的禮儀。

> 二人揚觶，乃立司正。焉知其能和樂而不流也。賓酬主人，主人酬介，介酬眾賓。少長以齒，終於沃洗者。焉知其能弟長而無遺也。降，說屨升坐，脩爵無數。飲酒之節，朝不廢朝，莫不廢夕。賓出，主人拜送，節文終遂。焉知其能安燕而不亂也。

接著主人的的代表向客人們敬酒。然後賓向主人敬酒，主人向主要的陪客敬酒，而主要的陪同者向次要的陪同者敬酒。各依年齡先後排列，最後是洗酒器的人。根據荀子的描述，從禮儀中可以看出節度，也可以看長幼的順序，而最後自由敬酒的時間喝酒也有節制。這種和樂、有秩序、能節制的情境不禁讓荀子發出讚歎。而加以評論道：

> 「貴賤明，隆殺辨，和樂而不流，弟長而無遺，安燕而不亂。此五行者，足以正身安國矣。彼國安而天下安。」

因此以禮樂為主的「周文」，在荀子眼中成為一種審美客體，主要是著眼在其制度所展現的秩序感及其發揮在社會政治上的實際功能。所以荀子在〈樂論〉之中，特別著眼在音樂的功能與目的方面。他說：

> 「故樂在宗廟之中，君臣上下同聽之，則莫不和敬；閨門之內，父子兄弟同聽之，則莫不和親；鄉里族長之中，長少同聽之，則莫不和順。故樂者，審一以定和者也，

比物以飾節者也，合奏以成文者也。足以率一道，足以治萬變。」

可以做爲前面所提結論的證明，其眼光明顯地落在音樂在政治人倫方面所引發的作用及其本身的秩序感。

雖然荀子以審美客體中的條理和結構爲美的一種特徵，似乎頗能站在一個超然的角度來觀照事物。但此中所透露之訊息，並不如其表面那樣單純。基本上，荀子並非一主張純任天然的思想家，甚至跟主張安天樂命的孔、孟也有所不同。他認爲天——顯現爲萬物變化的理則——是現實性的存在，它的變化規律不會受人事的感應而有所移易。所謂：「天行有常，不爲堯存，不爲桀亡。」便是說天的存在狀態是客觀的。它有一定的規律，不受人事善惡的影響。

而在肯認了天所具涵的特質之後，他更進一步指出人在面對這樣一個自然之天所應具備的態度：

「大天而思之，孰與物畜而制之；從天而頌之，孰與制天命而用之，望時而待之，孰與應時而使之，因物而多之，孰與騁能而化之，思物而物之，孰與理而勿失也。願於物之所以生，孰與有物之所以成，故錯人而思天，則失萬物之情。」

重要的就在最後那句話「錯人而思天，則失萬物之情」，表露出荀子的觀念乃是要求人要充分認識萬物的性質，並依此加以適當安排而達到「制之」、「用之」、

「使之」、「化之」的目的，能爲人所用，這才是「物」之所以「成」。

依此層意思看來，荀子會把審美客體所展現出的條理結構的秩序性稱之爲「文」而肯定其「美」，其實是有其更內在的含義的。他主要還是從功能的和作用的層面上來看，而條理結構所顯的秩序性，只不過是因爲較適合於功能和作用的運行而已。從他對自然物所發的感歎：

> 應侯問孫卿子曰:「入秦何見?」孫卿子曰:「其固塞險，形埶便，山林川谷美，天材之利多，是形勝也，」(彊國篇)

可知這「山林川谷」之美，爲荀子所認可。楊倞注爲:「謂多良材及溉灌之利也。」可見是指天然物產的豐饒。若據楊說，則荀子以天然物產之豐饒爲美。而荀子之所以會以此爲美，乃因其有益於國計民生，容易防守，其他國家難以入侵，有獨立發展爲強國的條件。而非爲單純的欣賞與讚歎自然景觀而已。

即使在講人的修養、學習以及人格的培養時，也與成就道德的功能分不開，如(勸學篇)中:

> 君子知夫不全不粹之不足以為美也，故誦數以貫之，思索以通之，為其人以處之，除其害者以持養之，使目非是無欲見也，使耳非是無欲聞也，使口非是無欲言也，使心非是無欲慮也。及至其致好之也，目好之五色，耳

> 好之五聲，口好之五味，心利之有天下。是故權利不能傾也，群眾不能移也，天下不能蕩也。生由乎是，死由乎是，夫是之謂德。

在這裡所認爲的「美」，是連著學習功夫的純粹而言的，而在學習上求全求粹的要求與德性修養的貞定有關。所以，在荀子的論述中，人格的呈顯之所以爲美，基本上是與道德修養相關的，才會有「君子之學也，以美其身」之說。

就一國禮樂典章制度而言，荀子更強調由整體結構的特性所發之功能及其所突顯的秩序性對人類的作用。他在〈禮論篇〉中談及禮之所以起：

> 禮起於何也？曰：人生而有欲，欲而不得，則不能無求，求而無度量分界，則不能不爭，爭則亂，亂則窮。先王惡其亂也，故制禮義以分之。以養人之欲，給人之求。使欲必不窮乎物，物必不屈於欲，兩者相持而長，是禮之所起也。

可見他從兩個方面來講禮的作用（基本上他是從作用這個層次來談起源問題的），一是止亂，二是養欲。從止亂這個觀點來看，禮正好顯示出它的條理結構特性以及它能防止非條理、無結構現象的發生。從養欲的觀點來看，禮的功能正是爲了使人類的基本欲望有滿足的機會，使得人不會因欲求之不滿而生爭、亂的現象。荀子爲什麼否定爭、亂的混亂而失序的現象呢？

主要是因為這現象所引起的結果是「窮」—— 一種沒有資源以供養維持生命的狀態——。荀子對於有害於人類的物、事都採否定的態度，而「窮」，正大礙於人類之生存，故以禮防杜之。

就音樂而言，他的觀點也是就人們現實生活處境來立說的。〈樂論〉中說：

> 「樂中平則民和而不流，樂肅莊則民齊而不亂。民和齊則兵勁城固，敵國不敢嬰也。如是，則百姓莫不安其處，樂其鄉，以至足其上矣。然後名聲於是白，光輝於是大，四海之民，莫不願得以為師。」

這講得不是音樂本身，而是由音樂來講人類社會中和諧與秩序的作用及影響。但可以看出荀子乃是著眼在社會政治教化方面來下善惡美醜的判斷的。

所以我們可以了解荀子在對風俗之美進行評斷時，他基本上是連著道德教化所發出的作用來談美的。並不是純粹就美來看，他背後有一套支持著他進行判斷的道德觀。

三、荀子審美觀念中審美主體的作用

上一節乃是就審美客體這一層面來陳述。但審美客體要能發生作用，還是要依賴主體的條件。審美主體若不能發揮它應有的功能，則客體便無法呈顯其審美上的意義，所以本節試圖就審美主體方面來探討荀子的審美觀點。

荀子並不是很素樸地強調顯出於外的美感而已，對於做爲審美主體的「人」，他也有自己的看法。這一方面的論述能架構起來，荀子的審美觀才算有初步的完整型態。這裏面包含著荀子對於「人」做爲審美主體需具備什麼條件，其特色爲何？人爲何存在著審美活動？也包括了在審美活動中審美主體和審美客體的關係等等問題。這些問題在《荀子》中都是以「人」爲前提或基礎進行討論的，所以在析述它們之前，首先要了解荀子對「人」的觀點。

荀子是非常重視與關心人的存在以及其如何面對客觀世界的問題。他認爲人的存在，就其應然方面而言，有其創造和發展道德的責任，有其增進人類社會福祉的義務，所以可以說他是一個嚴格的人文主義者。這方面已經有學者進行過深入的論述，便以之爲前題，不煩贅論。[8]至於實然的方面，荀子大體上分爲感官、情緒、心志這三方面來看「人」：

（一）就感官的方面而言

這是人認知事物最直接而基本的途逕，荀子對此深有體認，於書中有好幾處提到，舉一爲例：

---

[8] 參考《鵝湖學誌》第三期岑溢成先生〈荀子性惡說析論〉。

> 形、體、色、理，以目異；聲音清濁，調竽奇聲，以耳異；甘苦鹹淡辛酸奇味，以口異；香臭芬鬱腥　灑酸奇臭以鼻異；疾養　熱滑鈹輕重，以形體異。

可見各種不同的感官職司著不同類型的感覺、知覺。但是這些感覺、知覺單靠感官是無法區辨的，它有一個區別的機制，荀子名之曰：「心」。何謂「心」？

> 心有徵知，徵知，則緣耳而知聲可也，緣目而知形可也。然而徵知必將待天官之當簿其類然後可也。五官簿之而不知，心徵之而無說，則人莫不然謂之不知，此所緣而以同異也。

可知由心的「徵知」作用才能使五官所接受的感覺獲得確定而分明的意義。人有了五官接受由外物帶來的感覺、知覺和分辨這些感覺、知覺的心，就有了認識世界的能力。

（二）就心志這一方面而言

這是人類判斷自己的行為和存在感受的依據，不同於上述用來分辨感覺、知覺的「心」，它與主體意識相關聯，是主體依據其意識主動做出的判斷及採取的行為。這類的判斷和行為，也多會受到情緒的影響，荀子曾說：

「心憂恐，則口銜芻豢而不知其味，耳聽鐘鼓而不知其聲，目視　　而不知其狀，輕煖平簟而體不知其安。」

由他的陳述可以明白「心」的作用比由感官而來的作用更為強大，甚至可以使人忽略由感官帶來的知覺，讓人「嚮萬物之美而不能也」。心內憂恐，志意不快，則令人忽略外在感知之作用。

而荀子所謂的「心」是什麼呢？就其功能而言，心最主要能夠「認知」，做為認知的主體，它能體認價值意義，使人的行為（無論客觀外在的或主觀內在的方面）不受無窮的物質欲望（此由感官的趨向而來）所控制。心也是感官的主宰，荀子在〈天論篇〉中提到：「心居中，虛以治五官，夫是之謂天君。」[9]藉由主宰感官去認識經驗世界。而心如何發揮認知功能呢？荀子在〈解蔽篇〉中說明如下：

心何以知？曰：「虛壹而靜」。心未嘗不臧也，然而有所謂虛；心未嘗不滿也，然而有所謂一；心未嘗不動也，然而有所謂靜。人生而知，知而有志。志也者，臧也。然而有所謂虛，不以所已臧害所將受，謂之虛。心生而有知，知而有異，異也者，同時兼知之，同時兼知之，兩也。然而有所謂一。不以夫一害此一，謂之壹。心臥則夢，偷則自行，使之則謀，取心未嘗不動也，然而有所謂靜，不以夢劇亂知，謂之靜。未得道而求道者，謂

[9] 此斷句依從王邦雄先生。

> 之虛壹而靜。

一般而言，「心」的運作是體認、分辨外界的事物，所以它總是保持著「臧」、「滿」、「動」，亦即能記憶（收藏）、能觀察、並常保持在運作的狀態。但這些只是「心」的認知功能，並非正確認知的保證。相反的，根據荀子的分析，這些功能如果太強反而會妨礙了「心」去正確地認知人、事、物。所以荀子主張「虛」、「壹」、「靜」。所謂「虛」，即是不因記憶中的舊事物妨礙了對新事物的接受和學習；「壹」，可以說是在認知時不使事物相干擾；「靜」者乃是在認知時不受到「心」本身在運作過程中所產生的影響。基本上，這裡說的是「心」去體認「道」的歷程，在這歷程中，「心」所能發揮的功能不同於一般認識歷程。

但是心尚有行動、判斷的功能。荀子言及：

> 心者，形之君也，而神明之主也。出令而無所受令，自禁也，自使也，自奪也，自取也，自行也，自止也。故口可劫而使墨云，形可劫而使　申；心不可劫而使易意，是之則受，非之則辭。

心主宰形軀，它是不受形軀指揮的。是自己的主宰，只接受自己的命令。心的意志不會受外力的強制而改變，此為心的行動功能。

在同一篇中亦說到心有「定是非、決嫌疑」的功用，這定是非、決嫌疑，就是判斷的作用了。

因此心基本上是人能脫離物質欲望控制的機制，是人認識並實踐更高一層價值的依據，也是人類感受的更深刻的層面，故主體之所以能判斷美惡全在其心。

（三）就情緒這方面而言

人因爲各種感受的不同，基於心的作用，發而爲各種不同的情緒。情緒是什麼呢？基本上就是「說、故、喜、怒、哀、樂、愛、惡、欲」。然而這只是就其表面所呈顯的現象歸納的結果，若就其根源而論，情緒是由心的感受之發用所造成的，是人所具有的本性之一。人之所以會有各種情緒之反應，其實是由於心的各種不同的作用趨向。就荀子而言，這情緒基本上會形成相應的情感。因此也可以說，人的情感，是由意志和感官知覺相互作用影響而形成的，基本上它也是內具於人，從屬於主體的。

以上三點，分別就感官、心志、情緒三方面分析荀子對人的觀念及對人的特質的體認，乃是荀子之審美主體觀的基礎。因爲從中我們可以看出荀子對人作爲審美主體的條件和特色，並繼續進行下列的分析。

依上所言，荀子認爲人之所以能做爲審美主體，主要是因爲心志、情緒、感官三者的存在所致。而主體的審美歷程，大體上先透過感官對審美客體進行攝取，再經過心志的作用，藉由情緒顯發出來。以其層級性而言，心志是統著美感判斷的關卡，它判斷由感官攝取而來的審美形象，控制著美感形成的過程，並以其直覺，傳遞出情緒。

就審美活動的發用而言，荀子特別就主體揭示其創造性。因爲這連結到心志中的行動功能，從此創造性來講審美活動的主客體關係。荀子審美觀念中的主客體關係基本上要從荀子對人的看法入手，了解荀子對於做爲審美主體的人採取何種基本態度，才能進一步確定荀子在審美主客關係中，主體所佔的位置，也才能更進一步探討在荀子的想法中，審美活動的過程，主體以何種態度面對審美客體，而審美客體作用於主體的景況又是如何？二者之間的關係，有什麼特色？

荀子對人的看法，在上述荀子對審美主體的觀點中已曾論及，現在再補充一些荀子對於人如何面對客體世界，如此一來，更能明白在前面已陳述的荀子對於客觀事物所展現美的層次，並能對荀子所論述的審美主體有更深入的認識。

基本上荀子對於人的價值認定，是在於客觀現實上的基礎，去積極地將價值創造、實現出來。這種創造和實現的條件不是只基於主體內在修養的貞定和強弱的程度，它不是建立在一種以主體感受爲出發點去判斷或創生客觀世界的理論模式之上的論述。比起孔、孟，荀子更重事物的客觀性和現實性，所以他認定的價值類型和對實踐此類價值所採取的進路，基本上是由外而內的。

他不懸虛在精神面，就算是講精神面的東西，他也是就現實的方面來論其存在。因此他會認爲人若要實踐道德便要從禮義入手，因爲禮義是聖人創制用以長養人類的，是切實可見可行的，也最切合於人類存在的現實性。他認爲人存活於世，最大的責任乃是了解人道，建立人道，克盡人道，並非針對天地去做一些無法測知的想像。

他認爲人道的實際內容是「禮義」，在〈禮論篇〉中說：「故禮者，人道之極也。」爲什麼呢？因爲建立人間的秩序，維持人間的秩序，這是人本身所特具的任務，也是人應當擔起的責任。因爲由人類所組成的社會，並無本然而合理的秩序，若任憑自然，只會順著叢林法則發展而導致「亂」、「爭」、「亡」的結果。所以人類存活於世間，若想避免上述的後果，不應只是消極地順應著自然，更要積極地建立人間的秩序。

就自然方面而言，人類的心、感官、情緒是自然天賦的。但心之消明或暗蔽，五官作用的適度發揮或陷於昏亂，情緒發抒的無節制或有法度，這雖屬自然方面，卻有待人爲的努力。而人對自然的態度，應是在循著自然規律的運行下來裁成其他物類、利用其他物類和改造其他物類，以達到供養人類的目的。所以在荀子的觀念中，是極端地以人爲主的。

由此可見，對於做爲審美主體的人而言，荀子所採取的基本態度是創造和實現的積極態度，人應該把所領略到的，所感受的到美，在現實方面完完全全表現出來，創造出來，這是就主體面對現實的創發性而言。所以荀子對審美主體在審美活動中主客關係的位置，是認爲主體處於主動的地位，但又有客觀條件上的局限，此種客觀條件的局限，便是屬於現實上的層面。

因此我們可知，在審美活動的過程中，主體是以自己爲中心的態度面對客體，在認識或改造客體的趨向上，有一種萬物皆爲我用的觀念存在。他要人保持「大清明心」去認識、體會客觀事物，而且深入而細緻地研究其理路。爲的就是充分了解「物理」之後能爲人所用。

這「用」的定義有各種不同的層次，可以從與民之生計最相合之用到與人民養體有關的用，一直到創建人間秩序所必具之用。所以美感主要是由主體所認識的事物之功能和實際面引發的。而主體的美的創造也以客觀現實面爲其條件，要透過客觀現實面去實踐而得。

就審美客體一面而言，它所負擔的角色乃在於對主體的美感之培養提供一可依尋的環境。人能藉由此環境發現價值，創造價值，經過潛移默化，得到陶染凝鑄之功，從而使主體發生改變，令其對存在之價值產生實質感受。

所以二者之間的關係型態，基本上是處於相互影響的地位。也就是說主體對美的創造影響了客體的存在秩序；而客體的存在秩序，也提供了主體認識美、培養美感的機會。

然而審美活動對於人有何必要性及重要性呢？

荀子不似墨家學派那樣否定人類審美活動[10]的價值，在荀子的觀念中，他認爲各種感受、知覺和情緒是人的客觀屬性，是「天情」[11]，它們是人類與生俱來的。在〈樂論〉中他說：

> 「夫樂者，樂也。人情之所必不免也。故人不能無樂。樂則必發於聲音，形於動靜。而人之道，聲音、動靜、性術之變盡是矣。故人不能不樂，樂不能無形。」

人情有喜樂等等感受，便自然地表現於外在的行爲上。或者用聲音，或者用動作，將內在的感受表達出來。這便是「樂」[12]的起源。

隨著這些天賦特性而形成的審美傾向，不僅是爲荀子所認可，且更積極認爲「禮」就是爲了限制以及滿足此欲求而設的。荀子認爲人生來就有追求聲色之樂以滿足官能和情感需要的願望，讓這些願望轉成欲望而陷入無止境的追求之中，反而有害於人。這便是「形而不爲道，則不能無亂」(〈樂論〉)。所以先王「制雅、頌之聲以道之，使其聲足以樂而不流，使其文足以辨而不諰」(〈樂論〉)，最重要的是「使夫邪汙之氣無由得接焉」(〈樂論〉)。這是著眼於人心欲望的擴張對秩序的破壞，因此而有的一些措施。但是禮樂制度

[10] 見《墨子閒詁》。墨子有〈非樂篇〉，專門談廢黜禮樂的理由。
11 見《荀子・天論》
[12] 西周以前包括西周時期的「樂」，是詩、樂、舞合一的表演型態。而多是配合著一些特殊目的的禮節儀式舉行的。

的設計並非只著眼在限制的意義上，「故聽其雅、頌之聲，而志得意廣焉；執其俯仰屈伸，而容貌得莊焉」（〈樂論〉），這可見禮樂也被用來培養及塑造人的情感經驗。因此在〈禮論〉篇中也主張聖人設「禮」來調節、培養、美化這些需求。

> 但審美活動的功能不止這些，基本上它還具備變化人類氣質的功能。所謂：「性者，本始材樸也；偽者，文理隆盛也。無性則偽之無所加，無偽則性不能自美。」〈禮論〉

可以見到「偽」在荀子的價值觀裏，與道家系統的論述不同。它不僅不是負面的，甚且是正面而積極的。它具有令性「自美」的作用。而這「自美」的作用，雖是發自內心，但內在的美善，在荀子觀念中，卻是藉由外在的環境及規範漸漸修養內化而成。〈性惡篇〉在回答「人之性惡，則禮義惡生？」的問題時便說：

> 「凡禮義者，是生於聖人之偽，非生於人之性也。……聖人積思慮，習偽故，以生禮義而起法度。然則禮義法度者，是生於聖人之偽，非故生於人之性也。……故聖人化性而起偽，偽起而生禮義，禮義生而制法度。……苟無之中者，必求於外……今人之性，固無禮義，故彊學而求有之也；性不知禮義，故思慮而求知之也，然則生而已，則人無禮義，不知禮義。」

「聖人化性而起僞」,這個「僞」是禮義法度的源頭,荀子肯定禮義法度對人類社會生活及個體生存的作用,可見他不會像道家那樣,反禮義法度而否定「僞」。而從其論述來看,他反而肯定「僞」、贊美「僞」。認爲「今人之性惡,必將待聖王之治,禮義之化。然後皆出於治,合於善也。」(〈性惡篇〉)

在荀子的觀念中,變化氣質要靠「學」來達成。而禮、樂在其過程中起了極大的功用。

> 從人之性,順人之情,必出於爭奪。合於犯分亂理而歸於暴。故必將有師
> 法之化,禮義之道。然後出於辭讓,合於文理而歸於治。(〈性惡篇〉)

可見人的辭讓、合於文理等行爲是要依「師法之化」、「禮義之道」教化出來的。他也在〈性惡篇〉中說:「故順情性則弟兄爭矣,化禮義則讓乎國人矣。」可見他主張發揮禮義、樂教變化氣質的功能,來改變審美主體受惑於表象及感官的價值判斷。而能從社會、政治教化等群體生活秩序的角度,來衡定事物或制度的美學價值。在荀子的觀念裏,對環境之於人(在此做爲審美活動的主體)的作用影響非常重視,「蓬生麻中,不扶自直,白沙在涅,與之俱黑。」(〈勸學〉)他非常注意漸習陶染的過程,這牽涉到主體審美判斷的形成。如果順著天性欲望發展,那麼便以感官爲主來接受表面現象的「美」;而若能開啓大清明心,摒除雜念,

虛靜觀照，便能體會事物本質而習得禮義。也就能體會到人類社會結構及道德世界秩序的「美」。而荀子認爲後者的「美」，才是可大可久，足以依恃的。

四、荀子審美觀念的基本型態

綜合上述的分析，可知荀子審美觀念的型態，其實和他的思想型態有一致之處。首先，他標舉了對現實性的認同，承認客觀事物的存在狀態和秩序，而且在此中認取美的事物。這與他對自然、對天的看法有關，由此而影響到他對美的選擇和詮釋的方式。

其次就人的存在而言，人能做爲審美主體，有其現實上的客觀基礎。人具有與生俱來的心志、感官和情緒，此三者之間，來自感官的接受能力與存在於心志中的認知能力彼此互相配合、作用，而情緒則統領著整個感覺的趨向。就整個人的存在目的而言，荀子的態度乃是認爲人應該積極在客觀世界上實現其價值秩序。在〈樂論篇〉中他說：

> 「君子以鐘鼓道志，以琴瑟樂心。動以干戚，飾以羽旄，從以簫管。故其清明象天，其廣大象地，其俯仰周旋有似於四時。故樂行而志清，禮脩而行成，耳目聰明，血氣和平。移風易俗，天下皆寧，美善相樂。」

可見能成就人人皆善的社會，才是真正的「美」。這段文字描述出主客相生相容的和諧完美境界。也代表荀子的審美理想。

就荀子的觀點而言，客觀世界的種種事物，有其本身自成之規律，而人存在於世間，其自然形成之規律並不完全符合道德上應然之標準。所以人類存在的目的就是要體認應然之標準，並以之建立並維持人間的秩序。而其體現方式在於協調及平衡。這可以從荀子論治氣養心之術及論禮的文字來看。

〈修身篇〉論「治氣養心之術」說：

「治氣養心之術；血氣剛強，柔之以調和；知慮漸深，則一之以易良；勇毅猛戾，則輔之以道順……」

〈禮論篇〉說：

「禮者，斷長續短。損有餘，益不足。達愛敬之文，而滋成行義之美者……故其立文飾也,不至於窕冶；其立粗惡也，不至於瘠棄；其立聲樂恬愉也，不至於流淫惰慢；其立哭泣哀戚也，不至於隘懾傷生。是禮之中流也。」

前面所引兩段文字說明了不論是在主體感官心志方面或在客觀的社會禮制方面，荀子都主張一種平衡、協調的作用，並以達到這種和諧的境地爲美。但荀子既以道德修養的成就來衡定美感價值判斷，歸結到最後，在美學上他還是不能不涉及對主體人格型態的論述及判斷。

人的道德修養基本上由此秩序而來，從這裡開展而出的主體之美，表現在客觀現實上，則爲一冷靜而有德操的君子，他體現了「至文」的特質。而經由此種修養觀察、點化過的外在世界，通過比喩作用，也和人格特質產生某一方面的關連。由人格本身所具現之美，在荀子的觀念型態裡，是和禮相結合的。他藉著實踐禮文來完成自己的道德修養，擔負起自己在人間的責任，所以荀子會對此加以肯定。就客觀現實存在的禮文而言，它是一種培養人的道德的制度，本身即展現一種秩序性。因爲重視人，重視人世間的道德秩序，所以荀子非常重視這種由人創建而出的禮。

綜上所述，可知荀子所理解的美，本質上是以人爲中心的。客觀萬物之所以美，主要是他們具有養人之欲、書人之性的特點，對人而言，是功能性的存在。而禮所展現之美，基本上是體現著人爲了自身存在而創制的秩序，此秩序結合了客觀事物和人的精神。

所以荀子在基本上是非常重視審美主體的，然而他採取的態度乃是希望在客觀現實上看到、聽到或觸及主體對美的實際呈現。所以他承認並重視人的各種官能性感受，而且也主張人應將其精神層面的理想在現實層面中加以落實、體現。

五、結論

綜合上述的分析，可以得知荀子的審美觀念其理論基礎異於以孔、孟爲主流儒家的心性論，也不同於以老、莊爲主流道家所主張的虛靈境界說。他能由多元的層面來認取事物中美的特質，這些特質在荀子所舉的例子中，基本上可以歸納爲秩序性與實利性兩點，這可說是他合於客觀現實的一面。但對這些特質的價值判斷，其基礎主要卻在於善。以善爲內容所展開的美、所形成的秩序，才能爲荀子衷心服膺，從這裏可以看出荀子的人文理想。所以在荀子的論述中可以看出在「善」與「美」間進行價值抉擇所生的衝突及其調解的過程，這恐怕也是儒家系統的學者都免不了會面對的情境吧。

針對審美主體，荀子強調其客觀上的感受能力與認知能力，這也異於孔、孟所強調的道德感性與實踐力。以主體本身的感受能力與認知能力爲基礎所進行的審美活動，比較吻合大多數人的審美歷程。相對於孔、孟，荀子是由實然的層面分析、歸納，再就應然的層面提出相應的判斷；而孔、孟則以存在感爲基礎提出應然的標準，再就實然的層面加以舉證、分析。所以比起孔、孟的審美觀念來，荀子所論述的審美歷程更精細、縝密，在理論上更有說服力。這除了可說是學說上後出轉精的現象之外，恐怕和當時著述方式與論說習慣的改變也有相當程度的關聯。因此論題不是本文論述之重點，恐偏離主題，將另爲文加以詳考，今不備於此。

附錄一：主題文學學術研討會議程表

九十一年五月四日（星期六）						
0830 0850	報到（元培科技學院光暉大樓四樓會議室）					
0850 0900	開幕式（主持人：丁亞傑　貴賓致詞：林校長進財）					
時間	場次	主持人	主講人		論文題目	討論人
0900 1200	一	沈謙	0900—0930	羅秀美	大歷史與小女人的對話—葉嘉瑩（1924—）詩／學中的國族與歷史	孫致文
			0930—1000	張玉芳	旅遊、目遊、神遊—略論唐代文士的行旅活動與觀照	連文萍
			1000—1030	邵曼珣	壯遊與臥遊—論明代中期蘇州文苑之遊	陳仕華
			1030—1100		中場休息	
			1100—1130	葉連鵬	歡笑與淚水的交織—臺灣航海旅行文學探析	羅秀美
			1130—1200	程克雅	流亡、游離與經略：論春秋戰國縱橫家言的時代意義與象徵	車行健
1200 1300	午餐					
1300 1740	二	蔡英俊	1300—1330	孫中峰	莊子之「道」與「藝術精神」的關係—對徐復觀、顏崑陽先生論點的評述與商討	張玉芳
			1330—1400	賴欣陽	荀子審美觀點試析	邵曼珣
			1400—1430	陳美琪	通俗文學的本質與包裝	吳儀鳳
			1430—1500		中場休息	
			1500—1530	張政偉	文學「惘」路—對網路文學前景的憂慮	吳淑慧
			1530—1600	吳儀鳳	對當前散文現象之省思—以古為鑑	陳美琪
			1600—1630		中場休息	
			1630—1700	車行健	從「歷史的緘默」中傾聽「發聲的歷史」—以馬、班論漢代獄治與《毛詩序》詮釋《詩經·鄭風》二事為例	賴欣陽
			1700—1730	丁亞傑	美刺、垂戒與虛實分指—方苞之詩用觀	程克雅
1730 1740	閉幕式（主持人：丁亞傑　貴賓致詞：蔡副校長雅賢）					

附錄二：研討會主持人、發表人、討論人簡介

姓名	任教學校	職稱
沈謙	玄奘人文社會學院中文系	教授兼系主任
蔡英俊	清華大學中文系	教授
丁亞傑	元培科技學院國文組	副教授
陳美琪	元培科技學院國文組	副教授
邵曼珣	元培科技學院國文組	副教授
連文萍	東吳大學中文系	副教授
陳仕華	銘傳大學應中系	副教授
程克雅	東華大學中文系	助理教授
吳儀鳳	東華大學中文系	助理教授
車行健	東華大學中文系	助理教授
賴欣陽	蘭陽技術學院通識教育中心	講師
羅秀美	元培科技學院國文組	講師
張玉芳	元培科技學院國文組	講師
孫致文	中央大學中文系	講師
葉連鵬	元培科技學院國文組	兼任講師
吳淑慧	輔仁大學中文系	博士生
張政偉	東華大學中文系	博士生
孫中峰	東華大學中文系	博士生

國家圖書館出版品預行編目資料

主題文學學術研討會論文集 ／ 元培科學技術學院國文組主編. --初版 --臺北市：萬卷樓，民 91

面；　　公分

ISBN 957－739－400－0 (平裝)

1.中國文學-論文,講詞等

820.7　　　　91012931

主題文學學術研討會論文集

主　　編：元培科學技術學院國文組
發 行 人：楊愛民
出 版 者：萬卷樓圖書股份有限公司
　　　　　臺北市羅斯福路二段 41 號 6 樓之 3
　　　　　電話(02)23216565．23952992
　　　　　傳真(02)23944113
　　　　　劃撥帳號 15624015
出版登記證：新聞局局版臺業字第 5655 號
網　　址：http://www.wanjuan.com.tw
E-mail　：wanjuan@tpts5.seed.net.tw
經銷代理：紅螞蟻圖書有限公司
　　　　　臺北市內湖區舊宗路二段 121 巷 28 號 4F
　　　　　電話(02)27953656(代表號)　傳真(02)27954100
E-mail　：red0511@ms51.hinet.net
承印廠商：晟齊實業有限公司
定　　價：300 元
出版日期：民國 91 年 8 月初版

ISBN 957－739－400－0